A campanha abolicionista

José do Patrocínio

Copyright © 2013 da edição: Editora DCL – Difusão Cultural do Livro

Equipe DCL – Difusão Cultural do Livro

DIRETOR EDITORIAL: Raul Maia

Equipe Eureka Soluções Pedagógicas

REVISÃO DE TEXTOS: Joana Carda Soluções Editoriais

Texto em conformidade com as novas regras ortográficas do Acordo da Língua Portuguesa

Dados Internacionais de Catalogação na Publicação (CIP)
(Câmara Brasileira do Livro, SP, Brasil)

Patrocínio, José do, 1854-1905.
A campanha abolicionista / José do Patrocínio. --
São Paulo : DCL, 2013. -- (Clássicos
literários)

ISBN 978-85-368-1630-2

1. Brasil - História - Abolição da escravidão,
1888 2. Movimentos antiescravagistas - Brasil
I. Título. II. Série.

13-01580 CDD-981.04

Índices para catálogo sistemático:

1. Abolição da escravidão : Brasil : História

Impresso na Índia

Editora DCL – Difusão Cultural do Livro
(11) 3932-5222
www.editoradcl.com.br

A campanha abolicionista

Sumário

Com o coração nos lábios 5
Critérios na edição 13
Gazeta de notícias 14
Gazeta da tarde... 26
Cidade do Rio 125
Anexos 198

Com o coração nos lábios

"Se fosse possível reunir todos os artigos, todos os discursos, com que Patrocínio atacou a escravidão e seus defensores, o livro em que ficassem compendiados esses libelos seria o mais belo poema da Justiça [...]".

Olavo Bilac

O filho do padre João Carlos Monteiro e de sua escrava de 13 anos, Justina Maria do Espírito Santo, nascido em Campos em 1853, conhecido oficialmente como José Carlos do Patrocínio, que era Zeca para os amigos, Zé do Pato para o povo, Proudhomme para os combatentes da abolição, foi um homem complexo que viveu na fronteira de mundos distintos, se não conflitivos. A começar pela fronteira étnica: pai branco, mãe negra, um mulato, como se dizia na época, cor de tijolo queimado, em sua própria definição. Depois, a fronteira civil: mãe escrava, pai senhor de escravos e escravas. A fronteira do estigma social, a seguir: oficialmente registrado como exposto, só mais tarde constando o nome da mãe, nunca legalmente reconhecido pelo pai. Mais: a fronteira entre o mundo interiorano em que se criou e viveu até os 15 anos e o mundo da corte em que exerceu a atividade profissional e política. Ainda: a fronteira intelectual de uma formação superior mas de baixo prestígio, a de farmacêutico, convivendo com a formação dos bacharéis em direito, medicina e engenharia. Por fim, a fronteira entre o reformismo e o radicalismo políticos.

A marca dessas determinações variadas, às vezes contraditórias, combinava-se em Patrocínio com um temperamento apaixonado e explosivo. Momentos de grande cólera eram seguidos de outros de imensa ternura. Sua reconhecida generosidade era tisnada por acusações de desonestidade e venalidade feitas com insistência pelos inimigos. A absoluta coerência e a constância na luta pela abolição não se repetiam em relação a outras causas, como a da República, e com amigos e inimigos. O produto de tudo isto era uma apurada sensibilidade para captar as contradições da época e a capacidade para encarná-las na própria personalidade. Patrocínio era um vulcão de paixões que despertava grandes entusiasmos e grandes aversões. Como ele próprio confessou, falava e escrevia com o coração nos lábios. Do coração brotavam a crítica devastadora e o ataque impiedoso mas também o apelo dramático e o aplauso entusiástico. Ninguém podia ficar indiferente a sua ação e ninguém ficou. Teve amigos incondicionais como Olavo Bilac e Angelo Agostini e inimigos irreconciliáveis como Medeiros e Albuquerque.

Acima de tudo, estava sua paixão pela causa abolicionista, nascida talvez já em Campos no convívio com a mãe escrava. Esta paixão deu sentido a sua luta e a sua vida, sobretudo desde que passou a redator do jornal abolicionista, a *Gazeta de Notícias*, de Ferreira de Araújo, em 1877. A luta ganhou nova dimensão a partir de 1878 quando Joaquim Nabuco foi eleito deputado pela primeira vez e deu início à batalha parlamentar do abolicionismo. Neste ano os liberais voltaram ao poder depois de dez anos de ausência. Embora as duas grandes leis abolicionistas do Segundo Reinado, a de 1850 e a de 1871, tivessem sido aprovadas por gabinetes conservadores, a bandeira do abolicionismo era dos liberais. Era lógico que os abolicionistas pusessem grandes esperanças na nova situação. A expectativa em relação aos liberais era ainda justificada pela morte do grande abolicionista conservador, Rio Branco, em 1880. Patrocínio fez o elogio fúnebre do visconde, afirmando que ele minerara cidadãos nas jazidas negras da escravidão (artigo de 8 de novembro de 1880).

O ano de 1880 foi ainda particularmente importante por outras razões. Na Câmara, Nabuco provocou os escravocratas pedindo urgência para a discussão de projeto de abolição imediata. O pedido foi derrotado por 77 votos a 18. A luta extravasou, então, do Congresso. Foi criada por Nabuco, Rebouças, João Clapp, Patrocínio e outros a Sociedade Brasileira contra a Escravidão, inspirada na *British and Foreign Society for the Abolition of Slavery*. Como produto da Sociedade, começou a ser editado o jornal *O Abolicionista*. Surgiu ainda nesse ano a *Gazeta da Tarde* do abolicionista negro Ferreira de Meneses, mais militante do que a *Gazeta de Notícias*. Do ponto de vista da propaganda, a iniciativa mais importante de 1880 foi o início das Conferências Abolicionistas organizadas pelos mesmos lutadores da Sociedade. Não era ainda a rua, mas eram os teatros do Rio que se tornavam arena de luta, ampliando e democratizando o que até então se passara dentro do limitado espaço das Câmaras. Nesse contexto mais popular, assim como posteriormente nas ruas da cidade, Patrocínio sentia-se à vontade e foi aí que desenvolveu sua vocação oratória, responsável por seus maiores triunfos. Lembre-se ainda que 1880 foi o ano da Revolta do Vintém que trouxe de volta o povo às ruas da capital. Entre os oradores que arengavam o povo estava o republicano José do Patrocínio.

De 1880 a 1889, Patrocínio dedicou-se integralmente à causa da libertação dos escravos e à luta contra os que exigiam indenização. Primeiro na *Gazeta de Notícias* (1878), depois na *Gazeta da Tarde* (1881), finalmente na *Cidade do Rio* (1887), jornal que comprou com a ajuda do sogro. A passagem de um jornal para outro significava sempre uma escalada no radicalismo da luta. A campanha desenrolava-se ainda nos teatros, nos banquetes,

A campanha abolicionista

nos comícios, nos leilões. Tentou também eleger-se para a Câmara dos Deputados em 1884 pelo terceiro distrito da corte mas foi derrotado. Elegeu-se, no entanto, vereador em 1886, em seguida à campanha feita em cima do tema da abolição à qual não faltaram comícios populares. Chegaram até nós seus artigos de jornal. Eles são retrato fiel do pensamento de Patrocínio e da tática de campanha desenvolvida ao longo da década. É possível que nos discursos em que arengava plateias populares sua linguagem fosse algo distinta, talvez mais incendiária. Mas como nunca o acusaram de jogo duplo, é provável que as ideias e a tática não fossem muito distintas das que aparecem nos artigos de imprensa.

Ao ler os artigos, é necessário que se levem em conta, além da personalidade de Patrocínio, as circunstâncias em que foram escritos e a finalidade a que se destinavam: eram armas de combate esgrimidas no calor da refrega. O objetivo final de Patrocínio nunca variou: abolição imediata sem indenização, a ser conquistada no máximo até 1889, centenário da Revolução Francesa. Quatro anos antes da abolição, ele chegou a indicar com antecipação profética o texto da Lei Áurea: "Fica abolida, nesta data, a escravidão no Brasil" (artigo de 11 de abril de 1885). Mas se o objetivo não mudava, a tática variava, as alianças variavam, assim como variava o julgamento de pessoas e instituições. Ele próprio dizia durante a campanha para vereador que para combater a escravidão todos os meios eram legítimos e bons. Não há, pois, que buscar coerência em pontos que não se refiram ao objetivo final. A Lei do Ventre Livre é às vezes elogiada, às vezes criticada; ministros e políticos em geral são avaliados de acordo com suas posições diante de propostas abolicionistas. Com alguns polemizou sempre. Foram os casos do conservador Cotegipe e do liberal Martinho Campos, ambos escravistas, presidentes do Conselho de Ministros em 1882 e 1885-88, respectivamente. A outros defendeu com unhas e dentes, como ao liberal Dantas, e ao conservador João Alfredo, o primeiro presidente do Conselho em 1884 e autor do projeto original da Lei dos Sexagenários, o segundo chefe do gabinete abolicionista de 1888.

Com outros teve relações cambiantes, de acordo com as vicissitudes da luta. Com Sílvio Romero, aliado no começo, brigou feio quando o sergipano escreveu um artigo racista e ofensivo aos abolicionistas, chamando Nabuco de pedantocrata e Patrocínio de "sang-mêlé". No artigo, Sílvio Romero afirmava ainda que o negro era "um ponto de vista vencido na escala etnográfica". A resposta de Patrocínio foi exaltada e cheia de ataques pessoais. Sílvio Romero era o "teuto maníaco de Sergipe", o "Spencer de cabeça chata", uma alma de lacaio, um canalha. Outro com quem teve relações complexas foi Rui Barbosa. Aliados em alguns momentos da luta, separaram-se em outras quando Rui, por exemplo, em nome de formalidades jurídicas, se opôs à proposta do governo, feita após a abolição, de perdoar os escravos condenados nos termos da Lei 4, de 10 de junho de 1835, que estabelecia pena de morte para crimes violentos de escravos contra seus senhores. Patrocínio acusou Rui de defender o sequestro social do ex-escravo em artigos "lúgubres como tribunal de inquisidores" (artigo de 29 de abril de 1889).

Complicada foi também sua relação com o Partido Liberal. A emancipação dos escravos constava dos programas liberais de 1868 e 1869. Era, pois, natural que, voltando ao poder em 1878, o partido fosse sensível à questão. Cedo, no entanto, os abolicionistas descobriram que as coisas não eram tão simples. Assim como Rio Branco dividira o Partido Conservador em 1871 ao fazer aprovar a Lei do Ventre Livre, o Partido Liberal estava dividido em relação à abolição. Ao lado de abolicionistas como Dantas, havia "escravocratas da gema", como se autodefinia Martinho Campos. Em posição intermediária tímida ficavam líderes como Paranaguá, Lafaiete, ex-republicano, e Saraiva, todos presidentes do Conselho de Ministros no período. Patrocínio deblaterou contra Martinho Campos, entusiasmou-se com Dantas e irritou-se com os outros. Dantas foi duas vezes derrotado pela Câmara liberal. Saraiva esvaziou a Lei dos Sexagenários. Contra este último, Patrocínio lançou ainda a acusação de ter feito aprovar a lei da eleição direta em 1881, que tirara o voto a centenas de milhares de brasileiros e cujo efeito teria sido devastador sobre os candidatos abolicionistas. A prática levou-o a concluir que os liberais só eram capazes de fazer democracia na oposição e que era mais eficaz entregar aos conservadores a solução do problema da abolição, como fez Isabel em 1888, repetindo o que Pedro II fizera com Eusébio de Queirós em 1850 e Rio Branco em 1871 (artigo de 19 de março de 1888).

Relação tumultuada foi também a que manteve com os republicanos. Republicano ele próprio, Patrocínio não perdoava aos correligionários as hesitações e tergiversações em relação ao problema da abolição. Assim como Luís Gama não conseguira definição clara do Partido Republicano de São Paulo, Patrocínio também teve dificuldades com os republicanos do Rio, sobretudo com seu chefe, Quintino Bocaiúva. A questão central estava na hierarquia de prioridades. Os outros republicanos colocavam a República em primeiro lugar. A abolição ou vinha em segundo lugar, ou não era vista com simpatia. Para Patrocínio, a abolição era prioridade absoluta, a República vinha depois. Não via, aliás, como falar em República sem abolição. Neste ponto concordava com Nabuco que colocava a campanha abolicionista acima dos partidos. O republicano Patrocínio a colocava acima da forma de governo. Por essa razão, não hesitou em ficar ao lado da regente Isabel, e da Monarquia, quando ela se decidiu pela abolição imediata. Abandonou a República e só voltou a apoiá-la no dia 15 de novembro de 1889.

Assim como não perdoava a ambiguidade dos republicanos, esses não lhe perdoavam ter trocado a República pela abolição. O período que mediou entre a abolição e a proclamação da República foi um inferno astral para

A campanha abolicionista

Patrocínio. Vencedor, sofreu cruel campanha de desmoralização por parte dos republicanos, inclusive Silva Jardim. O epíteto que lhe deram de "último negro que se vendeu", além de racista, era de crueldade atroz, pois o que fizera fora apenas antepor a reforma social à reforma política. Patrocínio passou o período defendendo-se das acusações e contra-atacando os republicanos por sua aliança com os ex-senhores de escravos que buscavam indenização. Sua linguagem ferina não ficou atrás da dos inimigos em cunhar expressões duras e candentes: "republicanos do 14 de maio", "piratas do barrete frígio", "pirataria *sans-culotte*", "neorrepublicanos da indenização", e outros assemelhados. A briga marcou-o pelo resto da vida. Mesmo o fato de ter promovido a única ação autenticamente popular no dia 15 de novembro, quando o chefe republicano, Quintino Bocaiúva, acompanhava a parada militar, foi suficiente para o redimir aos olhos dos republicanos. Sua vida após a proclamação foi um decair constante até o final melancólico.

Por fim, Patrocínio também mudou várias vezes de posição em relação à Coroa, ao Poder Moderador e à própria Monarquia. Entusiasmava-se quando o imperador chamava ao poder um abolicionista como Dantas, desesperava-se quando o chamado era Martinho Campos ou Cotegipe. Em um momento via a Coroa à frente da luta, em outro acusava-a de ser o principal sustentáculo do escravismo. Dirigia-se frequentemente ao próprio imperador incentivando-o a solidificar o reinado pelo apoio à causa emancipacionista, ou ameaçando-o com a queda da Monarquia, caso ele não desse ouvidos ao clamor popular. Os elogios foram grandes durante o Gabinete Dantas e, sobretudo, na regência de Isabel. As ameaças maiores no Governo Cotegipe. Diante da frequente resistência da Câmara em aprovar medidas abolicionistas, fato que atribuía ao afastamento entre a nação e seus representantes causado pela lei da eleição direta de Saraiva, chegou a pedir o exercício ditatorial do Poder Moderador como único meio de fazer aprovar a reforma. Seria a maneira de aproximar o imperador da opinião nacional por cima da representação parlamentar (artigo de 16 de julho de 1887). Quando a regente decidiu chamar o abolicionista João Alfredo, que em dois meses fez aprovar a abolição total sem indenização, o entusiasmo de Patrocínio não conheceu limites. Começara, segundo ele, naquela data, a história moderna do Brasil, operara-se a maior revolução social de nossa terra. Isabel era a redentora, ao lado dos batalhadores do abolicionismo que vinham desde José Bonifácio.

Idiossincrasias de um temperamental que falava com o coração nos lábios? Sem dúvida. Mas não só isto. Sua condição de homem de fronteira permitia-lhe refletir com precisão as contradições da política e dos políticos da época. Os partidos Liberal, Conservador e Republicano estavam de fato divididos frente à questão da abolição; a lei da eleição direta cassara de fato o voto a milhares de brasileiros, dando maior consistência à Câmara mas afastando-a da opinião pública; o Poder Moderador tornara--se nesta conjuntura de fato ambíguo: seu exercício podia ser formalmente ditatorial mas estar, ao mesmo tempo, mais próximo da opinião pública. Neste sentido, a batalha da abolição corroeu a base dos partidos nacionais e contribuiu não só para o fim da monarquia como para a proclamação da república **manu militari**. Culpa dos abolicionistas? Sem dúvida, não. O sistema representativo é que não funcionava adequadamente.

Patrocínio apenas ajustou-se às condições da luta. Combinou a perspectiva da elite ilustrada da época com seu toque popular. Distinguia-se de Nabuco e Rebouças pelo lado popular, pelo gosto do contato com o povo na praça pública, pela volúpia de agitar as multidões. Era um agitador dionisíaco em contraste com o organizador estoico que era o extraordinário Rebouças. Seu lado popular fazia com que em alguns momentos ameaçasse o Governo e a Monarquia com a ira dos escravos e libertos, a quem apresentava Spartacus como modelo. Mas a ameaça não passava de retórica. Logo depois acusava o povo brasileiro de ser um "cordeiro submisso" que deixava nas mãos do imperador a solução de seus problemas mais graves (artigos de 21 de novembro de 1887 e de 30 de agosto de 1884). Punha-se ao lado do aristocrático Nabuco que preferia que a questão fosse resolvida de cima para baixo e não de baixo para cima. A abolição, segundo Patrocínio, foi literalmente uma "revolução de cima para baixo", feita mediante a aliança do soberano com o povo (artigo de 9 de março de 1888).

Era inegável a paixão de Patrocínio pela liberdade dos escravos. Havia aí um lado pessoal, gravado na cor da pele e no fundo da alma, que estava ausente, por exemplo, em Nabuco. Não se duvida da sinceridade do abolicionismo de Nabuco, mas nele tratava-se de uma batalha filantrópica e política antes que pessoal. Ou melhor, o lado pessoal não era nele tão profundo, tão vital, como em Patrocínio. Mas, fora este aspecto, e fora o estilo plebeu e exaltado de Patrocínio, não se separavam muito na maneira de encarar o problema da escravidão. Taticamente, preferiam dirigir-se ao imperador, à elite política, aos proprietários, à população livre, antes que aos próprios escravos. Esta opção, no caso de Patrocínio, talvez se tenha consolidado durante o Gabinete Dantas que lhe fez vislumbrar a possibilidade de uma solução monárquica do problema. Ele mesmo admitiu que naquele momento o abolicionismo aceitou recuar para o segundo plano, reduzir o ímpeto, para permitir uma solução parlamentar (artigo de 11 de abril de 1885). Substantivamente, ao argumento da liberdade acrescentavam sempre o argumento político da razão nacional. A honra do país, o patriotismo, os interesses da nação em contraposição aos interesses dos proprietários e dos partidos, a imagem externa do país são expressões e argumentos que estão presentes desde o primeiro artigo incluído nesta coletânea. A razão nacional parece predominar no argumento sobre a razão da liberdade individual. Neste ponto ele não estaria também muito distante da tradição do abolicionismo luso-brasileiro.

A campanha abolicionista

Ficou, no entanto, como marca registrada de Patrocínio a paixão com que se dedicou de corpo e alma à luta abolicionista; ficou sua contribuição insubstituível em levar para a rua uma batalha até então limitada ao parlamento; ficou seu papel central na criação do primeiro grande movimento político popular da história do país. Quanto a este último ponto, é preciso observar que a afirmação de que a abolição foi uma revolução de cima para baixo deve ser interpretada também levando-se em consideração a conjuntura em que foi feita. Patrocínio precisava justificar o apoio dado a Isabel. Com esta preocupação, acabou fazendo injustiça a si próprio e aos outros abolicionistas que desde 1880 tinham dado início à campanha extraparlamentar contra a escravidão. É verdade que não se materializou sua expectativa de que um exército de ingênuos invadisse as ruas para lutar pela liberdade dos pais. Mas é também verdade que a partir de 1880 houve mudança qualitativa na luta abolicionista, mudança em que ele teve papel importante. Se as leis de 1850 e 1871 tinham sido decididas dentro do governo, o mesmo não se deu com as leis de 1885 e 1888. Mesmo deturpada, a Lei dos Sexagenários foi precedida da mobilização popular que acompanhou o gabinete Dantas. Quanto à Lei Áurea, ela apenas ratificou o que já fora feito revolucionariamente fora do parlamento, como reconheceu o próprio Cotegipe. O que fora feito deve ser creditado a Patrocínio, aos outros abolicionistas e aos próprios escravos. É difícil superestimar a importância do abolicionismo como o movimento que permitiu falar-se no Brasil, pela primeira vez, em algo parecido com uma opinião pública, uma vontade nacional.

Diante desses méritos, não cabe censurar Patrocínio por não ter invadido as portas das fazendas para lá dentro incitar os escravos à revolta contra os senhores. O saldo de sua ação é mais do que positivo. Não há também por que diminuir um patriotismo que era feito de uma visão democrática da política, que se baseava na ideia de uma nação construída com a participação do povo. Sobre seu patriotismo, aliás, não resisto à tentação de repetir a história, verdadeira ou falsa, não importa, relatada por R. Magalhães Júnior, da resposta genial atirada aos que o chamavam, durante um discurso, de negro vendido: "Sou negro, sim! Deus me deu a cor de Otelo para que eu tivesse ciúmes de minha pátria!"

O amigo João Marques conta que, em meio ao delírio das aclamações populares a Patrocínio no dia 13 de maio, lhe teria dito: "Que belo dia para morreres, Patrocínio!" Foi uma observação perfeita. Patrocínio deveria ter morrido de uma síncope naquele dia, enquanto era aclamado pela multidão. Depois da República, rejeitado pelos republicanos, não encontrou outra causa à altura de seu talento e de sua paixão. Os abolicionistas monárquicos também se recolheram. Nabuco refugiou-se na diplomacia e na redação da magnífica biografia do pai e das próprias memórias. Rebouças escolheu o exílio e terminou tragicamente pondo fim à própria vida. O fim de Patrocínio foi melancólico. Sem causa política por que lutar, viu-se envolvido nas agitações dos primeiros anos da República. Desterrado para Cucuí por Floriano, para onde foi no mesmo vapor Alagoas que levou Pedro II ao exílio, ao voltar teve que se ocultar da polícia. Correu mesmo o boato de que teria sido fuzilado por ordem de Floriano. Depois da posse de Prudente, acabaram-se as perseguições mas ficou preso a disputas mesquinhas indignas de seu talento.

A partir de 1894, buscou sua própria fuga no sonho de construir um balão dirigível, o Santa Cruz. Sonhava poder desprender-se da terra para voar acima de seus concidadãos, "longe, respirando o grande ar virgem das alturas", com o diria a Coelho Neto. Refugiava-se no sonho, assim como Rebouças se refugiara na morte. Em 1903, perdeu por falência o *Cidade do Rio*. Já tuberculoso, dedicou-se, então, integralmente, à construção do balão que jamais levantou voo. Morreu em *1905*, em meio a uma hemoptise, pobre e abandonado, em modesta casa de Inhaúma. Tinha 52 anos.

Milhares de pessoas desfilaram perante o caixão depositado na igreja do Rosário e outras tantas acompanharam o féretro até o cemitério de São Francisco Xavier. Pálido reconhecimento para quem conquistou a liberdade sonhada de seus irmãos negros e sonhou em vão com a conquista da própria liberdade voando nas alturas: "Lá vai o Zé do Pato!"

José Murilo de Carvalho

A campanha abolicionista

Critérios de edição

Na organização desta obra foram adotados os seguintes critérios:

1- Os artigos foram retirados dos três jornais do Rio de Janeiro em que José do Patrocínio escreveu regularmente no período da campanha abolicionista e sua sequência imediata até a proclamação da República: *Gazeta de Notícias* (1880-1881), *Gazeta da Tarde* (1882-1887) e *Cidade do Rio* (1887-1889). Foram selecionados os artigos cujo tema era a abolição e que traziam a assinatura de José do Patrocínio ou de Proudhomme, seu pseudônimo jornalístico adotado desde 1877. Alguns artigos não assinados, provavelmente redigidos por ele, não foram incluídos. Também não o foram os artigos eventualmente publicados em outros jornais, como *O Paiz*.

2 - A ortografia foi atualizada de acordo com o sistema ortográfico em vigor. Foram conservadas, no entanto, formas alternativas como *cousa, dous, esclavagismo* etc.

3 - Nas notas, em geral só foram identificadas, quando possível, as pessoas mencionadas pelo apelido ou por um nome apenas. Somente em casos especiais, de pessoas pouco conhecidas, ainda que citadas por dois ou três nomes, foi também feita a identificação.

4 - Na reprodução das ilustrações de Ângelo Agostini a impressão original das legendas foi substituída por uma nova (em corpo maior e letra caligráfica, cuja forma aproxima-se a do autor), de modo a assegurar a plena leitura. Foi mantida, no entanto, a grafia da época.

Gazeta de notícias

1880 - 6.9, 8.3
1881 - 21.2

O Ministério fez questão de confiança da simples apresentação de um projeto de emancipação da escravatura. A augusta câmara das bofetadas bateu, como sempre, as palmas e, comovida pela eloquência de Cebolas e Chique-Chique, passou à ordem do dia.

Dias depois o Ministério vestiu-se de casaca, franziu o sobrolho e veio fazer frente à interpelação do sr. Joaquim Nabuco para que o Governo lhe explicasse em que lei se baseava para intervir numa questão de ordem.

Apesar da proibição expressa do Regimento, o Governo declarou que interveio na questão de ordem, que interviria tantas vezes quantas S.Ex.ª pedisse urgência, e a Câmara achou que é assim que o Governo deve proceder regularmente.

Chegados a esta conclusão, Ministério e Câmara deram a questão por terminada.

O folhetinista não perderá tempo em qualificar o ato da Câmara. O país já a conhece bem; sabe o que ela vale em hombridade e coerência. Demais para entrar na discussão, em que descobriria o qualificativo, era mister conhecer as irritações do *terreiro*, as expressões agressivas da *revista*, e do *eito*, e, finalmente, esconder a pátria por detrás dos *engenhos*, ao passo que a pessoa se acocorasse por detrás da imunidade parlamentar e do equívoco.

Isto, porém, tomaria tempo e desviaria a questão da sua verdadeira esfera. Trata-se de conquistar o direito de mais de um milhão de homens, e conciliar essa conquista com os interesses do país. Fique ao parlamento a demagogia legal, e à imprensa a calma de que necessita.

O problema da escravidão está neste pé. A lei de 1831 suprimiu o tráfico e não só declarou criminosos os introdutores, como obrigados à restituição do africano os compradores. Há quarenta e nove anos e dois dias, pois, nenhum africano podia mais ser escravizado no Brasil.

A especulação da carne humana, porém, havia entrado nos hábitos nacionais, e durante vinte e três anos continuou o crime do tráfico.

A campanha abolicionista

Tomando a estatística apresentada para alguns anos pela *Coleção de Tratados* do dr. Pereira Pinto, de saudosa memória, entraram no Brasil:

Em 1845......... 19.453
Em 1846......... 50.324
Em 1847......... 56.172
Em 1848......... 60.000
Em 1849......... 54.000
Em 1850......... 23.000
Soma..............262.949

Este enorme algarismo de africanos é, porém, para seis anos, e sabemos que durante vinte e três anos certos, ainda que haja quem afirme que só em 1856 acabou definitivamente o tráfico; durante vinte e três anos deu--se o infame comércio. Não é muito, pois, calcular a média dos outros anos em 20.000 homens entrados no país, o que dá 340.000, ou de 1831 a 1854.......... 602.949.

Calculando que a terça parte destes infelizes eram mulheres, e calculando a geração por elas dada aos seus criminosos exploradores em três filhos, o número de homens livres reduzidos à escravidão, provenientes desta fonte, é de 600.000.

Ora, pelas estatísticas atuais, criminosamente toleradas pelo Governo, que tem na matrícula a confissão do crime dos proprietários, o número dos africanos escravos sobe no Brasil a 200.000.

Supondo que metade deste número é tirado dos importados depois do tráfico, temos que o número das pessoas livres reduzidas à escravidão é no Brasil nada menos de 700.000.

Não se objete que não se deixa neste cálculo margem para a mortalidade.

Todos sabem quão dificilmente se registram óbitos de africanos, e no cálculo fica uma margem de 500.000 para a mortalidade.

Sabe-se também que os senhores, querendo tirar todo o proveito do *gado humano*, ávidos de tirarem todo o lucro da *pirataria à roda do berço*, como se exprimia o grande Sales Torres Homem, expunham as mulheres desde os treze e quatorze anos à procriação. Há muitos fatos de indivíduos, que começando a vida apenas com cinco ou seis escravas boçais, legaram aos filhos escravaturas de mais de cem pessoas provenientes daqueles troncos.

Supor, portanto, que da geração das escravas vingam apenas três descendentes, é deixar uma larga margem à mortalidade. Tanto mais que dezesseis anos depois de 1831, isto é, em 1847 já há produção, e em 1863 produção da produção.

E, pois, quase matematicamente certo que há reduzido a escravidão um número de 700.000 homens, metade, portanto, da escravatura atual. Ora, é de lei que o salário do homem escravizado seja pago por quem o escravizou, ou quem herdou os capitais deste.

Logo, os atuais proprietários de escravos devem à sociedade em geral, ou melhor, à raça negra, quarenta e nove anos de salário. Fazendo o cálculo a 200 rs. por dia, e não computando já o espaço que vai de 1831 a 1854, tempo que, por deferência com os srs. fazendeiros deixamos de incluir no cálculo, temos:

Por um dia de trabalho
de 700.000 homens escravizados........140:000$000
Por um ano...................................51.100:000$000
Em 26 anos.................................. 1.328.600:000$000

Apesar do número avultado que dá o cálculo, é preciso notar a insignificância do salário que foi marcado. Nunca no Brasil um trabalhador de enxada ganhou, no período apontado, semelhante ridicularia.

Não se pode argumentar com o valor decrescente do salário na razão inversa do tempo; para compensá-la há a grande margem de vinte e três anos, e além disso há a compensação do valor crescente do escravo.

A conclusão a tirar é, pois, que sendo o número atual dos escravos mais ou menos 1.435.000, dos quais 700.000 emancipados por força da lei de 1831 e subsequentes leis de 1850 e 1854, segue-se que há em salários da raça negra 1.328.600.000$ para indenizar a emancipação dos 735.000 restantes.

Tirada esta conclusão, que sai inteira e irrefutável da lei de 1831, que se impõe à acepção geral; ninguém pode de boa fé reprovar a atitude da imprensa em relação ao pensamento abolicionista, que há mais de quarenta anos atravessa todas as camadas do país, e que presentemente agita o espírito público sensato. Diante do direito positivo, que é a única base da escravidão, a escravatura está extinta de jure entre nós.

O interesse dos senhores fazendeiros pode entender que há um perigo em discutir esta matéria, mas a sociedade deve responder-lhes que a sua missão principal é ser órgão da Justiça e do aperfeiçoamento dos associados. O interesse é, pois, forçado a calar-se diante do Direito.

Entretanto, tirando a moderação da própria gravidade do problema, o folhetinista não levanta um grito de revolta, mas unicamente um alarma a favor dos próprios possuidores do solo.

Os agricultores têm visto que o atraso dos seus processos de cultura os tem colocado em dificuldades diante do mercado do mundo, a ponto de não lhes ser possível arrostar a concorrência. Foi assim com o açúcar, foi assim com o algodão. O café por sua vez não tem tido, apesar da sua qualidade atual, a boa reputação que lhe compete. Longe, porém, de promover a vulgarização do gênero, o Governo ainda agora concorre para estagnar a venda nos Estados Unidos, onde melhor nome havia conseguido o café brasileiro.

A campanha abolicionista

Esse ato é de uma importância extraordinária, porque gera no mercado a suspeita de ter de entrar em luta com um negociante como o Governo, que não perde com a perda, e que não ganha com o lucro; suspeita fundada, porque o parlamento, longe de condenar a desastrada intervenção do Governo, antes o aplaudiu.

Por outro lado, a cultura do café aumenta anualmente em todo o mundo e com a cultura aumenta a produção. O cálculo da produção próxima de café no mundo há de vir a pesar necessariamente no espírito dos agricultores, que já têm dolorosa experiência da maneira pela qual são apeados da preponderância no mercado.

Nestas circunstâncias, parece que o melhor caminho que pode ser dado à questão da escravatura não é a dos engenhos fazendeiros, mas a do parlamento. Aí se verificaria como a escravatura, longe de ser uma garantia da produção, é hoje uma grande ameaça ao seu desenvolvimento.

Hoje ninguém mais pode impedir que haja entre o senhor e o escravo uma suspeição, que se há de aumentar dia a dia. O senhor pelo temor da abolição, o escravo pela convicção de que a sua posição não tem base nem na lei, nem na natureza; tratarão ambos de se prejudicar o mais possível. O senhor buscará extrair da mina negra todo o ouro possível, sem pensar no prejuízo, que resultará de exauri-la. O escravo buscará por todos os meios produzir o menos que lhe for possível.

O prejuízo de tal luta não será, porém, sofrido unicamente pelos dois lutadores, mas pela sociedade inteira. O resultado será em definitivo o fenômeno, que querem conjurar pela inércia – a diminuição da produção. A este fenômeno deve-se acrescentar que a diminuição não traz nenhum proveito para o país; porque não é a iniciação de uma época nova, mas o gasto imprevidente do sistema de trabalho.

É, pois, um direito social inconcusso agitar e insistir na questão.

Um fazendeiro estadista, o sr. presidente do Conselho, disse que o meio de cortar a dificuldade era lançar um imposto geral. E a causa é que se fosse lançado um imposto especialmente sobre os lavradores, estes o fariam pagar pelo próprio escravo, ao qual aumentariam uma hora de trabalho.

Cumpre observar desde já que não é a sociedade que deve ao fazendeiro, ao proprietário de escravos. São eles que devem à sociedade. Além disso a confissão ingênua do sr. presidente do Conselho é a condenação dos seus próprios clientes, e deixa ver bem qual o pensamento do atual fazendeiro para os seus escravos. A frase é – produz, besta, embora morras.

Mas, se o fazendeiro assim procede, a sociedade pode ter confiança de que pela condescendência com ele garantirá de futuro a produção. O fazendeiro não vendo no escravo um instrumento de riqueza social, mas uma propriedade sua, pode garantir à sociedade a firmeza da produção?

O folhetinista não acredita. Está certo de que o fazendeiro, por falta de compreensão do problema, é o menos competente para falar a respeito.

Não advoga senão o seu próprio interesse, não visa senão à conservação do seu bem.

A lei, em nome da sociedade, deve intervir para criar a pequena propriedade, para criar o colono no seio dos trabalhadores atuais, para fazer com que a própria escravidão contribua para a segurança da produção. O folhetinista procurará demonstrar a possibilidade de tal mudança, olhando-se para a pátria e não somente para o fazendeiro.

6 set. 1880

VISCONDE DO RIO BRANCO

A semana foi ocupada por um esquife, que se alongou por sobre os seus dias até a mais remota posteridade.

Não é muito porque ele continha as esperanças de mais de um milhão de homens.

O nome do homem que tinha tamanhas dimensões, cuja vida era servida pelos corações de uma geração inteira de desgraçados, o país o sabe, a história o registrou, o folhetinista o tomou para merecimento destas linhas.

Victor Hugo, nos assomos de sua imaginação incomparável, pintou um quadro esplêndido.

Um sultão, acostumado a vergar cabeças como o vento as searas, duro, mau, capaz de assistir ao morticínio de uma cidade sem uma única contração da face, sai a passeio.

O sol obriga a natureza a modorrar, amolentada pelo rigor da canícula.

Há na alta vegetação como que uma síncope, a galhagem ramalha com a frouxidão da queda de um braço alevantado a um desmaiado.

Uma cena triste vem chamar a atenção do passeador abstrato.

Alguns homens estão à sombra de uma clareira. Um deles acaba de enterrar uma faca larga e polida nas entranhas de um porco; o sangue golfa em borbotões da profunda ferida.

Há nas faces do que mata a satisfação do lucro. Os seus companheiros, rindo alegremente, trazem palhas para atear a fogueira que devia lavar em chamas o couro do animal.

O sultão aproxima-se; o moribundo revira para ele os olhos negros, banhados na ternura dolorida que lhes punha a angústia da morte.

A alma dura, ambiciosa, que ensurdecia a todas as grandes dores, comove-se. Com um aceno imperioso susta o tremendo sacrifício da vítima indefesa, e, num transporte de sentimentalismo profundo, como que se lhe embaciam os olhos uma lágrima.*

* Mantida a construção sintática original.

A campanha abolicionista

Volvem os anos. A morte vem surpreender o poderoso dominador dos crentes no meio do fastígio do poder. Todas as galas da vida faustosa confundem-se dentro em pouco com a podridão do último dos vermes.

O cenário é agora na região das crenças religiosas, para além das estrelas, onde a luz é intensa como se a sombra da terra, batendo nos contornos das constelações, produzisse o efeito de um *abat-jour* no globo de um lampião enorme.

Comparece triste e desamparada a alma do sultão. O brilho da bem-aventurança ofusca-lhe a vista consagrada a espiolhar, com a gula do tigre, a dignidade dos seus súditos.

O tribunal resplende, com o fulgor divino, e com a austeridade da justiça inquebrantável.

Um anjo segura a balança em que se pesam as ações humanas, mas ai! só a concha destinada ao mal pode ser carregada. A fisionomia dos juízes tem a tristeza dos espíritos bons quando obrigados a condenar. O eterno aresto está quase a magoar os lábios do juiz supremo.

Nisto ouvem-se no tribunal os sons de uma voz estranha que se semelha a um grunhido doloroso. No azul imaculado aparece uma mancha negra, transluzindo um brilho que era como um descor crepuscular.

Ah! exclama o anjo: e na balança que pesa ouro fio as ações da humanidade, deposita a piedade do grande senhor contra o animal desprezado.

Imediatamente os braços do sempiterno instrumento começam de pender, e, agora, em vez de inclinar-se para a concha do mal, carregam-se para a concha do bem.

E o sultão, às bordas das galés eternas, ouve-se aclamado para a bem-aventurança.

O folhetinista pediu à imaginação do poeta a expressão do que sente pela memória do visconde do Rio Branco. Não teve, é certo, a fereza de carácter do pontífice dos crentes. Era, pelo contrário, nobre e generoso; não tinha pela humanidade o tremendo desprezo, que fazia aquele rejubilar-se com as inundações de sangue.

Não obstante, teve erros, os quais talvez ainda tenhamos de resgatar com as armas e com o sangue.

Enviado ao Rio da Prata continuou a política do marquês do Paraná; e essa política foi para o Brasil uma infelicidade, porque deu fundamento à suspeita de intervenção, causa quase irremovível dos receios dos nossos vizinhos e de grandes encargos para os nossos orçamentos.

Ainda aí, porém, é força distinguir o procedimento que tinha como arma a finura do trato e a delicadeza dos meios.

A História, obrigada a fazer justiça, pesará seguramente todos os atos do grande homem e proferirá as suas sentenças com a extensão que tinha o seu talento, a sua ilustração, os seus princípios honrados pelo trabalho e pela pobreza.

Um ato da vida do visconde do Rio Branco basta, porém, para resgatar toda a sua vida política.

Glorioso, aclamado, levantando populações de volta à pátria, o homem de Estado teve no auge do poderio a piedade do temido islamita. Encontrou no seu caminho um animal moribundo. Revoava sobre ele o mosqueiro da cobiça, nutrindo-se da sangueira que dele se derramava.

A posição desse animal era em tudo igual à do porco em terras do Islame; o seu horizonte limitava-se também à lama e ao desprezo.

A sociedade, cheia de repugnância pela digestão das suas carnes, negava-se a recebê-lo nesse estômago sadio em que principia a preparação do sangue das nações: – a família.

Negavam-lhe tudo: o aperfeiçoamento da inteligência, as inspirações da vontade, as expansões do sentimento.

Davam-lhe para morada habitações infectas como os chiqueiros; engordavam-no por aspiração de lucro, porque nos músculos robustecidos por uma ceva feita à custa do caldo de cana, e dos afer ventados dos inhames, viam a probabilidade de capinação mais expedita e de colheita mais abundante.

Encerrada na mais baixa humilhação, tendo como espectro alevantado diante da sua vontade o chicote do feitor; vendo os filhos mandados para longe dos seus carinhos, os pais para bem distante do seu amparo, as esposas para lugares afastados dos seus amores; todos os sentimentos desses pobres seres desprotegidos acabavam por embotar. Na lama, que de toda a parte os cercava, entregavam-se à promiscuidade e à lascívia dos porcos; no detrimento do espírito deixavam que se bacanalizasse a carne.

O visconde, com a cabeça ainda cingida pelos louros triunfos colhidos no campo da diplomacia; com os ouvidos ainda azoinados das aclamações de um povo, parou ao pé do mísero animal, e comoveu-se de tão inditoso destino.

Dobrou uma página do livro da glória, fechou-o por momentos, para ir abrir o arquivo sombrio em que inscrevera com as lágrimas da penúria, com as tristezas do trabalho pouco recompensado, os primeiros anos da mocidade.

De toda parte levantaram-se clamores. A grande propriedade que levantara e engrandecera o partido, que consentiu que o estadista desse aplicação a sua vocação; a grande propriedade trocou os aplausos da véspera em maldições tremendas.

A voz dos seus representantes esqueceu muitas vezes a urbanidade, e respondendo à discussão com a ameaça, à sinceridade com o apodo, à condescendência com o insulto, tentou sufocar a palavra do adversário, que fazia ecoar no seio da lei os gemidos de uma raça.

Mas o mensageiro da civilização aos arraiais negros da cobiça caminhou impávido. Todos os dias arquivava uma amargura, mas em breve no livro do sofrimento acabaram as folhas em branco, e o estadista teve de voltar a escrever no outro, que por meses estivera fechado.

Neste dia, porém, estava terminada também a via-sacra do sofrimento, e ele voltou à estrada larga da glória.

O animal desprezível redimira-se em parte, e teve, ao menos, um testemunho de que tinha também direito à vida, fora do lameiro.

O ventre da escrava, do animal, que era até então o laboratório da miséria de uma raça e da vergonha de um povo, passou a ser a matriz sacrossanta onde a liberdade fecunda uma geração de cidadãos.

Este único ato da vida do cidadão era muito para a sua grandeza diante do futuro, a que ele dava *habeas-corpus* da prisão forçada em que esperava os descendentes da escrava. Mas na hora de morrer, ainda quis tornar-se maior.

A sua última palavra foi uma proclamação do Direito que a civilização advoga.

Pediu que deixassem evoluir tranquilamente a ideia, que caminha, impelida por séculos de sofrimentos e de humilhação.

— "Não perturbem a questão do elemento servil" – foi a última frase dos lábios que haviam chamado, com a doçura de Jesus, as criancinhas negras à comunhão do Direito e da Justiça.

Pois bem: como na lenda do poeta o afago do sultão ao animal moribundo bastou para resgatar-lhe o crime de hecatombes, esta única frase, posta na balança da História, em contraposição a todos os erros políticos da carreira do eminente estadista, basta para restabelecer-lhe o equilíbrio e constituir para a sua memória a imortalidade nas bênçãos da nação.

Dentro em poucos anos a geração emancipada pelo visconde do Rio Branco sairá das senzalas para a casa do homem livre.

Trará no coração a dolorosa lembrança do cativeiro. Sentirá a sensação inexplicável de quem sai da desgraça para entrar logo na ventura, na maior das venturas: a liberdade.

O quadro da fazenda se esbaterá sombrio na sua imaginação. Lembrar-se-á do cafezal nas madrugadas frias; do canavial ao meio-dia, do canavial, que, à semelhança de um inquisidor a serviço do seu senhor, farpeava-lhe impassível a pele suarenta.

Neste dia ele, que não podia levantar os olhos, que não podia sentir sem que lho proibissem, que não podia querer sem que cometesse uma insubordinação; nesse dia de delícias indizíveis, quando ele puder como qualquer outro dizer: eu quero, eu amo, eu sustento isto; há de necessariamente lembrar-se do grande benfeitor.

Sentindo-se homem, lutará contra quem quiser enxovalhar seus pais; sentindo-se livre, bradará contra quem escravizar os entes a quem mais preze; e, ainda nessa hora de energia, ressoada na dignidade do seu amor filial, o nome do visconde do Rio Branco será por ele abençoado.

Foi talvez pela antevisão desse tremendo resultado que o moribundo soltou no limiar da morte um grito de concórdia.

O folhetinista pede-a também em nome do morto. A perturbação, que será filha da resistência insensata, será a ruína; e não foi isto o que teve em mira o trabalhador audaz, que foi minerar cidadãos nas jazidas negras da escravidão.

8 mar. 1880

O Governo prepara-se para executar a sua palavra de honra, de dar à urna a verdade relativa de que ela é capaz. Ocupa-se com a nomeação dos presidentes. Parece deliberado a empregar a flor da sua confiança, para perfumar os dias eleitorais das províncias. Há com certeza o melhor intuito da parte do Governo, e a prova é a indicação do nome do sr. Martinho Campos.

De feito, a questão de mais alcance, que preocupa hoje a vida nacional, é a conversão do trabalho escravo em trabalho livre.

O problema da escravidão colocou-se definitivamente em face do país, e pede uma solução.

O véu espesso com que até hoje o Império tinha conseguido ocultar aos olhos do mundo a medonha monstruosidade, que se constituía pelo calote, pela quebra de compromissos os mais solenes, pela fraude da lei, pela conivência do Governo com os traficantes de mercadoria; esse véu negro sobre o qual o Império aplicou·a lei de 28 de setembro, para melhor mascarar o seu crime, acaba de ser despedaçado.

A humanidade civilizada começa a olhar para dentro do Brasil, e, apesar da parede de interesses que tenta empanar-lhe a vista, ela consegue ver os horrores até hoje mascarados.

Dentro do país a agitação dos espíritos é tamanha, que parece ter a aspiração de medir a sua generosidade pela desgraça daqueles cuja causa esposa.

O número das manumissões cresce; as assembleias do Sul legislam contra a invasão dissimulada das províncias do Norte. Proíbem indiretamente a pirataria interior. Abrem um valo em torno das suas fronteiras; abrem para o escravo uma nova época, em que a sua pessoa começa a aparecer através do animal, da cousa, que era.

O mercado de escravos paralisa-se: o preço da carne humana baixa consideravelmente.

A escravidão vê rarear o número dos seus defensores; ao passo que o escravo vê que vai ter como apóstolo um povo inteiro.

O crédito, o termômetro real da economia, nega-se a aceitar a base negra.

Enfim, por manifestações populares, legislativas e comerciais, percebe-se que, dentro em pouco tempo, meses no máximo, o país será obrigado a pedir ao parlamento a sua palavra, o seu juízo, o seu aresto sobre a escravidão. O Governo tem plena convicção de que o parlamento não se pode pronunciar em sentido oposto ao da vontade expressa da nação.

A campanha abolicionista

O ano passado, quando ainda o movimento abolicionista não passava do ímpeto de meia dúzia de homens generosos, o qual, representando-se primeiramente na imprensa, afirmara-se em seguida no parlamento; o ano passado, quando se podia saber se havia uma força que tornasse esse movimento uniformemente acelerado; o Governo, que entende que estávamos bem dentro da lei de 28 de setembro, viu-se obrigado a ceder à reclamação do sr. Joaquim Nabuco, relativamente ao fundo de emancipação.

Um ano antes quebraram-se em vão lanças por essa ideia, no entanto, pouco depois, dentro da mesma legislatura, e com a mesma Câmara, trabalhando no Senado os mesmos oposicionistas de que o Governo dependia, o fundo de emancipação é dobrado.

A vitória abolicionista não pode ser mais clara; negá-la é impossível.

Em face de semelhantes fatos, o que é a nomeação do sr. Martinho Campos? Julgará acaso o Governo que, tendo consentido na sanção da lei de averbações, fez o que podia a respeito do escravo?

Quer o Governo, com a nomeação, declarar que não dará entrada na Câmara à ideia abolicionista?

A nomeação é, pois, um caso gravíssimo.

O Governo sabe que o sr. Martinho Campos tem como grande honra ser escravocrata.

Sabe também que a lei de averbações interpretada pelo Governo provincial pode na primeira parte da interpretação dar lugar a grandes abusos.

Ora, o sr. Martinho Campos é de opinião que a escravidão é uma prova de caridade cristã; que o senhor faz um grande favor, presta um grande serviço ao seu escravo.

Em virtude dos seus princípios, levado pela melhor intenção, pois que é a sua convicção, o sr. Martinho Campos pode perfeitamente consentir na violação da lei de averbação.

Não será um ato de que sua consciência o exprobre. S.Ex.ª tem unicamente em mira fazer uma obra meritória. Abrindo as portas da província ao mercado clandestino de escravos, S.Ex.ª franqueará apenas aos fazendeiros ocasião para praticarem uma boa ação. Este perigo iminente de ser burlada a lei aumenta com uma consideração. A determinação legislativa deve apenas vigorar durante um exercício orçamentário. A presença do sr. Martinho Campos, combinada com a hipótese da dissolução da Câmara, é uma séria ameaça de que no futuro exercício a disposição orçamentária desaparecerá.

Estas hipóteses, que dizem particularmente respeito à economia administrativa da província, são por si graves motivos de suspeição, as quais militam contra a escolha do sr. Martinho Campos para a presidência do Rio de Janeiro.

A influência do sr. Martinho Campos junto do atual Gabinete é incontestável e incontestada.

S.Ex.ª, que até o ano passado nunca teve força para nomear um contínuo, porque a sua carreira gloriosa no parlamento o punha em sítio para com o Governo, põe e dispõe agora do gabinete.

Mas o sr. Martinho Campos rompeu com a sua vida de oposicionista, e durante a última legislatura praticou muito dos atos que foram por S.Ex.ª mesmo censurados. Sepultou o seu passado de político impecável, e aconteceu-lhe então como Inês de Castro, que só depois de morta foi rainha. Hoje o sr. Martinho Campos quer, pode e manda.

S.Ex.ª está no seu direito de dizer – *eu chovo!*

O seu procedimento nas eleições será necessariamente sancionado pelo Governo, que seguramente não quererá aumentar a sua oposição com a palavra do sr. Martinho Campos, que tem por si uma lenda de terror.

A Província do Rio de Janeiro, porém, estará obrigada a receber o sr. Martinho Campos com cara de Páscoa?

S.Ex.ª foi pelo Governo incumbido de dirigir a divisão dos círculos da província. Arranjá-los-á, de certo, ao seu modo, apesar do sr. Paulino. Feito o trabalho da divisão, organizado o maquinismo, é o mesmo sr. Martinho Campos quem o deve fazer funcionar?

Esta concentração de força na mão de um só homem, cujas ideias são positivamente contrárias a qualquer avanço no sentido do melhoramento da condição escrava, não é uma questão séria contra a nomeação do sr. Martinho Campos?

O parlamento, ou por vontade ou por força, será chamado a pronunciar sobre a escravatura no Brasil.

Questões de maior alcance, relativas à abolição, estão agitando-se no pensamento e na consciência da nação.

A dificuldade que há em conseguir unicamente do Poder Judiciário o cumprimento dos tratados e das leis que aboliram o tráfico, exige da parte do parlamento uma solução definitiva.

Pensa o Governo que o partido abolicionista está disposto a calar-se e a deixar que os gabinetes, no interesse da sua conservação, transijam com as opiniões dos indivíduos a quem teme?

Pensa o Governo que, armado com a lei escrita, com as obrigações mais solenes tomadas pelo país; armado com o prestígio que lhe dá, por um lado o terror dos adversários, por outro as aclamações do povo civilizado, cederá terreno e consentirá que se mantenha no mesmo pé a questão?

Não conta com a própria coragem que dá o perigo, não conta com o impulso natural da consciência dos propagandistas, impulso que é filho da certeza, ou de vencer, ou de desonrar-se?

O Governo vê, pois, que é materialmente impossível impedir que o parlamento seja constrangido a dizer a palavra da lei sobre o assunto.

A campanha abolicionista

O que a boa política aconselha é que o Governo não irrite o debate. Um dos meios a empregar é pelo menos aparentar isenção nas eleições; é dotar as províncias com administradores, que, pelo menos, não tenham uma acentuação positivamente escravagista.

Além das recordações tristíssimas da última sessão legislativa, durante a qual negou-se ao partido abolicionista até o direito de fazer perguntas ao Governo, relativamente a leis não revogadas, leis que não podem ser revogadas sem que um povo inteiro falte à sua palavra; sessão em que planearam-se as mais vergonhosas ciladas à liberdade da tribuna parlamentar; desde a intervenção de ministros em questões de ordem; as discussões sobre um requerimento de urgência e a negação desta para a simples fundamentação de um projeto; além de todas essas recordações, o partido abolicionista terá como argumento a nomeação dos administradores de província.

O Governo sabe perfeitamente que é um perigo assentar a ordem sobre desgraça de mais de um milhão de homens.

O coração dos oprimidos bate sempre com extraordinária violência, e, por mais peritos que sejam os operários do Governo, eles não conseguirão assentar solidamente alicerces em um terreno sujeito a contínuos estremecimentos.

A ordem só é durável quando é o progresso realizado. Ora, ninguém ousa negar, nem mesmo os escravagistas, que a liberdade do trabalhador agrícola é um progresso. O parlamento que se negar a incorporar na legislação esse progresso, contribuirá decididamente para a anarquia.

O Governo faça, pois, o que entender: nomeie, se lhe aprouver, o sr. Martinho Campos presidente de todas as províncias do Brasil.

As portas do parlamento hão de se abrir necessariamente à ideia abolicionista, porque, se aquele tem os sufrágios dos amigos do sr. Martinho Campos, a ideia abolicionista tem por si os sufrágios da humanidade inteira.

21 fev. 1881

Gazeta da Tarde

1882 - 19.6, 17.7, 28.8
1884 - 19.7, 16.8, 30.8, 20.12
1885 - 10.1, 21.2, 7.3, 21.3, 28.3, 11.4, 27.6, 19.9, 26.9, 17.10
1886 - 16.1, 6.2, 13.2, 6.3, 5.6, 26.6, 31.7, 21.8
1887 - 5.2, 16.7, 30.7, 20.8

*D*uas vezes chamadas a pronunciar-se a respeito da questão servil, as câmaras da situação liberal têm votado o silêncio.

Não quis a primeira Câmara desta situação discutir o projeto Nabuco; a segunda acaba de negar-se ao debate do projeto proibindo o tráfico interprovincial.

Apreciando o voto pelo valor moral de quem o dá, o fato não deve causar admiração.

A dignidade é o ambiente necessário à coragem das opiniões e a situação liberal nasceu, consolidou-se, vive, e há de morrer, sem dignidade.

O Governo é a Cápua desses cartagineses irrequietos. Aí amolecem, desfibram-se e aniquilam-se em rega-bofes de cama e mesa, na farta fruição dos despojos opimos do eterno combalido – o tesouro.

O voto da Câmara não nos surpreendeu, portanto. Foi para nós uma simples afirmação do que pensávamos a respeito desse conluio indecente, presidido pelo bacalhau de Cebolas e o anjinho de Macuco.

Seria fenomenal obter duma casa de tolerância o sufrágio do pudor nacional. O que ali tem valor é a mesa de tavolagem em que se jogam garantias de juros, subvenções, empregos e candidaturas.

Pouco se importa o sr. Prado Pimentel, por exemplo, que a escravidão seja uma tremenda mancha para o país.

S.Ex.ª, bela peça, um bom mulato, sabe somente que a pele dos africanos, seus ascendentes, pode servir de pergaminho a diplomas de deputados de sua laia.

No caso do sr. mulato Prado Pimentel está a maioria da Câmara.

Nós os conhecemos. Eram uns vadios sem eira, nem beira, uns bacharéis escrevinhadores que formigavam na oposição, como vermes, em torno de uns homens de nome feito.

A campanha abolicionista

À tarde descompunham o Governo, à noite enluvavam-se e iam namorar as filhas dos fazendeiros. Diziam alto quais os dotes presumíveis. Iam às conquistas avisando que não eram tolos, que não estavam para morrer de fome. O sr. Sousa Carvalho definiu bem este modo de viver: é o judaísmo oposicionista. S.Ex.ª teve uma vantagem sobre todos esses demolidores do amor da família e da pátria: ficou fora como advogado, cavando as minas das secretarias com a sua pena.

Essa origem do que S.Ex.ª tem hoje a perder, não podia deixar de prejudicar-lhe os sentimentos patrióticos.

Já o violento Rouillères dizia a Mirabeau que era indispensável a justa compreensão do valor moral da família para bem sentir o amor da pátria.

Ora, quem edifica a família sobre a especulação do dote, quem não faz do matrimônio senão uma origem de fortuna, cujas fontes, assim como foram a pirataria nas costas africanas, podiam ter sido o bacamarte e a emboscada na estrada; quem não se vexa de testar aos filhos as lágrimas e a liberdade de irmãos, não pode ter da pátria compreensão diversa da que tem a Câmara dos Deputados da situação liberal. A pátria é um vasto arraial onde se faz a feira brutal e ignominiosa da honra de um povo.

O voto da Câmara não nos surpreendeu, portanto. Não podia ser outro, devia ser este mesmo: negar-se à discussão.

Nós que escrevemos por inspiração da honra do país para o mundo civilizado; nós que temos a responsabilidade do futuro, que não engordamos à custa das privações das senzalas para acabar estupidamente na administração por uma degenerescência gordurosa da probidade individual e do civismo, temos o direito de desprezar o voto da Câmara para interrogar o imperador.

O que conclui Sua Majestade dos fenômenos a que assiste?

Enquanto a Câmara dos seus representantes se nega a discutir, enquanto o sr. Martinho Campos, agente do Poder Executivo, celebra pactos monstruosos com o sr. Paulino de Sousa, o Machiavel fanhoso, enquanto os presidentes de província como o sr. Gavião do Marmeleiro e o sr. Sancho-Pança de Sergipe suprimem ou ameaçam associações, o sentimento abolicionista revivesce.

Na capital quinze associações disputam-se a primazia na coragem cívica e na dedicação pela sorte dos cativos; em S. Paulo desabrocha o sentimento abolicionista em clubes nos principais órgãos da sua imprensa; no Rio Grande do Sul a propaganda assoberba todas as dificuldades, coroando-se com o prestígio do nome de Silveira Martins; no Ceará dão-se as mãos todos os grandes elementos das grandes transformações. Desde a vela branca da jangada até o sorriso da mulher, desde a dedicação dos homens eminentes até a greve dos artistas, tudo é esperança para os cativos naquela província, sobre a qual se curva, como auréola inextinguível, a luz equatorial.

Não sente Sua Majestade alguma coisa de extraordinário nesse momento que em dois anos se comunicou a todo o país?

Não lhe parece que é o produto de um terremoto que se aproxima?

Quando fender-se o amaldiçoado solo árido, que tem bebido por três séculos o suor e o pranto de milhões de homens, não teme Sua Majestade que uma das ruínas seja o seu trono?

A lealdade impõe-nos uma advertência a Sua Majestade.

Com uma fisionomia proteica, mudando de aspecto conforme o ponto de que é vista, só há atualmente neste país uma questão séria: é a abolição da escravidão.

Para ela convergirão fatalmente pelo impulso da propaganda, como pela resistência dos oposicionistas, todas as energias vivas do país.

Dentro em pouco o que é hoje o conluio negro dos srs. Martinho & Paulino será o procedimento de todos os Vernecks e Prados Pimentéis do escravagismo, para a formação do Exército negro.

Um movimento geral de aliança se dará naturalmente, como está iniciado, de todos os abolicionistas, formando a legião sagrada, que terá como estatutos a nossa palavra solenemente empenhada no ato do reconhecimento da nossa independência.

A luta que se travar não ficará no terreno estreito das discussões do Segundo Reinado.

A sorte da Monarquia brasileira será nela resolvida.

Os Braganças brasileiros têm consolidado o seu trono com as revoluções e por isso, provavelmente, sua Majestade promove pelos seus dóceis instrumentos, por todos os Martinhos do seu uso, a revolução abolicionista.

O resultado da provocação de Sua Majestade é ainda um segredo, e o tempo das profecias passou.

Lembre-se, porém, Sua Majestade, de que os elementos são diversos.

As revoluções de que Sua Majestade tem notícia nasceram de simples questões políticas, de paixões muitas vezes ridículas. Poucas foram as que se inspiraram em grandes sentimentos e estas venderam muito caro a derrota.

No presente o móvel é inteiramente diverso. Os soldados não irão buscar no fogo as dragonas do comando; as balas serão simplesmente o alfabeto que vai escrever na nossa história um decreto de fraternidade humana.

Sua Majestade podia, se quisesse, fazer um grande serviço ao país.

Era simples. Chamar o sr. Martinho Campos, muito à puridade, e dizer-lhe assim:

"Martinho: você vê o que estão fazendo a sua câmara e o seu ministério.

O Alves de Araújo declara-se patrono de um indivíduo. Tiraram-lhe um quiosque.

Pois bem, o Manuel comovido dá de presente ao referido indivíduo um logradouro público.

O Franco de Sá não se ajeita com a pasta.

Já descobriu um rio, que nunca existiu.

O Mafra é uma desgraça. Coitado, vale menos que as ordenanças que o acompanham.

O Rodolfo, apesar de ser um pouco vivo, é o que você sabe. Não diz coisa com coisa.

O Pena é uma lástima. Não sabe uma palavra a respeito dos negócios da pasta. É um polichinelo, puxado pelos cordéis dos oficiais de gabinete.

O Carneiro da Rocha é bom, mas se continuar por muito tempo em companhia de vocês, fica perdido.

Quanto a você Martinho... Bom, excetuam-se os presentes.

A Câmara, Martinho, é uma vergonha. Você bem sabe qual é a opinião do povo a respeito do Sousa Carvalho e do Cândido de Oliveira. Dizem que estes dois sujeitos não cortam as unhas. Acerca do primeiro contaram-me que você apostou quinhentos mil-réis em como ele não seria por mim escolhido.

Ora são esses dois e o Penido, um pobre de Deus, inofensivo, excetuante a gramática, os seus grandes corifeus. É verdade que os Afonsos também ajudam, mas você deve estar lembrado do café...

A menos que você, quando veio para cá, não houvesse deixado a memória afogada no lodo do Manuel Pinto (não é o Dantas), rio que fica na vizinhança do matadouro, deve ter de memória que tais governos são mal vistos pela opinião. Seu Martinho, faça-me um favor, vá-se embora. Olhe, eu o nomeio conselheiro de Estado. Você paga o que deve ao Banco, entregando-lhe a fazenda; arranja como puder outro negócio, e vai viver descansado, porque fica com um conto e tanto por mês.

Vá-se embora, seu Martinho."

Era este um grande serviço de Sua Majestade ao país.

19 jun. 1882

Dar ao nosso país plena e absoluta certeza das intenções patrióticas, que nos colocam em oposição permanente às instituições vigentes, foi o nosso intuito concedendo armistício voluntário ao atual ministério.

Acusavam-nos de impaciência, de açodamento prejudicial; respondemos por um tratado público de paz, demonstrando assim que o nosso intuito é conseguir pacificamente a grande reforma de que depende a moralidade política e civil do país – a abolição da escravidão.

A nossa atitude, a nossa linguagem para o ministério e o imperador tem sido a de um aliado leal, que procura usar de suas forças de modo a desbravar o caminho à magna reforma.

Não quisemos regatear glórias ao imperador e ao Ministério. Condescendentes na vitória, como somos enérgicos a inexoráveis na luta, deixamos ao Governo a redação dos artigos de lei, que devem operar a pacificação geral dos ânimos e dar à propaganda abolicionista a serenidade indispensável a um debate, em que entram de par com os mais imprescritíveis direitos da civilização os mais vitais interesses do país.

Há quinze dias que vive o Ministério 3 de Julho.

No estado atual da propaganda abolicionista, nenhum Governo que tenha exata compreensão da sua responsabilidade histórica, pode assumir a direção dos negócios públicos sem ter um plano assentado acerca da questão, cuja complexidade enleia o país na sua honra e na sua riqueza.

Subir ao poder sem um projeto é confessar implicitamente a mais perigosa incapacidade.

A Câmara dos Deputados finge acreditar que derrubou o sr. Martinho Campos numa questão de revisão eleitoral.

A verdade, porém, é que o Ministério de 21 de Janeiro caiu por impossibilidade de se manter.

A opinião havia tornado imprestável a canoa carregada de interesses escravagistas.

Repugnava à imprensa, enjoava o parlamento o Ministério, que se ufanava de ter como bandeira o pano negro do tráfico.

Via-se que em vez de intimidar a propaganda abolicionista, esta pelo contrário se acentuava cada vez mais e já se preparava para abandonar o terreno da discussão e colocar-se no do combate.

O próprio programa ministerial veio desmentir a Câmara.

Ela havia tolerado as declarações do presidente do Conselho; tinha-lhe continuado o apoio, apesar da confissão de que era escravocrata da gema.

Pelos atos do parlamento, pois, o novo ministério não era obrigado a incluir no seu programa a questão servil.

A Câmara dos Deputados não lho podia exigir, quando havia dias antes rejeitado a urgência ao projeto proibindo o tráfico interprovincial.

O Senado não lho exigiria também porque os srs. Silveira Martins, Otaviano e Silveira da Mota, os liberais mais adiantados no assunto, não se julgaram no dever de apresentar projeto.

A inclusão do elemento servil no programa do Governo foi, portanto, uma vitória exclusiva da opinião.

O ministério canalizou assim uma torrente que ameaçava inundar tudo e inundará, se, em vez do canal, cavar-se fundo na legislação, for simplesmente um desvio temporário.

De duas uma: ou o sr. Paranaguá tem projeto feito e cumpre apresentá-lo com a maior brevidade, ou o sr. Paranaguá nada pensou, nada resolveu a respeito, e é incapaz de governar.

Devemos ao ministério e ao país a máxima franqueza.

A campanha abolicionista

A maioria dos homens, que assumiram a responsabilidade do movimento abolicionista, está de tal modo comprometida com as esperanças dos escravos e com as convicções de suas consciências; adiantou-se tanto e com tamanho impulso que lhe é impossível parar.

Se o Governo pretende por um adiamento quebrantar as forças abolicionistas, engana-se fatalmente.

O que está feito basta para fazer voar, numa explosão tremenda, homens e instituições, se, fechando os olhos à Justiça, quiserem servir os interesses da pirataria triunfante.

Já não está nas mãos de ninguém conter o movimento, que é filho do impulso combinado do pudor do nosso tempo e das injustiças de três séculos.

Para os raios dessa horrorosa tempestade só há hoje um recurso, é o para-raio da lei.

Fácil será ao Governo levantá-lo no vértice do parlamento.

Basta tonificar-se com a opinião e meter ombros resolutamente ao trabalho, que se não for aplaudido pelos interesses negreiros, nem por isso deixará de o ser pela maioria da nação e pela posteridade.

Não blasonamos, prevenimos.

O adiamento da questão pelo Ministério, que dizem unicamente ocupado com a reforma judiciária e planejar somente o aumento do fundo de emancipação, começa a produzir desconfiança no seio da família abolicionista.

Não é o fundo de emancipação, duplicado ou triplicado o que se pede.

Este paliativo será, quando muito, aceito pelos contentáveis. A maioria da nação rejeita-o como uma das muitas artimanhas do Segundo Reinado para iludir a boa-fé pública.

O que se pede é a inamovibilidade pronta da escravidão; a conversão imediata do escravo-mercadoria em instrumento necessário de trabalho, mas instrumento remunerado, com a esperança de ser trabalhador livre.

Desengane-se o imperador.

A opinião está formada acerca da questão servil.

Conhece-lhe o passado e o presente, sabe que a lei de 28 de setembro foi um simples engodo, que deu em resultado uma hecatombe herodiana de crianças e a redução dos africanos livres e seus descendentes à escravidão.

Sabe que só a desídia do Segundo Reinado é a responsável pela cegueira em que viveu o país, desbaratando as suas forças na conservação de uma criminosa e hedionda instituição.

Ou o imperador coloca-se francamente à frente do movimento, aproveita pela sua inércia constitucional o trabalho e o sacrifício dos que tudo arrostaram para levar à alma do povo o convencimento de que é preciso condenar já e de uma vez a escravidão; ou o imperador terá o desprazer de ver os seus últimos dias entenebrecidos pelo mais assombroso acontecimento da nossa história.

Uma recente estatística do sr. senador Godói, lembrada pelo veterano dos abolicionistas, o dr. Nicolau Moreira, demonstra que a soma dos trabalhadores livres nas principais províncias é muito maior, mais do dobro da dos trabalhadores escravos.

Esta estatística põe-nos a salvo da acusação de que promovemos o aniquilamento da fortuna pública.

Será o Governo o promotor de uma revolução desnecessária, se quiser adiar uma solução que se impõe a todos os espíritos sensatos.

Não cabe ao folhetim discutir os grandes problemas.

Ele se encarrega somente de levar à meditação do Governo o pensamento abolicionista.

E para concluir afirmaremos com a maior sinceridade:

Só há neste país uma forma de governo possível: é aquela que resolver com justiça e com sabedoria a questão servil.

Se o imperador cercar-se de homens dignos, se tomar a resolução de fechar essa medonha história de lágrimas e crimes dando-lhe como epílogo a liberdade, terá feito ao país um tamanho serviço, que ninguém lho poderá contestar.

O seu trono estará assentado sobre a gratidão de um povo inteiro. Se formos, porém, nós os republicanos os que levarmos por diante o movimento, dobre Sua Majestade os seus meios de corrupção, sirva-se de todos os recursos do seu processo de inutilizar homens e revoluções, e verá que não conseguirá senão agravar a sua sentença no tribunal da honra nacional e da História.

Convença-se o Governo que a vitória é dos abolicionistas e que eles só cedem dos seus direitos, em nome da pátria, para vê-los encarnados em uma lei redentora...

A abolição se fará no parlamento, ou na praça pública; terá como laurel ou as claridades da paz, ou as labaredas vermelhas do combate.

É por isso que ainda uma vez, em nome da pátria, convidamos o Governo a trabalhar conosco unido por um pensamento de justiça e de paz.

17 jul. 1882

A augusta cobardia do parlamento e do Governo deve a esta hora resfolegar serenamente.

Na questão da escravidão ela não se pejou de apelar para a aliança da morte.

A sombria aliada tem sabido cumprir o pacto.

Anda pelas fazendas a recolher no ventre os negros condenados ao martírio, os desgraçados que foram lançados à fornalha obrigados a beber decoada submetidos à tortura da castração.

Anda pelas rodas de enjeitados a engolir esse lixo humano, criado pela lei de 28 de setembro, o ingênuo, que o senhor atira à rua para fazer do leite da mulher escrava a moeda, que sustenta a sua preguiça e o seu luxo.

Esta peregrinação horrorosa não a cansa. Ainda lhe sobram forças para vir bater às fileiras abolicionistas e levar daí vítimas para a satisfação dos seus aliados.

Há três dias acometeu Luís Gama. A legião viva da Justiça caiu de súbito, e o ruído da sua queda espalhou nos corações de seus companheiros o temor supersticioso de que são perseguidos por uma fatalidade!

Feliz governo o do sr. d. Pedro II. A corrupção e a morte formam em torno dele uma impenetrável muralha.

Quem não se deixa corromper morre!

Na hora em que o parlamento premeditava mais uma vergonha para o país; na hora em que para iludir a opinião ele se divertia em discutir às pressas, para logo passar para o fim da ordem do dia, o projeto proibindo o tráfico interprovincial de escravos, caía Luís Gama para não mais se levantar.

A sua palavra fulminante substituía a tremenda afonia do túmulo; o seu heroísmo inimitável cedia o passo à inércia absoluta.

Feliz Governo o do sr. d. Pedro II.

Os acontecimentos agrupam-se sempre de modo a garantir-lhe a vitória.

Enquanto a confederação dos *Ratisbonas* aumenta, rareiam as fileiras dos patriotas.

Causa victrix Diis placet, exclamou o poeta e nós repetimos com ele esta sentença cruel contra a probidade política e o patriotismo sincero.

Parece que a Divina Providência dos nossos estadistas se compraz com o estado de coisas do país.

É ela quem mata a fé no coração popular; é ela quem segreda o descrédito daqueles que se esforçam; é ela finalmente quem se insinua como um veneno imperceptível no organismo dos homens de caráter e os impossibilita de prosseguir na luta redentora da pátria.

O sr. Ratisbona engorda e rejuvenesce e no entanto Luís Gama falece.

O que é vergonha para o país, perdura; o que é glória, tem uma vida caduca.

A voz tremenda dos fatos ulula neste momento agoureiramente dentro do meu cérebro. Confesso que tenho medo.

O Segundo Reinado dispõe de uma força superior a todo o país.

Só o imperador pode querer, sem morrer.

Ele quis a pirataria triunfante e teve-a.

A lei de 1831 foi rasgada escandalosamente sem que houvesse um protesto do Governo.

Para que dessem por ela, foi preciso que os morrões da esquadra inglesa se encarregassem de espancar as trevas do arquivo nacional.

Em vão a imprensa agarrava pela goela os piratas conhecidos e os trazia para a praça pública, declinando-lhes os nomes e denunciando-lhes os crimes.

Os homens do Império respondiam à imprensa banqueteando-se com os piratas e condecorando-os.

Então, como hoje, esses infames que vivem do sangue dos seus irmãos, esses miseráveis que procuram apadrinhar o seu crime com a riqueza do país cobriam de baldões, babujavam de torpezas os nomes daqueles que lhes faziam frente.

E afinal conseguiam impor silêncio!

Foi assim que se passaram vinte e um anos de 1850 a 1871 sem que nada se fizesse para punir a ladroeira, a mais torpe que o mundo tem visto e que o sr. Ratisbona aplaude.

Quando a civilização veio de novo pedir contas ao Segundo Reinado, o sr. d. Pedro II contentou-a com a lei de 28 de setembro.

Mandou decretar essa lei ridícula que ensinou o infanticídio ao coração brasileiro, que decretou a hecatombe das crianças!

Agora que uma nova cruzada se levanta em prol dos cativos, Sua Majestade pretende iludir ainda uma vez o mundo proibindo o tráfico interprovincial de escravos!

Fica proibida a venda de escravos de uma para outras províncias, mas pode continuar a imoralidade da venda do homem de município a município, de casa a casa da mesma província.

O imperador e os seus homens, os seus estadistas, entendem que têm feito muito.

E nesta hora, em que nós outros temos, diante da civilização, diante dos princípios os mais sagrados da Justiça e do patriotismo, o direito de gritar ao escravo: levanta-te e conquista a tua liberdade; a morte vem arrancar-nos o general que nos devia conduzir ao campo da desafronta da honra nacional.

Muito feliz é o Governo do sr. d. Pedro II.

É preciso aceitá-lo tal como ele é.

O trono do imperador tem como fundamento a escravidão.

Não há resistir-lhe sem morrer.

Pela escravidão nós vemos decretada a grande naturalização. Os herdeiros e os piratas são todos da mesma pátria. Fizeram uma Constituição para o seu uso. Intervêm nos nossos negócios, ainda que a lei fundamental do país lhes proíba a intervenção. Dizem-se eles os patriotas, porque são eles os que têm o bolso cheio porque são eles que fizeram do ombro africano a escada para escalar o poder.

Nós outros somos os valdevinos, os anarquistas, os irrefletidos.

Os ladrões riram-se sempre dos roubados.

Não é possível desafrontar a nossa História.

O país só será grande deixando-se fechar na burra dos aventureiros, que nos negam até o direito de governar a nossa pátria como queremos. O que nos cumpre somente é obedecer. Manada de negros e mulatas, tu nasceste para ser escravo e para ser soldado. O eito e o Exército é o teu destino. Num, não chegarás a cidadão, no outro não chegarás a oficial.

A campanha abolicionista

A tua função histórica há de ser esta unicamente. Julgas que tens pátria, porque nasceste sob este céu azul? Enganas-te. O primeiro que chega pode comprar-te, e surrar-te à vontade. Aí estão o parlamento e a polícia para garantir-lhe a plena posse do teu espírito e do teu corpo. Muito feliz é o Governo do sr. d. Pedro II.

Desdobra-se sobre um país em que não temos o direito de estremecer a nossa Pátria; em que acima de uma vida de sacrifícios se coloca a burra dos herdeiros dos traficantes de carne humana.

Quem clama pela justiça é apontado como revolucionário.

A ordem é o roubo, é o assassinato do escravo, é o morticínio das crianças.

O Império e a escravidão são solidários. A sua legislação visa somente manter esta solidariedade.

Enquanto nós outros clamamos pela abolição, o Governo aprova os bancos de crédito real, quando pela Carteira Hipotecária do Banco do Brasil se vê que a propriedade rural entre nós é representada pelo escravo.

À vista de semelhante desembaraço governamental é claro que há o propósito de não dar ouvidos ao Direito, e pelo contrário continuar a sufragar a pirataria vencedora.

Não seremos nós quem se queira colocar em frente do Governo.

Continue ele serenamente.

Nós pelo contrário lhe segundaremos no trabalho e lhe oferecemos um projeto para ser discutido e votado pela câmara dos *Ratisbonas*:

"Art. 1º Ficam revogadas as leis de 1831, 1850, 1854 e 1871 e bem assim a convenção de 1826.

§ O país não reconhece as instruções dadas pelo Governo do sr. d. Pedro I aos negociadores de reconhecimento da nossa independência pela Inglaterra.

Art. 2º Ficam considerados escravos todos os negros e mulatos de ambos os sexos, existentes no Brasil.

§ 1º Esses novos escravos ficarão pertencendo aos fundadores de bancos e aos fazendeiros que tenham influência política.

§ 2º O Governo fará entre esses novos escravos a escolha dos mais válidos, de 20 a 25 anos de idade, para dar-lhes praça no Exército como escravos da Coroa.

§ 3º Excetuam-se somente os mulatos que tenham atualmente assento nas Câmaras e que tenham votado pela conservação da escravidão.

Art. 3º Não se admite de forma nenhuma a libertação de negros e mulatos visto como eles poderiam aspirar a concorrer no comércio, nas letras e na política.

Art. 4º Ficam revogadas as disposições em contrário."

Dói-nos extraordinariamente a pecha de revolucionários neste país tão feliz em que o brasileiro tem tanta autonomia política, comercial e literária.

Não a queremos sobre nós, quando vemos que da escravidão sai Luís Gama e da aristocracia emprestada pelos fazendeiros da Paraíba do Sul e pela Coroa saem o sr. Ratisbona e o sr. Paranaguá.

Aí fica o nosso projeto.
Que as Câmaras o aprovem e Sua Majestade o sancione.

28 ago. 1882

Já estão formuladas em projeto as medidas que o Ministério julga suficientes para contrapor à agitação abolicionista do país e ativar a extinção da escravatura. Não é ainda o momento de dizer o que pensamos desse conjunto de medidas. Nossas opiniões filhas de longo estudo do assunto, em todos os seus aspectos, em todas as suas consequências, e desde muito tempo expendidas, não mudaram, nem mudarão. Estamos dispostos a enristar contra a inflexibilidade do esclavagismo a inflexibilidade dos direitos do escravizado e da civilização.

O sr. Moreira de Barros, com aplausos da Santa Aliança negra, disse que sacrificaria, contente, a sua carreira à derrota do projeto do Governo; nós consideraremos a nossa própria vida insignificante holocausto ao triunfo completo da abolição.

Sem tratar de apurar se o projeto é bom ou mau, se ele abrange ou não a grandeza da reforma orgânica do país registremos com prazer o ódio da oligarquia agrícola contra ele.

Desde o dia da apresentação os cruzados negros manobram incessantemente para tomar de assalto o Gabinete e garroteá-lo, abafando, assim, o brado de justiça que está contido em certas disposições do projeto.

Felizmente, como acontece todas as vezes que se pleiteia a vitória de uma causa que ofende as leis naturais do progresso humano, os nossos adversários batem-se com armas falhas, que não resistem ao primeiro choque da luta.

É assim que o sr. Moreira de Barros vê um grande efeito na contagem dos votos da moção de confiança, que se seguiu ao apoiamento do projeto. Por essa votação quer S.Ex.ª concluir a derrota do Gabinete, sem se lembrar de que os seus aliados, como S.Ex.ª mesmo, já confessaram que a temerosa questão não se esvaza em moldes de partido; tem os grandes lineamentos de um problema social.

E para dar maior valor a este modo de ver, a Santa Aliança negra procede de conformidade com a sua palavra.

Foi assim que o sr. Paulino de Sousa convocou a minoria conservadora, propôs e fez aceitar por ela decidido apoio ao Ministério Martinho Campos.

Foi assim que na véspera da apresentação do projeto Dantas, os srs. Paulino de Sousa e Moreira de Barros convocaram uma reunião em que foi combinado o plano de ataque contra o projeto.

É assim que nos Clubes de Lavoura os candidatos esclavagistas são aceitos sem o menor escrúpulo, quanto à bandeira política, sob a qual militem.

A campanha abolicionista

Provado pelas palavras e pelos atos de que se trata, não de uma questão normal de parlamentarismo, porém de uma nova questão especial; que valor deve ter a contagem dos votos pedida pelo sr. Moreira de Barros?

Um valor tão negativo para a força moral da Santa Aliança, quanto é negativo o do sr. Contagem no crédito de luz e saber, que a oligarquia agrícola quer abrir para si na conta corrente do país com os seus destinos.

Quando impugnamos intransigentemente, violentamente, a atual lei eleitoral, o nosso principal argumento era a glebagem do voto popular à oligarquia, que nos empobrece e barbariza.

Dizíamos que o voto passava das mãos da nação para as de uma classe, e assim explicávamos o maquinismo que seria construir a lavoura como centro, as classes literárias, filhas dela ou dela dependentes, servindo de raios, o Governo como circunferência, pela grande curva do funcionalismo.

O sr. Moreira de Barros veio provar que tivemos visão exata do organismo eleitoral e tanto que se jactou da derrota dos poucos deputados que na legislatura passada se afoutaram a declarações abolicionistas.

Quer isto dizer que a oligarquia agrícola era o poder único; que ela se enfeudara na posse legislativa e governamental da nação e que dela excluíra todas as outras classes nacionais.

À luz desse critério, o que significam o projeto e a votação da Câmara na moção de confiança, implícita na renúncia da Presidência pelo sr. Moreira de Barros? Vitória ou derrota?

Projeto e votação querem dizer que está quebrado o sistema unitário da oligarquia; que a nação entrou no dualismo natural de funções parlamentar e governamental.

O mais vulgar bom senso basta para decidir que não é vencedor, é vencido o poder que se deixou assim escapar em frente de si mesmo e vem passar metade da sua força para o campo contrário.

Mas o sr. Moreira de Barros é lógico como a escravidão. No debate dos destinos da instituição condenada, S.Ex.ª não faz questão de honra, mas de número.

Citemos textualmente o seu grito de guerra:

– A minha questão não é de honra, é de número. Submetamo-nos à aritmética do líder do parlamentarismo agrícola. No princípio da legislatura, a Câmara, filha da eleição, que expeliu todos os abolicionistas, era unanimemente pela escravidão. O sistema parlamentar funcionava de modo que o sr. Martinho Campos, presidente do Conselho, podia dizer: sou esclavocrata da gema e tenho muita honra em sê-lo.

Chega-se ao fim da legislatura e o espetáculo é outro. O sr. Dantas, presidente do Conselho, vem dizer ao parlamento: a extinção do elemento servil é uma aspiração nacional; diante dela não se pode *nem retroceder, nem parar, nem precipitar.*

Em seguida, malogrando as esperanças de traição, acalentadas pelo sr. Moreira de Barros, o sr. presidente do Conselho formula um projeto em que procura juntar ao mecanismo da lei de 28 de setembro uma pequena mola abolicionista.

Pois bem, a Câmara unanimemente esclavagista, segundo o sr. Moreira de Barros, decide-se imediatamente a subscrever com trinta assinaturas o projeto, e, por cinquenta e cinco votos, declara que o projeto é assunto digno de cogitação e que o ministério deve permanecer no poder para defendê-lo e dirigir a opinião parlamentar no debate.

Quem é, pois, o vencido?

Pela aritmética do sr. Moreira de Barros não são cinquenta e cinco, mas cinquenta e três os votos do Governo, e isto porque há alguns deputados que têm emendas a fazer e opiniões expressas.

Entendamo-nos. Antes de tudo, é preciso contar com quatro ministros que estão fora da Câmara, que eram deputados e, entrando para o ministério, deram o seu apoio prévio ao Gabinete.

Estes quatro votos são ao mesmo tempo honra e número; não podem ser postos de parte, porque foram dados, atenda bem o sr. Moreira de Barros, sob a coação de uma Câmara unanimemente esclavagista, com a consciência do sacrifício, segundo a opinião mesma do parlamentarismo oligarca.

O voto do sr. Antônio de Siqueira é mais adiantado que o projeto; quer uma decisão sobre a lei de 31, que o sr. Moreira de Barros mesmo já quis revogar, e, porque esse voto é mais completo e mais adiantado, deixa supor que ele procederá conforme com a regra geral: quem quer o mais quer o menos. Demais, o voto foi expresso e cientemente dado, porque partiu do sr. Antônio de Siqueira a exigência da definição do voto, *como de confiança ao Gabinet*e, e, como tal, o aceitou S.Ex.ª com a maioria da Câmara.

Temos, pois, que, pelos próprios princípios da aritmética do sr. Moreira de Barros, os votos em número são 59.

Não nos demoraremos em considerar a honra do voto porque esta não tem valor diante de V.Ex.ª. Se o fizéramos, teríamos a reclamar para o projeto do Governo alguns votos expressos, que são:

O do sr. deputado João Caetano, redator e proprietário da *Gazeta de Uberaba*, da qual podemos transcrever alguns trechos para provar que S.Ex.ª é abolicionista e dos que, sem meias palavras e sem condescendências, querem a abolição imediata e sem indenização.

O sr. barão de Canindé, que acaba de declarar que o seu voto foi um grande sacrifício à disciplina partidária, mas não uma negação das suas ideias e das ideias da sua província. Não se podia esperar de S.Ex.ª uma traição aos seus eleitores, que hoje fazendo parte de um estado constitucional livre, não podem querer ser representados por um es-

A campanha abolicionista

clavagista. Da declaração de S.Ex.ª se conclui, pois, logicamente que ele no momento sagrado de optar pela escravidão com o seu partido, ou pela redenção do escravo com o projeto, não hesitará. S.Ex.ª será impelido pela sua própria honra.

O do sr. Álvaro Caminha está nas mesmas condições do voto do sr. barão de Canindé.

S.Ex.ª tem na própria fisionomia a sombra da sua honra melindrada, pela suspeita de que pode passar como escravagista, ele que, não há ainda dous meses, era alma e garantia do prestígio da Sociedade Abolicionista Cearense!

Adicionando, pois, estes três votos aos já expressos, por palavras e por atos, segue-se que, na esfera da honra, a questão abolicionista foi pelo menos aceita por 62 deputados, ainda que aparentemente só se houvessem contado 55.

Pode, na mesma esfera, contar a oligarquia agrícola com o sr. Taunay? O vice-presidente da Sociedade Central de Imigração pode subscrever com o seu voto o manifesto negro da inviolabilidade da escravidão?

No entanto, este voto, por si só, vale ou a desonra nacional no estrangeiro ou um atestado da nossa probidade nacional, quando vamos pedir à Europa o concurso do seu trabalho livre.

Pela aritmética do sr. Moreira de Barros, conclui-se, pois, que o esclavagismo está vencido, completamente vencido. A sua unidade parlamentar e governamental está quebrada, e da maneira a mais estrepitosa.

Ao passo que o sr. Moreira de Barros diz: nós advogamos os nossos próprios interesses, nós, os oposicionistas; a maioria responde-lhe, em torno dos srs. Severino Ribeiro, Antônio Pinto, Rodolfo Dantas e Afonso Celso Júnior, nós representamos os direitos da civilização triunfante da pátria agitada pelo progresso.

Fora da aritmética do sr. Moreira de Barros, a demonstração é ainda mais palpável.

O próprio número de votos, concedido ao Ministério por S.Ex.ª vai confundi-lo.

Graças à oligarquia agrícola, o Brasil conta apenas 145.000 eleitores, que dirigidos por 122 deputados dão para cada um deles a média 1.188 votos.

Pois bem, a soma de eleitores representados pelos que votaram o projeto, reunida a massa da população espoliada será menor *constitucionalmente* que a soma dos votos da oligarquia!

O sr. Moreira de Barros contou ao Ministério um caso de vice-rei do Peru, que, por necessidades agrícolas, falava francês. Querendo sair a passeio, avisou o ministro e este preparou logo uma manifestação tal que por toda parte o vice-rei só encontrava aplausos. Afinal o vice-rei, surpreendido por ver que até os índios se manifestavam, agarrou o maioral destes e passando-lhe a mão pelo rosto viu simplesmente nele o seu próprio ministro disfarçado pela pintura.

Tal é a ideia que S.Ex.ª faz do aplauso que recebe o Gabinete: manifestações de encomenda.

Nós queremos contar também um caso ao sr. Moreira de Barros.

Um certo mandarim ordenou, sob pena de morte, a todos os tecelões, que lhe fosse feita uma túnica de tecido tão fino que se lhe não pudesse ver o fio.

Intimou-se, pois, o primeiro tecelão da cidade a obedecer à ordem do mandarim e o pobre operário foi fechado num quarto para, no fim de quinze dias, dar a primeira amostra do pano.

Expirado o prazo, o tecelão recebeu serenamente a visita do mordomo do palácio que lhe vinha pedir contas da encomenda.

Onde está a túnica? – perguntou.

Ali – respondeu o tecelão, apontando para um cabide.

Não a vejo – observou o mordomo.

Mas vós mesmo me encomendastes uma túnica de fio invisível e impalpável. A resposta convenceu o mordomo que foi comunicar ao mandarim a sua admiração. Contente por se ver obedecido, o mandarim correu logo a vestir a túnica. Tirou as suas roupas de seda e ficou completamente nu, colocou-se em frente ao tecelão que o revestiu com a sua encomenda. Saindo logo à rua, o mandarim viu reunir-se o povo açodadamente: ruas e praças se encheram: milhares de indivíduos quedavam boquiabertos.

Que trabalho! – exclamava o mordomo. – Faz honra a um reinado.

De feito – disse todo ancho o mandarim. – Veja como toda a gente me admira. Mas uma voz malcriada rompe do seio da multidão e grita:

É uma indecência o mandarim sair nu à rua.

Dezenas, centenas, milhares de vozes repetem o grito sedicioso; a multidão se agita, percorrida por um frêmito de indignação, e ao mesmo tempo que estrugem os – fora e morra! os braços e os pés se movem, prodigalizando chulipas e cascudos ao mandarim, agora instituição desmoralizada.

[....................]

A tirania pode violentar algum tempo, quando se exerce a portas fechadas. Os seus dias, porém, são contados logo que ela vem pedir aplausos ao tal povo. Na praça pública só a espera a vaia e o pontapé.

19 jul. 1884

O mundo espera por uma fé, que o faça marchar, respirar e viver, mas não serão a intriga, a falsidade, os pactos da mentira os dogmas dessa almejada fé.

Estas palavras são de Michelet, do eminente historiador da Revolução Francesa e o eleitorado fluminense há de ficar admirado de que apliquemos à nossa pátria tão transcendentais palavras.

A campanha abolicionista

No entanto, também nós estamos à espera de uma fé, de uma crença, que nos agite moral e intelectualmente e estamos convencidos de que ela não pode ser o resultado de um pacto, da mentira, que há mais de meio século nos enfraquece e nos desnorteia no caminho da civilização.

Amanhã, as urnas, chamadas oficialmente para proverem um lugar vago no Senado, devem em realidade dizer se querem prover o futuro de aspirações condignas de nosso século, ou se preferem continuar a obrigar o país a abdicar da sua soberania em favor de uma oligarquia sem talento, sem patriotismo e sem escrúpulos.

O eleitorado, entre nós, costumou-se a não ver na eleição mais que a conveniência do seu partido, e, no entanto, nunca se preocupou em saber se as ideias ou os interesses desse partido são conformes com o bem geral da nação; com as exigências do seu progredimento, com a estabilidade da sua fortuna.

No momento atual essa despreocupação, que deu em resultado o adiamento de todos os problemas, que saltearam a nação desde o momento em que ela se organizou, seria um crime, porque todos esses problemas reclamam solução imediata, e, quer o eleitorado queira, quer não, ela será dada.

As nações se comportam, no sistema da civilização, do mesmo modo que os astros num sistema solar: movem-se por atrações e repulsões fatais, independentes de nenhuma vontade. O progresso, como a natureza, tem um equilíbrio fatal, e mesmo quando grandes transformações se operam, quando movimentos se desenfreiam, há uma ordem imprescritível que os preside.

Em vão os interesses se obstinam; em vão os preconceitos alarmam as consciências singelas; a ideia necessária a uma certa organização triunfa sempre. Como no equilíbrio da natureza, as resistências só servem para aplicar e distribuir a força em movimentos regulares; no mundo social as oposições, apenas, servem para concretizar e sistematizar as ideias e dar-lhes a orientação mais adaptada para se desenvolver e vencer.

O nosso século mais do que nenhum outro tem demonstrado à evidência a fatalidade das leis naturais de organização social.

A nossa fé está praticamente demonstrada.

Por isso mesmo nos dirigimos ao eleitorado fluminense com a maior tranquilidade. Não lhe falamos às afeições, mas à consciência, e começamos por dizer-lhe que ele errará, e crassamente, se sufragar a chapa da oposição esclavagista.

Passemos à prova.

Nenhum partido tem o direito de viver senão para realizar ideias no Governo. Que ideias quer o Partido Conservador realizar?

Com relação ao problema da escravidão, quem o definiu bem foi o sr. Taunay. S.Ex.ª disse, em plena Câmara, que o Partido Conservador não queria ser fiel nem à lei de 28 de setembro de 1871.

Os fatos em que baseou a sua alegação primam pela evidência.

Em primeiro lugar, adiou-se durante longos anos o cumprimento da lei, só depois de decorridos quatro exercícios foi aplicado o fundo de emancipação. Quer isto dizer que o Partido Conservador, sem escrúpulos, sem compaixão, reteve em cativeiro ilegal a grande massa de homens a que devia aproveitar a aplicação imediata da lei de 28 de setembro.

Não contente com essa prova pública da sua insubordinação, do seu crime, esse partido escolhe os seus candidatos e no número desses escreve o nome do sr. Andrade Figueira.

Que quer esse homem? *Restituir os ingênuos a seus legítimos senhores!*

Não há, parece-nos, dúvida a nutrir com relação aos intuitos do Partido Conservador.

O seu passado está arquivado nesta frase do sr. senador Antão, quando deputado na fase da repressão do tráfico: vós subistes ao poder pela escada do tráfico.

O seu presente pinta-se já pela declaração do sr. Andrade Figueira, já pela aliança com o sr. Sousa Carvalho.

Não é preciso, pois, grandes comentários para deixar patente que o Partido Conservador não olha meios, não tem escrúpulos, não respeita leis, quando trata de sustentar a escravidão.

Todos os recursos lhe servem.

Aqui vai aliar-se aos católicos, ali ao sr. João Alfredo, sem se lembrar que ontem aqueles lamentaram-se, com razão, de fazer parte de um país em que se perseguiam com afronta das leis os representantes mais graduados da religião do Estado – os bispos.

Entre o sr. Paulino de Sousa e os católicos deviam-se interpor a prisão e o exílio, que violentaram os direitos de d. Antônio de Macedo e d. Frei Vital, uma vez que o sr. João Alfredo é hoje sustentado pelo sr. Paulino, visto como o Partido Conservador do Norte desertou para as bandeiras deste. Mas, ao contrário, os católicos se unem com o sr. Paulino de Sousa.

Ali é com o sr. Sousa Carvalho que o sr. Paulino de Sousa se congrega, formando para fins eleitorais a liga Sousa & Sousa, que deve merecer os sufrágios dos povos de Monte Verde.

Não obstante, quando publicamente assim se cerca de elementos, que devem gerar suspeitas em todos os espíritos, porque patenteiam pacto sem escrúpulos; secretamente o sr. Paulino manda aos seus amigos uma confidencial declarando-lhes que votem só tendo em vista a disciplina e força do Partido Conservador.

E para contar ainda mais certamente com o êxito, dizem que se insinua particularmente, por deliberação do conselho supremo do Partido Conservador, não ser mau cortar o nome do sr. Pereira da Silva.

Esta versão tem o seu valor, porque nem o Brasil, nem o sr. Paulino de Sousa veio ainda contrariar a liga de Monte Verde, na qual é excluído o nome do terceiro candidato do Partido Conservador.

À vista de semelhantes fatos, que descobrem o cálculo político de dous homens, que se querem substituir ao seu partido e à sua pátria – os srs. Paulino de Sousa e Andrade Figueira; de dous homens que não escrupulizam alianças, que não se comprometem ao menos a respeitar a liberdade já decretada por lei, poderá o eleitorado fluminense pensar que há nesse país alguém ingênuo, que considere um triunfo a eleição de tais políticos?

A eleição de qualquer deles, ou de todos eles vem repassada da força moral necessária para deter a propaganda abolicionista, ou, pelo contrário, evidenciando ainda mais o estado de corrupção eleitoral no país, virá aconselhar, como recurso urgente, deixar as urnas à oligarquia, e defender de outro modo qualquer a liberdade parlamentar?

Nós esperamos por uma fé nova que nos anime e nos oriente, mas esta não pode sair da chapa conservadora triunfante.

O que temos de ver nela?

A aliança da lavoura com os srs. Sousa Carvalho e Paulino de Sousa, o Governo Sousa & Sousa.

A aliança do clericalismo com o Partido Conservador.

Ou a disciplina e a força real do Partido Conservador.

Quem fará triunfar a chapa conservadora: a liga de Monte Verde, o partido católico, ou só o Partido Conservador?

Qual o interesse que deve sobrepujar os outros?

Tais são as interrogações que surgem das alianças e da confidencial do sr. Paulino de Sousa e está claro que o futuro não pode ater-se, nem à escravidão revogando a lei de 28 de setembro, nem ao clericalismo, nem ao Partido Conservador suprimindo para viver o próprio escrúpulo.

A fé, que nos é indispensável e que nós queremos ver robustecida, tem necessidade de ir abeberar-se em fonte diversa da do voto.

Ela já nos diz que 145.000 indivíduos não representam um país de milhões de habitantes.

Depois da eleição de amanhã, ela nos dirá que 145.000 indivíduos estão constituídos de modo a reduzirem à escravidão um país de 12 milhões de cidadãos; que uma oligarquia que vive de ilegalidades e de intrigas se mostra tão audaz que pretende abafar com o interesse de algumas famílias de uma província os reclamos de uma nação inteira.

Tais são as observações que julgamos conveniente fazer ao eleitorado fluminense.

A propaganda abolicionista não se parece nada com o passado partidário deste país, não tem interesses pessoais mas as ideias e só as ideias, a pátria e só a pátria.

Tem, pois, a serenidade necessária para ver claro e dizer alto a verdade. Dando ganho de causa à chapa conservadora, o eleitorado desta capital se condena de uma vez para sempre ao mais pesado cativeiro.

Aos funcionários públicos nos cumpre dizer que, com o jogo do câmbio, imoral e indecente, com o retraimento proposital de capitais, o esclavagismo encarece os gêneros de primeira necessidade com a mesma crueldade com que o sr. Andrade Figueira ameaça reduzir os vencimentos do colaborador da paz e da fortuna pública – o funcionário.

Aos militares devemos lembrar que o sr. Andrade Figueira não trepidou nunca marear-lhes a reputação, e aí estão os seus discursos para comprovar. Ainda ultimamente S.Ex.ª e os seus amigos fizeram questão de adiar o aditivo, que reformava a organização do Exército, e só explicava a urgência dessa reforma por ter o Governo de precisar de mais força para combater os seus adversários.

O que quer dizer que – aos olhos do sr. Andrade Figueira – o Exército não passa de um títere, um instrumento que serve para assassinar os seus irmãos.

O sr. Andrade Figueira não disse, como qualquer outro oposicionista o faria: o Governo lança mão da reforma para se popularizar no Exército; não, S.Ex.ª, atendendo à ideia que ele formado soldado brasileiro, só viu um meio de adquirir instrumentos de compressão e de morticínio.

À lavoura e ao comércio, pedimos que reflitam, em que mais vale assentar bases para uma transformação que é fatal, do que se apegar a quimeras vãs.

Os homens, que se contrapõem hoje à propaganda abolicionista, são os vencidos de 1871 e se eles então nada puderam fazer, o que conseguirão hoje que o Ceará, o Amazonas e o Rio Grande do Sul, apertam pelas fronteiras o esclavagismo, obrigando-o a entrar no círculo de liberdade, que a civilização já traçou em nossa nacionalidade.

Que as urnas falem pela voz da pátria e não pela do interesse.

16 ago. 1884

No horizonte negro, que nos cerca, não se vê neste momento senão o sulco diamantino da coroa imperial.

Ela irrompeu bruscamente em meio dos graves acontecimentos políticos do dia, como um cometa na solidão da noite. Todas as vistas convergiram naturalmente para ela e não há meio de desviá-las.

Todos quantos interrogam a esfinge do tempo e se preparam para ser por ela devorados, pensando descobrir-lhe o enigma, estão de acordo em responsabilizar o imperador pelo que se está passando entre nós.

A campanha abolicionista

O povo brasileiro habituou-se a entregar a Sua Majestade a solução dos problemas sociais, que mais de perto entendem com a organização definitiva de nossa nacionalidade.

Sempre que alguma ideia consegue bruxulear no crepúsculo parlamentar, que se estendendo desde 1834 até hoje – meio século às portas da noite – tem tornado indistintas as linhas, fantásticas as figuras da nossa política, toda a gente aponta o imperador como patrono dessa ideia.

Não se repara em quanto vai de humilhação para o povo brasileiro neste fato; não se reflete que se está alimentando uma presunção perigosa no espírito do soberano e que se vai gerando a mais tremenda das desilusões sociais – a desilusão da autonomia.

Esse hábito inveterado acaba de investir o imperador da responsabilidade da propaganda abolicionista.

Proclamam-no o chefe do abolicionismo.

Qual o intuito de semelhante jogo político?

Deixando de parte o que vai de injustiça para os poucos homens, que iniciaram a campanha atual contra a escravidão, perguntemos aos dous grupos que julgam conveniente trazer para a frente a pessoa do imperador, qual o resultado que desejam tirar?

Os conservadores, acusando o imperador de ser o chefe do abolicionismo e querendo vencer esta propaganda, o que pretendem? Conter o imperador nos limites, que eles dizem ser os constitucionais, ou obrigar o imperador a abdicar?

Mas o imperador não fez senão usar das suas atribuições constitucionais.

Quando chamou o Ministério Dantas para dirigir os destinos políticos do país, a propaganda abolicionista já havia produzido o Ceará livre, e o Amazonas, ao termo da sua libertação o Rio Grande do Norte com o município de Mossoró livre, Piauí com o município da Amarração completamente emancipado, e, em contraposição a tudo isso, a efervescência escravagista organizando clubes secretos, assalariando a imprensa, pondo cabeças a prêmio, desterrando magistrados, aplicando a Lei de Lynch a escravos que assassinavam senhores ou feitores; finalmente, fazendo a mais desbragada oposição à tentativa de libertação do município neutro.

Negar a pujança de uma tal opinião, que se representava já por uma luta apaixonada em todo o Império, que se cobre hoje de uma rede de associações abolicionistas e de centros de resistência escravagistas, é negar a verdade.

Podia o Poder Moderador fechar os olhos a tal movimento, que agitava nos seus mais íntimos recessos a vida nacional? Não eram os mesmos escravagistas, que vinham dizer ao país: a segurança pública, a riqueza, as instituições correm perigo? Não eram eles mesmos que proclamavam, como ainda hoje repetem, que ao conflito entre a abolição e a escravidão se devia o fenômeno social?

O que devia fazer o imperador? Reagir?

Mas a propaganda nascera sob o Ministério Sinimbu, que dizia: não daria um passo além da lei de 28 de setembro; crescera sob o Ministério Saraiva que se limitara a dizer: eu não cogito da questão: começara a ameaça sob o Ministério Martinho, que pela voz do presidente do Conselho, se permitiu a pose de Jefferson Davis de segunda ordem e se despejara nesta frase: resistirei, porque sou esclavocrata da gema; acentuara-se pela libertação do Acarape e de 16 municípios sob o Ministério Paranaguá, que, pretendendo iludir a propaganda, prometera encarar de frente a questão e só se ocupou em perseguir o abolicionismo, já demitindo no Ceará os funcionários acusados de tal opinião, já removendo desta província e desmembrando o Batalhão 15º de Infantaria, que se revelara favorável à abolição; finalmente adquirira toda a pujança sobre o Ministério Lafaiete que pretendeu marombar sobre a ação abolicionista e a reação negreira.

Devia o imperador reagir ainda? Seria constitucional um tal procedimento?

Dizem os conservadores que sim e acusam o imperador por haver concedido a dissolução da Câmara, quando devia fazer do voto deste a clava de Hércules para fulminar a propaganda, que os intimida e desnorteia.

Mas se é este o pensamento dos conservadores, se é por ele que se empenham em campanhas eleitorais, para insistir no seu voto contra o abolicionismo, só podem ter dois pensamentos:

– Vencer o imperador e neste caso ou suprimem o Poder Moderador, por que o obrigam a não ter liberdade de julgar os acontecimentos e o restringem a obedecer aos votos da Câmara e isto só pode dar em resultado a abdicação, pelo menos moral, do imperador, ou os conservadores estão convencidos de que, vencendo eleitoralmente, conseguem da parte de Sua Majestade a confissão pública de que se submete à vontade do esclavagismo.

É este o pensamento oculto? Pretende-se, como sob os Ministérios Paranaguá e Lafaiete, à sombra da tolerância do abolicionismo exercer a tirania da escravidão?

O imperador que não quis reagir ativamente pensa em reagir passivamente, ou por outra: quer lavar-se diante da História da responsabilidade pessoal e talhar-se a mortalha inglória, mas cômoda do coagido?

E por este desfecho que esperam os conservadores?

Alguns republicanos, principalmente os que são as secundinas da lei de 28 de setembro, seguem o mesmo caminho dos conservadores, quanto à responsabilidade imperial na propaganda abolicionista.

Que resultado político esperam esses republicanos de semelhante procedimento, que é, antes de tudo, uma injustiça clamorosa contra muitos dos seus correligionários, que têm sido os mais sacrificados na propaganda?

A campanha abolicionista

Que proveito anteveem nesse tripúdio ingrato sobre os túmulos de Luís Gama, de Numa Pompílio, de Ferreira de Meneses e sobre os corações feridos de muitos dos seus correligionários, empenhados no combate contra a escravidão?

Nunca nenhuns partidários deram mais triste prova de falta de compreensão da missão, que se incumbiram de desempenhar.

Contemporizar com a escravidão, em nome do ideal da liberdade, é uma concepção de tal sorte monstruosa, que só pode gerar-se na alucinação do interesse o mais baixo.

Dizer que o imperador é chefe do abolicionismo é confessar que o republicano atraiçoou o seu mandato histórico, é cercar de um prestígio sagrado a Coroa que se quer destruir.

Que papel histórico para o imperador! É a abnegação de Codro ressuscitado. O oráculo pede o sacrifício do rei para a salvação da pátria; o rei não hesita, precipita-se impávido e sereno nos braços da morte.

Que inversão moral de papéis! O rei que se fez mártir, o republicano que se proclama vil especulador!

O rei que desce do seu trono, porque o considera manchado pela escravidão, o republicano que faz dessa mancha o distintivo do seu estandarte!

No meio dessa confusão sociológica, o espírito se debate em dúvidas atrozes e não sabe mais encontrar a linha, que se havia traçado serenamente.

A nação foi suprimida em nome dos interesses conservadores e das aspirações republicanas; ficam, pois, face a face, o abolicionismo e o imperador e entre eles o Gabinete 6 de Junho e o Partido Liberal.

Raciocinemos, pois, com a calma relativa que a fé nos princípios ainda me dispensa.

É, realmente, o imperador o chefe do abolicionismo?

Se o é, por que o ministério não procura os meios de intervir já e já como opinião no pleito eleitoral?

É justo que a máquina oligárquica funcione desassombradamente, montada, como está, dentro das repartições públicas, nas patentes superiores do Exército, nas posições vitalícias do parlamento e da magistratura, e em cada movimento dificulte a ação governamental e irrite a propaganda pacífica do abolicionismo?

É justo que, ao tempo em que a oposição, recorrendo a um eleitorado de fazendeiros, se proclama vitoriosa; as notícias do abolicionismo sejam de par com a libertação em massa do Rio Grande do Sul e em Goiás, as de perseguição do abolicionismo em S. Paulo e no Rio de Janeiro, províncias vergonhosamente negreiras?

Quererá o imperador chamar opinião do país a conspiração dessas duas protetoras do tráfico, usufrutuárias da pirataria?

Se o imperador é nosso chefe, quer ir conosco à imortalidade, ou prefere que o repudiemos publicamente, como um traidor que faz da lealdade dos seus soldados termos da equação do seu problema dinástico?

A Coroa está em evidência e não seremos nós que a procuraremos ocultar. Temos cumprido com o nosso dever e não podemos consentir que ninguém falte ao seu.

O imperador vê a opinião da Europa e da América pronunciada; vê a opinião do país manifestada nas libertações integrais do Ceará e do Amazonas, na vertiginosa marcha do Rio Grande do Sul, nas comoções de Goiás, do Piauí e do Rio Grande do Norte.

O imperador ou é um cego, ou aproveitou as lições de seu próprio reinado. Sabia que a grita dos interesses devia ser atordoadora, e que, antes de tudo, era preciso dispor-se a não ouvir senão o que fosse justo.

Se é cego, se não viu o caminho por onde enveredou e pretende recuar, nós lhe prevenimos de que cada passo dado no caminho da liberdade cava um profundo valo no terreno da escravidão, e, quem pretende retroceder, cai no abismo.

Se não aproveitou as lições do seu longo reinado, será vítima de si mesmo e não terá razão de queixar-se senão da própria obra.

Quem vive de um falso crédito de força acaba por ver a fraqueza real fazê-lo vítima de uma falência fraudulenta.

Republicano, eu creio que o imperador vale mais do que muitos dos meus correligionários, e que a pátria vale mais do que nós todos.

Os acontecimentos colocaram a Coroa à frente: muito bem que a Coroa ande, para que a liberdade não seja obrigada a empurrá-la.

30 ago. 1884

Quem vence?

O Gabinete? No campo eleitoral, solene e venerando como o cadáver de Aquiles, ficou a candidatura de Rui Barbosa que, na última fase da propaganda abolicionista no parlamento, foi a encarnação da sua força, da sua coragem e do seu patriotismo.

Os conservadores? Nas vésperas do pleito eleitoral, vieram pela voz de um de seus chefes declarar que podiam, queriam e deviam ampliar a lei de 28 de setembro.

Os partidos não se atreveram a levantar as suas velhas bandeiras, sem recomendá-las com as vestes rotas do escravo.

Não houve coragem para dizer francamente, pela abolição ou pela escravidão.

A palavra murmurada desmentiu muitas vezes a palavra escrita e o ato de véspera.

A campanha abolicionista

Os centuriões do obstrucionismo, os condenados da dissolução arrastaram para o campo das pequenas questiúnculas de poder o pleito em que se decide a orientação moral e econômica da nação.

Por outro lado, os companheiros – em número crescido – entenderam e era possível transigir com os compromissos tomados.

De parte a parte, a carência de fé, a falta de firmeza na marcha, a irresolução em decidir-se.

Fácil, pois, é saber quem vence.

O vencedor está fora dos partidos e fora das urnas, dentro da consciência nacional. É a ideia abolicionista, única senhora, árbitro supremo do amanhã brasileiro.

A estreiteza de vistas partidárias pode inspirar desânimos aqui, temeridades ali.

Os monomaníacos do poder pensam em vão que, à força de ameaças, de sentenças, de crimes, poderão fazer recuar a onda abolicionista, que é feita com o impulso de todo o oceano da civilização atual.

A decepção será proporcional ao engano.

Já o dissemos e o repetimos: não é aos propagandistas nacionais que o nosso Governo tem de dar contas; é ao congresso dos povos, e à humanidade civilizada.

O sr. Paulino de Sousa não conservará, como troféu, a bandeira, que pretende arrancar das mãos do sr. Dantas.

Há de acontecer-lhe o mesmo que ao indivíduo que, impensadamente, segura no condutor elétrico que fecha um circuito: ser-lhe-á impossível abandoná-lo, sem que a pilha deixe de funcionar.

O Gabinete 6 de Junho pode ser vencido parlamentarmente; historicamente é ele o vencedor, porque nasceu da propaganda abolicionista, invencível como o Direito.

Os conservadores, no poder, não darão batalha; surpreenderão, apenas, o comboio luminoso da legião abolicionista, e com as suas provisões matarão a fome de glória sem sacrifício.

Desenganem-se os nossos adversários; o tempo da escravidão passou.

É inútil apelar para as coligações de interesse e dar-se ao espetáculo oprobrioso de recorrer até aos estrangeiros, que só visam aos seus lucros, para combater a mais vivaz aspiração da pátria.

O futuro abolicionista está escrito, pela própria fatalidade da evolução social.

Quanto maior for a resistência tanto mais fácil será o triunfo.

O que poderão conseguir no parlamento? Leis compressoras para fazer calar os propagandistas? Essas leis serão impotentes para matar no coração do escravo a sofreguidão de liberdade.

No dia em que se abrir a primeira prisão ou o primeiro túmulo para a propaganda abolicionista, está aberta a fase da luta de força contra força, de violência contra violência.

A boa política, longe de aconselhar a louca intransigência dos nossos adversários, impõe-lhes o dever de mediar por uma honrosa condescendência a negociação que o Ministério 6 de Junho se propôs fazer entre os interesses da civilização e os interesses dos chamados proprietários de escravos.

Os fatos virão dentro em pouco dar-nos inteira razão, a menos que o Brasil não tenha sido condenado a mais lastimosa exceção histórica.

É verdade que o estado atual de nos... (ilegível no original) e de alguns banqueiros estrangeiros de nossa praça, impondo por ameaça o sufrágio à causa dos seus clientes.

Das repartições públicas partem também ameaças de funcionários, que aliás ocupam cargos de confiança.

E os ameaçados se calam ou limitam-se a queixar-se à meia voz, porque não têm confiança na reparação dada pelo civismo e patriotismo brasileiro.

Mas, apesar desses fatos contristadores, nós podemos garantir aos nossos adversários que eles não levarão inteiramente de vencida o país.

As urnas são uma ridícula minoria: a nação está fora delas, fustigada pelo arbítrio, indignada pela incerteza dos seus destinos.

Se amanhã subirem os conservadores, se por um assomo de dignidade quiserem manter os compromissos tomados com o esclavagismo, muitos dos seus aliados de hoje serão inimigos rancorosos amanhã.

Poderão servir aos liberais, que desertaram por interesse das fileiras do seu partido?

Os conservadores que, há longos anos, esperam pelo poder em mãos de seus correligionários, que se sacrificaram por essa esperança, não consentirão no pagamento, e, se ele se der, romperão o pacto.

Esclavagismo não é convicção, é negócio.

O poder para os conservadores negreiros não é vitória de princípios, é letra vencida, que será protestada pelo despeito, se não for paga com todos os juros.

O que será o Governo dos conservadores? Satisfação de dívidas eleitorais e impopularidade.

Mas para que as ordens de pagamento possam circular no mercado eleitoral é indispensável a assinatura do imperador.

Pode o imperador assiná-las? Onde ficará a sua honra?

Sua Majestade quis que se soubesse que ele não pactuava com o esclavagismo, nem de outra forma se explica o decreto de dissolução, dado ao Ministério 6 de Junho, organizado em pleno desbragamento de resistência esclavista.

De duas uma: ou Sua Majestade falou sério – como nós acreditamos; – ou Sua Majestade quis iludir-nos.

No primeiro caso, os conservadores no poder terão de lutar contra o soberano, e o terão de tratar como a um vencido; no segundo caso, a questão da abolição se transformará em uma questão de mudança, pelo menos de soberano.

A campanha abolicionista

Veem, pois, os nossos adversários que para vencer a propaganda abolicionista há muito que vencer primeiro.

Antes de chegar à cidadela sagrada do direito humano, que nós representamos, é preciso saltar por cima da resistência do Partido Liberal, por cima da honra do imperador.

Porque é preciso dizer, e repetir até à saciedade: o imperador entrou com tudo quanto dá prestígio ao seu cargo no pleito em favor dos escravos: com a sua magnanimidade em beneficiar os desgraçados, com a distinção àqueles que promovem a libertação, com a livre ação do Poder Moderador, quer nomeando o ministério, quer dissolvendo a Câmara.

Um passo atrás e Sua Majestade estará desonrado.

Nós outros, expatriados desde esse dia, iremos dizer ao mundo que há um país na América, que é governado pela dobrez de César Bórgia, que mata os convidados instados para comparecer às festas da sua própria glória.

Que toda casta esclavagista se congregue e vença.

Com a queda do Gabinete 6 de Junho cairá também a última concessão, que lhe é feita.

O sr. Dantas tem a grandeza de Turgot. Se, como este, sair do poder antes da revolução operar-se de cima para baixo, ai dos que o fizeram sair!

Terão de assistir à revolução de baixo para cima.

20 dez. 1884

Não há como o Partido Conservador para aclarar situações e defini-las nos seus verdadeiros termos.

Sabendo qual a complexidade do problema servil; tendo-o estudado em todas as suas ligações com a vida doméstica e pública da nação, desde a organização da família até a produção da riqueza nacional; os próprios abolicionistas tiveram muitas vezes horas de dúvida, momentos em que interrogaram a consciência, perguntando-lhe se não tinham deixado o sentimento sufocar o raciocínio, e o humanitarismo obscurecer as conveniências pátrias.

O Partido Conservador veio dissipar inteiramente essa dúvida, robustecer a fé em que estamos de que o país nada perde com a transformação radical do trabalho agrícola, pela substituição total e em globo da máquina-escravo pelo trabalhador livre.

E para que a sua decisão fosse tomada na merecida conta, os conservadores escolheram a hora mais solene da vida atual da nação para pronunciá-la.

Superexcitados os ânimos pela emancipação de duas províncias e pela resistência ameaçadora das províncias do sul, o Poder Moderador não só chamou um ministério francamente hostil à escravidão, como infligiu à Câmara temporária a sentença de dissolução. Em seguida apelou para a nação.

Se os conservadores considerassem a escravidão uma necessidade indeclinável, se, como Jefferson Davis, eles pensassem que ela é pedra angular do edifício da nossa nacionalidade; seguramente durante o pleito eleitoral teriam tratado de extremar as suas convicções, de doutrinar os eleitores no sentido de se travar o pleito exclusivamente sob o ponto de vista da questão social.

Mas não aconteceu assim.

Primeiro fizeram falar o sr. barão de Cotegipe e não falar o sr. João Alfredo, isto depois de declarações as mais terminantes do sr. Andrade Figueira.

O sr. Cotegipe disse que o Partido Conservador queria, podia e devia ampliar a lei de 28 de setembro.

O silêncio do sr. João Alfredo, no momento em que todo o país se definia, essa neutralidade sistemática denunciou da parte de S.Ex.ª reserva, que não pode ser considerada como adesão aos conservadores do sr. Paulino de Sousa.

As declarações do sr. Andrade Figueira, que quer restituir os ingênuos aos seus legítimos donos, importam em uma tática de guerra, que tem por fim chamar o inimigo a um ponto, em que a batalha vai ser levada a outro muito diferente.

Em resumo, as diversas declarações e atitudes dos chefes conservadores querem dizer que eles não consideram tão grave como se afigurou ao Poder Moderador a questão servil.

Para esses velhos políticos a questão é mera arma de combate para chegar ao poder.

A ponte para as ideias abolicionistas estando de antemão lançada.

Ainda mais: o dr. Paulino de Sousa, dizem os seus adeptos, tem pronto um projeto, que extingue em cinco anos a escravidão.

Os fatos vêm, pois, demonstrar que para os conservadores a questão abolicionista está por si mesma terminada e que a qualquer governo é lícito dar-lhe o golpe decisivo, sem se importar com o que possam dizer certas classes eleitorais, para as quais eles apelam somente para aumentar votação.

Os abolicionistas devem, guiados por tão conspícuos cidadãos, estabelecer em termos definitivos o problema e não fazer mais nenhuma concessão.

O pleito eleitoral aí está para justificá-lo cabalmente.

Podem objetar que os conservadores apelaram para os esclavagistas e com que estes se ligaram com a mais sincera solidariedade.

A objeção cai por si mesma, atendendo-se a que não houve outro fim senão arrebanhar assim maior número de sufrágios para os candidatos do partido.

Todos sabem que os conservadores não tiveram escrúpulo de aceitar coadjuvação dos estrangeiros, comissários de café, banqueiros e empreiteiros da praça do Rio de Janeiro.

A campanha abolicionista

Ninguém dirá por isso que o Partido Conservador quer entregar aos estrangeiros o país e converter de novo o Brasil em colônia.

Batendo às portas dos estrangeiros, o Partido Conservador não visou aproveitar-se da influência poderosa do comércio.

Ele sabe que o comércio no Brasil é propriedade estrangeira e propriedade que nenhum nacional pode tentar compartir, não porque falte ao brasileiro capacidade e aptidão para ele, mas porque o mais vergonhoso pólio lho fechou, fecha e há de fechar, se, por uma inspiração de patriotismo, custe o maior sacrifício, não nos salvar o futuro.

Tirando proveito da lei do recrutamento e da Guarda Nacional, os estrangeiros tiveram tempo de se organizar fortemente, de modo a estabelecer um seguro mútuo que impede qualquer tentativa de brasileiros para tomar conta de um ramo da indústria, que em toda parte do mundo pertence em sua maioria aos nacionais.

As fortunas se revezam, sempre vedadas aos brasileiros, sempre longe da influência nacional.

O patrão casa a filha com o caixeiro de sua nacionalidade, para que a firma e as tradições da casa se conservem.

As casas recentemente criadas facilitam-se todos os meios de prosperidade, ao passo que se negam às casas brasileiras, ainda que pelo trabalho dos seus donos mais se recomendam, os mais simples obséquios.

O comércio constituiu-se uma espécie de realeza de hicsos no Egito, realeza cujo fundador criara, tendo chegado àquela nação trazendo apenas uma das mãos atrás e outra adiante.

No Rio de Janeiro, principalmente, não se pode sequer protestar contra esse poder arbitrário, que não tem por si mais do que a fortuita intervenção do acaso.

Pode-se falar contra o imperador, contra os ministros, contra os magistrados, contra todas as instituições, porém, ai do ousado que se lembrar de insurgir-se contra algum dos maiorais da metrópole comercial e de protestar contra a sua ingerência indébita em negócios que a nossa Constituição lhes proibiu tratar! É homem perdido.

Os pobres jornais fluminenses limitam-se a fazer barretadas aos fidalgos, que cheiram a toucinho, com medo de que os anúncios lhes fujam e as assinaturas escasseiem.

Nós, só porque tomamos a liberdade de dizer estas coisas que estão na consciência de todos os brasileiros dignos, de todos os homens de trabalho, temos realmente medo da mais franca perseguição.

Já das barraquinhas do Clube Ginástico Português foi excluído o nosso nome, e entretanto a imprensa portuguesa, todas as províncias do Brasil repetem.

Os conservadores mais avisados do que nós aproveitam para o pleito o dinheiro dos estrangeiros, fazem com ele obra de corrupção e depois procedem no poder como muito bem lhes parece.

Para adoçar a boca aos aliados, distribuem aqui uns hábitos da Rosa e concorrem para que venham de Portugal algumas comendas da Vila Viçosa.

Nós, com o impacto da mocidade e da dignidade, aceitamos francamente a posição que nos impõe o patriotismo. Os conservadores dissimulam a vergonha de ver o seu país levado à mercê de uma invasão de interesses, e tiram deles o quinhão que lhes convém.

Mas ninguém dirá que eles querem ser dominados pelo estrangeiro e elevar ao trono o primeiro comissário de café audaz que se julgue talhado para trazer coroa diferente da de princés.

O pleito eleitoral trouxe-nos, pois, esta consoladora certeza: a questão abolicionista está definitivamente julgada e ganha.

Não há partido organizado para resistir-lhe. Tudo quanto há contra ela é a aliança dos interessados àqueles que são bastante hábeis, e suficientemente pouco escrupulosos, para aproveitarem-se da boa fé dos aliados.

Podemos, pois, tomar a atitude ainda mais decisiva.

Que os abolicionistas se convençam finalmente de que podem e de que devem fazer.

As urnas acabam de reeleger quase todos os deputados que, na passada legislatura, tomaram lugar em torno da bandeira abolicionista.

Joaquim Nabuco está eleito.

Continuemos com mais fé o trabalho.

Que a assembleia que vai decretar a liberdade funcione em território livre.

A postos e mãos à libertação do Município Neutro.

Não há quem possa vencer a um partido que sabe querer.

As urnas do Município Neutro acabam de decretar a redenção dos cativos; executemos o seu decreto

10 jan. 1885

A luz triunfa.

Já há no horizonte vermelhidões precursoras do dia de fraternidade, que emancipará o trabalho e a pátria, congraçará os cidadãos pelo mais fecundo dos sentimentos – o de solidariedade.

Em vão os profetas de ruínas pregaram o juízo final da pátria para o dia em que os ecos repetissem, pela vastidão de nosso território, a proclamação criadora da redenção total dos cativos.

A lavoura, a quem se queria catequizar para a religião ensanguentada da destruição da alma de uma raça, religião fatal que exige para o seu culto holocaustos humanos, parecendo a princípio querer prestar-lhe ouvidos, começa a desconfiar dos evangelistas, e a reclamar para si o livre exame das suas necessidades e dos remédios que lhe aproveitem.

A campanha abolicionista

A lavoura de Campos se fez o Lutero contra esse catolicismo das catacumbas da civilização econômica, e que, só trazendo ao espírito desconfortos, ideia de morte, tinha como cântico religioso o gemido dos mártires, que o confessavam, e das vítimas que a sua intolerância brutal sacrificava. Está quebrada a unidade da fé negra. Enquanto uns se abraçam à cruz inquisitorial do trabalho escravo, outros se voltam para essa religião do espírito, em que a razão pontifica, a consciência é altar, e os ensinamentos do século o Evangelho sagrado.

A manifestação da lavoura de Campos há de ser posta à margem pela massa esclavagista, como perigosa heresia.

Os argumentos são felizmente conhecidos; dir-se-á de Campos o mesmo que se diz do Norte: a qualidade da sua lavoura dispensa o braço escravo.

Mas o que fica desde já acentuado é o princípio da indenização da suposta propriedade pela própria renda da propriedade, ou o que é o mesmo, o reconhecimento de que na lavoura, como em qualquer indústria, todo o capital que se indeniza tem em si mesmo o meio de resgatar-se.

Houve, entretanto, quem negasse este princípio comezinho, espécie de conclusão de Calino, e foi contrariando-o e é refutando-o pelo absurdo que se mantém no país um partido esclavagista, com grande prejuízo da honra e da riqueza nacional.

A lavoura campista será incluída na excomunhão geral imposta a todos os que afirmam a possibilidade da transformação do trabalho sem indenização pecuniária do Estado ao senhor de escravo, mas é também incluída na classe dos pensadores sérios, que cuidam mais do dia de amanhã da pátria, que é o patrimônio de muitas gerações, do que dos interesses de hoje que podem ser mal julgados pelos preconceitos e pelas paixões.

O que a lavoura de Campos pede não é o que o país lhe pode dar; sente-se o erro econômico através da boa vontade dos representantes, mas as suas palavras são repassadas de um sabor de patriotismo, que arrebata e inebria.

Prevendo as acusações, que hão de ser feitas aos patrióticos lavradores, pressentimos também a revolução que as suas palavras vão causar no espírito dos seus pares na indústria.

Não tardará muito que os fazendeiros do Brasil compreendam que os seus inimigos não são os abolicionistas, mas os seus supostos advogados.

Haverá ocasião de traçar o paralelo, em pleno calor dos acontecimentos. E que diferença?

Enquanto os abolicionistas se limitavam pela imprensa e pela tribuna a formar opinião, para dar uma solução legal por meio do parlamento ao problema inflamável da liberdade pessoal; os comissários de café e os seus assalariados políticos aconselhavam aos lavradores que se reunissem em clubes de lavoura, com estatutos secretos, com polícia especial, e aplaudiam a lei das causas perdidas ou das situações desesperadas – a Lei de Lynch.

A consequência do emprego desses recursos era revelar nos centros rurais aos escravos o abalo da instituição servil, a fraqueza dos seus mantenedores, o que importava animar a insubordinação, incitar à desordem. Nas fazendas, os escravos estão hoje convencidos de que tudo depende de um pouco de esforço da parte deles; que podem escrever com as suas próprias mãos sua carta de emancipação.

Os abolicionistas falavam ao espírito e ao coração dos senhores, apelando para a solidariedade na manutenção da honra nacional; os esclavagistas falavam ao escravo, esporeando-lhes o desespero com a alucinação da esperança.

Os abolicionistas advogaram sempre os meios de aumentar o valor da riqueza rural, pela divisão do solo, a imigração, a criação de mercados no interior, a concentração comercial nas regiões agrícolas. Com estas medidas eles concorriam para melhorar as tarifas, pelo aumento da renda das estradas de ferro, e por consequência dar maior valor à produção, quer pela abundância de trabalhadores, quer pela economia realizada na diferença dos fretes.

Os esclavagistas procediam de um modo contrário. A pretexto do perigo da instituição servil, perturbaram o trabalho pela negação de crédito aos fazendeiros pela mudança brusca no regime de cobrança, e pela conversão da hipoteca em fábrica de miséria.

Em vez de encorajar, intimidaram, em vez de remediar, agravaram o mal da lavoura.

Protetores não diminuíram o juro, aumentaram-no; em vez de promover a criação de novos produtos, fizeram a convicção de que só o café é que acha comprador e só ele é capaz de indenizar o capital rural.

Tendo preso em suas mãos o fazendeiro, deram maior desenvolvimento à especulação vergonhosa das contas correntes e da falsificação das qualidades do café.

Felizmente o paralelo, que vamos fazer, há de deixar bem claro que tudo quanto pedimos redunda em benefício para a lavoura e tudo quanto os nossos adversários – comissários e políticos, estrangeiros e oligarcas – aconselharam é uma série de males para os fatores da riqueza pública.

A História preparou-se para tomar vingança dos difamadores da pátria.

Um espetáculo curioso está prestes a ser representado. Os *procuradores da lavoura* estão reunidos em grande número na Câmara temporária e, pelos seus primeiros atos, podemos inferir já que eles dirão – continue-se, quando a lavoura disser, como começou a dizer – acabe-se; que eles aconselharão guerra, quando a lavoura aconselha paz.

Será curioso um país inteiro a condenar uma instituição e alguns negociantes estrangeiros e seus advogados a querer mantê-la.

A *campanha abolicionista*

Esperamos por este momento, para repetir a frase do povo francês aos trintanários parlamentares de Carlos X quando os enxotou da Câmara: para fora, bandidos, este lugar é do povo.

21 fev. 1885

Vai bater a hora soleníssima da abertura da sessão parlamentar, destinada a arquivar a página de maiores esperanças ou de maiores decepções em nossa História.

Apesar do propósito de alguns em nivelar com o passado a missão da legislatura, que começa, o futuro provará que ela não tem nada de comum com essas reuniões sem responsabilidade, que se limitavam às funções de chancelaria do Poder Executivo.

A gravidade da situação presente manda-nos olhar para a Câmara temporária de amanhã, com a visão de Necker diante dos Estados Gerais de 4 de maio de 1789, e dizer como ele que – a assembleia deve pertencer ao presente e ao futuro.

No presente queria o estadista que se meditasse nas relações das finanças, no futuro que os Estados estivessem preparados para o dia em que se tivesse de lançar um olhar de compaixão sobre esse povo desventurado de que se fez um bárbaro objeto de comércio; sobre esses homens, nossos semelhantes pelo pensamento e sobretudo pelo sofrimento, homens, que, entretanto, sem comiseração pelas suas lágrimas, eram amontoados no porão dos navios e levados, a velas cheias, ao encontro das cadeias que os esperavam.

A Câmara deve dar resolutamente costas ao passado, porque lá, como num pesadelo tremendo, em que se vissem esqueletos e demônios tripudiando ao som de uma orquestra de gemidos de moribundos, só há cenas que horrorizam, vergonhas que entibiam.

Olhar para o passado será continuar a servir aos interesses da oligarquia de senhores de escravos, único poder real, que tem tido este país.

Desde o berço da nossa nacionalidade, o fantasma da escravidão nos guarda ominosamente o destino, manchando-nos a história com a sua sombra pavorosa.

Ao lado de Tiradentes, ela inspira-lhe uma baixeza de par com a ideia da emancipação da pátria.

Não é porque a metrópole dificulta o desenvolvimento da nascente nacionalidade brasileira que ela entende que a província de Minas Gerais deve unir-se para reagir contra o domínio português; não, o primeiro mártir da Independência nacional restolha na odiosidade contra a capitação – imposto sobre escravos – a cólera dos senhores e os convida à reação porque a METRÓPOLE VAI DECRETAR QUE NINGUÉM PODE POSSUIR MAIS DE DEZ ESCRAVOS.

A *Inconfidência* é assim rebaixada a uma infamíssima conspiração de réus de lesa-humanidade contra o Governo, que os ameaçava com obstáculos à perpetração desse crime, em larga escala.

Manchando a primeira revolução emancipadora, a escravidão incumbiu-se de matar a segunda.

A Confederação (sic) de 1817 ameaçou fulminar o monstro, que já havia sido mal ferido pelos golpes dos filantropos estadistas ingleses, pela Convenção Nacional, pelo Congresso de Viena e pela própria legislação portuguesa, quer quando o marquês de Pombal considerava-a grande indecência, que as ditas escravidões inferiam aos vassalos, as confusões e ódios que entre eles causavam e os prejuízos que resultavam ao Estado de ter tantos vassalos lesos, baldados e inúteis, quer quando o alvará de 24 de novembro de 1818 considerava o tráfico *um arbítrio*, até agora praticado como necessidade da produção.

Tanto bastou para que uma das mais liberais das revoluções humanas fosse sacrificada e que de tanto sacrifício e de tanto heroísmo não nos restasse senão a lembrança indelével da vida branda da jangada do padre Roma, como a via-láctea em que os nossos sonhos de moços idealizam o brilho das constelações do futuro pátrio.

Realizada a nossa Independência, a escravidão não quis deixar de ter o seu quinhão nos meios vis por que a obtivemos.

Por ela os nossos plenipotenciários rojaram-se aos pés da Inglaterra; por ela vimo-nos forçados a comprar a dinheiro a emancipação que já nos havia custado sangue de mártires.

Constituída a nação, ela faz imediatamente dividir a história parlamentar em duas fases, cada qual a mais vergonhosa: – uma que vai de 1821 a 1850 e tem por fim garantir a pirataria; outra que se estende daí aos nossos dias e se compromete a manter a escravatura.

Na primeira fase, a escravidão invoca todos os pretextos, submete-nos a todas as humilhações para subsistir.

Defendendo o tráfico como necessidade indeclinável da agricultura, ela não se vexa de ver o país tratado a abordagens e bombardeios, representado pelos cadáveres de piratas pendurados nas vergas dos cruzeiros.

Chama a essas rudezas da Justiça abusos da força inglesa, e negando ao mesmo tempo os compromissos solenes de 1828, a Convenção de 26, a lei de 1831, como outrora já negara o Tratado de 1810 e os compromissos do Congresso de Viena, as Convenções de 1815 e 1817, só se rendeu quando, por uma lei falaz de repressão do tráfico, houve um governo bastante miserável para se fazer cúmplice do crime de redução de 600.000 homens livres à mais ilegal e à mais monstruosa das escravidões, porque é a escravidão regida pela infamíssima lei de 1835.

A campanha abolicionista

Batido e vencido o tráfico, ficava constituída a força que devia manter a escravidão.

De um lado a lavoura, que se empenhara para se prover de braços e só neles tinha a sua riqueza, de outro os políticos que fizeram do tráfico a arma de Governo e se acusavam de partido a partido como assalariados dos piratas. Entre eles como poder, mais forte que ambos, levantava-se o comércio traficante, que, representado por Manuel Pinto da Fonseca, fazia e desfazia situações.

Com tais elementos, que ainda hoje subsistem, tendo apenas Manuel Pinto da Fonseca tomado o nome de Centro da Lavoura e do Comércio, fácil foi continuar a manter a escravidão contra todos os brados do sentimento humano indignado e os ensinamentos mais intuitivos da ciência econômica.

A última palavra dessa torpíssima especulação foi escrita pela lei de 28 de setembro, em que o legislador declara que bastam sete anos para resgatar um escravo, isto é, para indenizar a quantia por ele dada em contrato de serviço, e, não obstante, em nome dessa mesma lei, quatorze anos depois de sua decretação, há um partido que ousa chamar anarquistas aos que pedem a libertação dos escravos, e pede em nome dessa lei que não se adiante um passo mais no caminho da emancipação.

A morte é o único legislador que se admite, como capaz de resolver o problema.

Tal é a instituição e tais são os homens que a Câmara, como tribunal da nação, tem de julgar.

Oxalá que ela se inspire nas lições dos outros povos e se decida a medir a pátria pelas gerações vindouras e não pela estatura de alguns homens, que não bastam nem para aferir o comum da espécie humana.

7 mar. 1885

Ainda que, em consciência, não nos julguemos já obrigados a dar explicações do nosso procedimento, nem a revelar as nossas determinações aos adversários da extinção do elemento servil, queremos levar a extremo a nossa longanimidade e mais uma vez proceder com a lealdade, que foi e é a nossa maior força na propaganda sacrossanta da igualdade humana, civil e economicamente.

A nossa obra está à vista de todos, só os cegos não a querem ver.

O sr. senador Afonso Celso a descreveu assim, na sessão do Senado, ontem:

– "O *status quo* não pode manter-se; ninguém se iluda. Quaisquer que fossem as causas determinantes desse fato, a propaganda libertadora desenvolveu-se, ganhou terreno, e hoje impõe-se a todos os espíritos. Agora só resta

José do Patrocínio

encaminhá-la, dirigi-la de modo a atenuar os sacrifícios dos interesses, que ela combate, e impedir que se desvaire.

Ela chegou a todos os recantos do país; ecoa por toda a parte, e convém não esquecer que ainda nos estabelecimentos onde a disciplina mais severa segrega a escravatura de qualquer contato estranho, – a esperança da liberdade anima, conforta e contém os que estão cativos.

Como isso aconteceu, como foi levada e repercutiu em todos os centros a ideia de emancipação, quem saberá dizê-lo? Também, às vezes, a ventania transporta para o fundo do deserto a semente fecunda de outras regiões que aí brota e floresce!

O fato inegável é esse: hoje não há ponto nenhum do Império onde não se pense e não se discuta a questão da emancipação; onde essa ideia não fomente alegrias, ou desperte receios."

A primeira vitória está, portanto, ganha; a segunda ninguém no-la pode disputar.

A mesma resistência ao Direito, a mesma obstinação em desconhecer a Justiça, os dous melhores instrumentos da propaganda abolicionista, nos hão de dar o triunfo completo.

Contra a vontade dos Governos e do parlamento, da magistratura e da polícia, realizamos a grande odisseia da consciência nacional; contra eles e apesar deles havemos de chegar ao termo das nossas aspirações, o mais tardar no prazo fatal que marcamos: 1889.

O Direito não precisa de outra força além do consenso universal. A oposição dos interesses de castas coligadas nada pode contra ele. Dique impotente, serve apenas para converter o rio em inundação.

As ilusões restolhadas no passado, as tradições do predomínio oligárquico em toda a nossa história acalentam, é certo, em espíritos mal preparados, a esperança de que é possível ainda fazer parar a propaganda e nivelá-la com os interesses dos partidos.

Em 1823 a lei de 20 de outubro mandava aos presidentes de província, com os conselhos provinciais, propor árbitros, para facilitar a lenta emancipação dos escravos.

Ditada pela Constituinte, esta lei ficou, entretanto, letra morta, porque a Constituição outorgada suprimiu criminosamente o compromisso nacional.

Em 1831 decretou-se a 7 de novembro a proibição do tráfico de africanos e entretanto, em 1837, havia bastante impudor para se formular, no Senado, um projeto mandando anistiar os réus de pirataria e a anistia que a lei não concedeu tornou-se desde logo fato.

Estas duas recordações devem, de certo, dar aos advogados da escravidão uma noção falsa a respeito da atual propaganda abolicionista, tanto mais eles resistem dispondo dos mesmos elementos de força com que se aguerriam outrora.

A campanha abolicionista

Mas, para desfazer-lhes o engano, basta uma consideração.

A lei de 28 de setembro, à parte todos os seus erros, realizou um grande benefício: vacinou a escravidão com a liberdade.

A vacina chama-se ingênuo.

Dentro em quatro anos, o ingênuo de 1871 será um adolescente válido, braço forte para lutar, com espírito capaz de raciocinar, consciência preparada para decidir. As leis naturais, essas que zombam dos códigos tacanhos, das instituições políticas infames, viveram sempre e viverão até lá.

Essas leis ensinarão ao ingênuo que o dever do filho é reagir contra tudo que avilta os pais, contra as injustiças que os torturam, contra as lesões feitas aos seus direitos.

Ora, a estatística apresenta centenares de ingênuos, o que equivale a dizer em quatro anos a propaganda abolicionista deve ter recrutado, só nos domínios da lei de 28 de setembro, um exército formidável para ditar a lei da libertação total dos escravos no Brasil.

Daqui não há fugir.

A lei de 28 de setembro foi uma das santas emboscadas da liberdade.

Sabe-se que o visconde do Rio Branco pretendeu tomar medidas bem diversas das que a resistência escravista lhe impôs.

Quis organizar e entretanto constrangeram-no a formular essa lei anárquica, que preparou no próprio ventre da escravidão a sagrada conspiração abolicionista.

O sr. senador Afonso Celso é vítima da mesma pressão moral.

S.Ex.ª proclamando o direito de propriedade sobre o homem, direito que não tem outro fundamento senão o interesse do senhor, prega a anarquia em nome da lei.

Quiséramos que S.Ex.ª nos dissesse onde está a lei que estabelece a escravidão atual.

O que há na origem é o *resgate*. O trabalho do catecúmeno indenizando o sacrifício do cristão, que foi disputá-lo à morte para a vida da fé católica.

Desde que esta relação social degenerou em cativeiro, a igreja a condenou imediatamente e atenta à origem da instituição que se ia criar, só a igreja era poder competente.

Vencido o direito pelo interesse dos estados, decretado o tráfico, a legislação portuguesa falando pela voz do marquês de Pombal, ou pela de d. João VI, declara terminantemente que não há direito real do senhor sobre o escravo, que o tráfico é um arbítrio.

A escravidão é uma espécie de milícia desventurada, criada pela política colonial, para a guerra da agricultura e de todas as outras indústrias contra a natureza selvagem.

A revolução econômica operada pelos descobrimentos aconselhou, é certo, os revolucionários ao confisco da liberdade dos povos selvagens e bárbaros, mas nem por isso a civilização humana, único tribunal competente, legitimou o ato.

O sr. Afonso Celso não quererá por certo dar como base sólida de Direito uma legislação em conflito, denunciada através da nossa história parlamentar como o fruto da venalidade dos legisladores, uma legislação que tem como berço opiniões como estas.

Diz Eusébio de Queirós:

"Sejamos francos, o tráfico no Brasil prendia-se a interesses, ou, para melhor dizer, a presumidos interesses dos nossos agricultores; e num país em que a agricultura tem tamanha força, era natural que a *opinião pública* se manifestasse em favor do tráfico.

O que há, pois, para admirar em que os nossos homens políticos se curvassem a essa lei de necessidade!"

Assim, pois, depois de compromissos tomados com a Inglaterra no momento em que se reconhecia a nossa Independência, depois da convenção de 26, depois da lei de 1831, os homens públicos submetiam-se à opinião pública, formada pelos supostos interesses dos agricultores, e esta lei da necessidade dos partidos legitima e legaliza um crime!

E, prosseguindo, Eusébio de Queirós não apela para nenhuma lei, que se pusesse ao menos em conflito com as leis que condenavam o tráfico, limita-se a justificar o atentado pela unidade de conduta dos partidos no Governo.

Sousa Franco denuncia nos mesmos termos a legalidade da escravidão, chamando o tráfico ato de conivência dos governos com os traficantes.

Quando se recorre aos anais vê-se que, para conservar o tráfico, lançou-se mão de uma suscetibilidade nacional com relação ao cruzeiro inglês, e foi explorando um falso sentimento de patriotismo que se conseguiu legalizar aquilo mesmo que a lei condenou.

Se não fosse demasiado pretensioso no Brasil emprazar homens de posição oficial a aceitar debate com quem a não tem, provocaríamos os defensores da legalidade para uma discussão larga e desapaixonada diante da história parlamentar e da imprensa.

Não temos receio de ser vencidos. Nenhuma lei pode ser invocada para sustentar a escravidão. Basta o confronto da importação de africanos com a emancipação destes, para demonstrar que a escravidão no Brasil é um roubo.

Lamentamos profunda e sinceramente que o sr. senador Afonso Celso, cabeça cientificamente organizada, deixando-se dominar por um preconceito político, se aferre à ideia da indenização.

Indenizar o que, com que e para quê? Só se indeniza o que é propriedade legal e o escravo é uma espoliação praticada por algumas castas contra o Estado.

Mas, dada a hipótese de que essa propriedade exista, com que recurso havíamos de indenizar os senhores?

A campanha abolicionista

Resta-nos também saber para que se daria tal indenização, quando ela não pode corresponder sequer à quarta parte do valor de cada escravo indenizado?

Indenizar é iludir, já o demonstramos; porém, voltaremos sobre o assunto, uma vez que não conseguimos ainda fazer sentir aos políticos o gravíssimo erro, que vão mais uma vez cometer, principalmente ao persistir no fatalíssimo sistema da lei de 28 de setembro.

O patriotismo aconselhou ao sr. Afonso Celso uma declaração digna de seu merecimento: é que está pronto a votar pelo projeto do Governo, porque vê nele um meio de remediar os males do presente.

Pois bem, em nome desse mesmo patriotismo pedimos ao sr. Afonso Celso que se encarregue de estudar, fora dos interesses do partido, a questão servil.

Estamos certos de que S.Ex.ª chegará conosco a esta conclusão; tudo quanto há a fazer é fazer com que a agricultura nacional entre no regime geral da indústria.

Nada de leis de exceção.

O país deve à lavoura proteção, mas esta não pode ser dada a preço da liberdade de mais de um milhão de indivíduos e dos interesses da riqueza pública.

Sobretudo, o sr. Afonso Celso, como estadista, deve saber medir o tempo, e não há dúvida de que a solução do problema servil tem atualmente prazo fixo.

Fazer leis que tenham de ser rasgadas pela fatalidade da evolução é um trabalho inglório.

O grande congresso nacional dos filhos da mulher escrava está convocado. Não queira o sr. Afonso Celso contribuir para que ele decrete leis cruéis.

O parlamento pode hoje mandar pagar o fazendeiro, a civilização considerará esse dinheiro um empréstimo, que ela cobrará executivamente em 1889, época em que a escravidão será, queiram ou não queiram, abolida.

Que o parlamento coopere com a lavoura para garantir os capitais, como a propaganda cooperou com a escravidão para garantir-lhe a redenção.

21 mar. 1885

É para impressionar profundamente a moderação que têm tido, estes últimos dias, os conservadores.

Este procedimento destoa tanto do que eles tiveram no começo da sessão, que necessariamente corresponde a algum plano secreto, e quem sabe se conchavo nas trevas, para empolgar de improviso o poder e mais uma vez ensanguentar o país com alguma das suas costumadas reações monstruosas.

Todos os que estudam a história parlamentar deste país sabem que o Partido Conservador chamou a si a *resolução* do problema servil.

A história desse partido é a história da escravidão, a partir de 1831.

Foi ele quem escandalosa e criminosamente protegeu o tráfico, já proibido; foi ele quem não tendo conseguido anistia de direito concedeu-a de fato aos réus de pirataria, aos traficantes apontados pela imprensa e pelas reclamações da Inglaterra; é ele, finalmente, quem pela voz dos srs. Paulino de Sousa e João Alfredo ainda ousa vir falar em propriedade legal, depois do Projeto 133 do Senado, em 1837, e das vergonhosas revelações de todos os Governos e dos parlamentares brasileiros, com relação aos abusos flagrantes, à violação proposital da lei, que fechou os nossos portos à introdução de africanos.

Está na memória pública a atitude dos sustentadores da propriedade escrava, durante as discussões da lei de 28 de setembro de 1871.

Essa atitude, em tudo igual à que tiveram o sr. Vanderlei, hoje barão de Cotegipe o sr. Pereira da Silva e seus correligionários na ocasião em que Silva Guimarães apresentou o seu projeto emancipador e pretendeu justificá-lo, não se conforma com o meio desprendimento que se nota na pujante e numerosa falange negra, disciplinada na Câmara pelo sr. Andrade Figueira.

Essa tolerância relativa faz até acreditar aos que julgam de leve haver da parte dos abolicionistas falta de tática política em não ir ao encontro dos chefes conservadores, para testemunhar-lhes a esperança de que, não tendo compromissos políticos, estão prontos a con... (ilegível) deles como de qualquer outro, a sorte da propaganda e das medidas de extinção do elemento servil.

A nossa justificação é fácil.

Os conservadores insistem no direito de propriedade escrava, sem levar em linha de conta as decisões do direito das gentes, a história da escravidão no país e as próprias declarações de seus chefes.

Em sessão de 1º de setembro de *1854*, na Câmara dos Deputados, sustentando o seu projeto acerca de transporte de escravos, disse o atual sr. barão de Cotegipe:

"Ora, senhores, se isso dá-se na propriedade considerada em geral, o que acontecerá quando se tratar de *uma propriedade que funda-se no abuso*? (Apoiados.) A sociedade não terá o direito de limitar esse abuso, de fazer com que ele seja menos prejudicial à mesma sociedade? (Apoiados.) Se nós entendêssemos que devíamos acabar a escravatura entre nós, haveria alguém que se nos viesse opor e a quisesse perpetuar, porque assim feriríamos o direito de propriedade? (Muitos apoiados. Prosseguem os apartes.) Como, pois, entende-se que é inconstitucional fazer-se cessar o comércio de escravos de província a província? (Apartes.)"

Posso usar e abusar da minha propriedade, é uma consequência dela - diz-me o ilustre deputado por Mato Grosso.

A campanha abolicionista

O sr. VIRIATO: – Apoiado.

O sr. VANDERLEI: – Podeis abusar, sim, da vossa propriedade em geral; mas, da propriedade sobre o homem não podeis abusar (muitos apoiados) se entenderdes que podeis abusar até o ponto de destruí-la, esse abuso poder-vos-á levar até a forca.

Tal era o modo de pensar do sr. barão de Cotegipe, há trinta anos! S.Ex.ª declarou terminantemente que essa propriedade infamante vinha do abuso e, no entanto, hoje, consente em que os seus correligionários a proclamem legal! E para não deixar dúvida sobre a sua convicção de que a escravidão é o *abuso*, palavra em que dissimulou uma outra – um crime, diz ainda S.Ex.ª com relação ao tráfico de escravos do Norte:

Não é tudo, senhores, já como consequência vai aparecendo no Norte uma outra especulação, que é a de reduzir à escravidão pessoa livre...

"O sr. AGUIAR: – Apoiado; isto é que é lamentável.

O sr. VANDERLEI: – Homens a quem estão confiados desgraçados meninos de cor parda e preta têm-nos vendido; outros empregam violência para roubar crianças e vendê-las! Fatos destes têm sucedido mesmo na minha província.

O sr. SILVEIRA DA MOTA: – Em praça pública faz-se isto em toda parte.

"O sr. VANDERLEI: – O quê? Reduzir à escravidão pessoa livre? Pode-se considerar sem alcance moral o projeto que tende a acabar com semelhante imoralidade?

O sr. SILVEIRA DA MOTA: – Não acaba tal, há de haver sempre leilão de escravos.

O sr. VANDERLEI: – O ilustre deputado não atendeu: estou dizendo que essa indústria, essa nova especulação, essa nova traficância de carne humana (*apoiados*) que anda explorando todas as vilas, todo o centro das províncias para comprar homens e transportá-los para os novos *valongos* da corte, tem trazido mais uma outra imoralidade que é a tendência de reduzir à escravidão pessoas livres."

Assim, pois, essa propriedade legal não proveio só dos antigos Valongos, apenas desconhecidos pelo dr. Paulino de Sousa, pai; proveio de novos *Valongos* criados para mercado de crianças livres roubadas a pais brasileiros!

Legalidade passa a ser em nossa legislação sinônimo de imoralidade triunfante, de pirataria impune. O parlamento que a reconhece, que a decreta, não sai do art. 13 da Constituição mas do art. 179 do Código Criminal.

Entretanto, é a esse direito de propriedade que se apegam os correligionários do ilustre estadista brasileiro, que por sua vez consente que os deputados, que dependem imediatamente da sua influência provincial, votem e discutam, sob a direção do sr. Andrade Figueira, que legaliza a pirataria até nas *águas lustrais do batismo*.

Para apoiar a opinião do sr. barão de Cotegipe, quanto à legalidade da escravidão, quantas outras no seu partido, sobrelevando-as principalmente a de Eusébio de Queirós, que mais de perto estudou a história da traficância de carne humana! O marquês de S. Vicente, o benemérito abolicionista, sobre cujo túmulo têm sido regateadas as coroas que lhe devem os correligionários, como justa homenagem à sua memória, entendia deste modo a propriedade escrava, sob o ponto de vista da sua legalidade.

"Em matéria de propriedade *puramente* legal, em matéria de instituição excepcional vigora o princípio que – quem adquire tal gênero de propriedade, quem entende tirar proveito da exceção, o faz a seu risco e perigo, por isso que sabe que tal estado de cousas deve ser abolido algum dia. Demais é princípio que quem coloca assim sua fortuna entende achar nos benefícios de tal emprego a compensação das eventualidades a que se expõe, a amortização do capital arriscado. O princípio contrário obrigaria o Estado a indenizar a abolição de todo e qualquer privilégio."

Esta opinião da comissão francesa por ele perfilhada, sustentou-a brilhantemente, para apoiar o mesmo sr. João Alfredo que, hoje, seria capaz de fazer oposição ao imortal jurisconsulto brasileiro.

Posta nestes termos a questão da legalidade da escravidão, não se pode admitir boa-fé da parte dos seus sustentadores e não se compreende a pertinácia na sustentação comparada à atitude descomunalmente moderada dos conservadores.

Haverá na nossa história parlamentar algum fato semelhante?

Felizmente.

Em 1848, o Partido Liberal iniciou a discussão da lei para reprimir o tráfico.

Dispensamo-nos dos qualificativos que convêm ao modo como procedeu, porque é sabido que os liberais no Governo são de uma contradição dolorosa com as suas teorias.

O Ministério exumou timidamente dos arquivos da Câmara o cadáver moral da legislação brasileira, conhecido pelo nome de projeto nº 133, de 1837, do Senado, e pretendeu galvanizá-lo pela discussão.

Parecia que o Partido Conservador estava deliberado a sustentar o Gabinete nesta iniciativa.

Pois bem, de súbito, apareceram complicações, dentro e fora do parlamento.

Os dias 6, 7 e 8 de setembro de 1848 assinalaram-se por distúrbios, sendo o gabinete acusado de conivência com os desordeiros.

O elemento português foi explorado habilmente contra o Governo, do mesmo modo que presentemente o exploram para formar caixas eleitorais.

Finalmente, em 29 de setembro, subiu o ministério *miguelista*, como o apelidaram, isto dois dias depois da sessão secreta, em que se discutiu e se rejeitou o ignominioso art. 13, que anistiava os piratas.

A campanha abolicionista

A tramoia de então foi organizada de modo tão precipitado, que nem se pôde guardar a tal ou qual compostura histórica da aliança velha dos conservadores com os traficantes de escravos.

Nunes Machado assim a denunciava: "Se não conseguimos discutir às claras a lei dos caixeiros nacionais e comércio a retalho, como discutiremos esta que ainda é mais importante?"

Repetimos: a atitude dos conservadores é para inspirar receio. Depois do debate abolicionista de 1848, seguiu-se a reação a mais desenfreada.

A situação miguelista, que principiou por um ministério que nem se apresentou à Câmara dos Deputados, acabou pelo derramamento de sangue em Pernambuco; pelos tremendos dias de terror, que se seguiram ao novo triunfo esmagador da facção áulica.

Preparemo-nos, pois.

Os abolicionistas não devem consentir em que mais uma vez se iluda a nação.

O que os conservadores querem é a perpetuidade da pirataria.

O poder para adiar a solução de problema servil é o agravamento da nossa situação precária, que, empobrecendo cada vez mais a nação, arrasta a agricultura a uma crise fatal.

Dentro da lei 28 de setembro só há o ingênuo, o fundo de emancipação e a morte.

O ingênuo foi perfeitamente definido pelo visconde de Itaboraí nestes termos:

"Mas, é com efeito possível que os ingênuos possam ser constrangidos a servir do mesmo modo que os escravos? Senhores, não concebo que se possa obrigar um homem a trabalhar para outro senão por duas maneiras: ou pagando-se-lhe uma remuneração do serviço que presta, ou mantendo-o na escravidão. Se declarais livre um indivíduo, se ele tem consciência de que é livre, como podeis obrigá-lo a trabalhar para outrem, a não mudar de um para outro amo, a não deslocar-se do estabelecimento em que nasceu? Não acredito que possais realizar esse intento.

Agravaríeis assim a condição da escravidão, declarareis livre um homem, mas a liberdade seria uma ilusão, a realidade seria o cativeiro! Esse homem que declarais livre, mas que constantemente sente que na realidade é escravo, terá de sofrer, além dos efeitos da escravidão, os da luta contínua que se há de travar em seu coração, entre a consciência de que é livre e a realidade do cativeiro.

Esta luta é um novo tormento que ides criar para os vossos ingênuos; embora digais que eles ficam sujeitos às mesmas condições de escravos, nem por isso haveis de conseguir que eles queiram de boa vontade trabalhar para os senhores de suas mães. (Apoiados.)

O escravo até hoje, sr. presidente, acreditava que nasceu para servir a seu senhor; sem aspiração à liberdade, resignava-se à sua condição; seus filhos nascerão livres, terão consciência de que o são; não poderão, pois, amoldar-se a servir ao senhor de sua mãe; não haverá força que os obrigue a trabalhar por conta alheia, sem receber a menor remuneração. Vós não podeis obrigá-los a viver nas mesmas condições que os escravos; será isto motivo de contínuas agitações, de contínuos perigos, de contínuas tramas entre eles e os escravos, para se libertarem da escravidão."

Eis o que é o ingênuo, na autorizada opinião de um dos papas do esclavagismo.

Quanto ao fundo de emancipação, todos sabem que é ele uma espécie de morte de estoico; sangria em banho morno a esgotar lentamente e sem dor a vida do suicida.

Apelar para o fundo de emancipação é o mesmo que recorrer ao deserto para manter a produção.

Quanto à morte, ela só tem uma vantagem, a de ser parlamentarmente invocada como solução de um problema que é a honra de uma nação.

Preparemo-nos, pois, com os olhos fitos na história do país.

Se os conservadores têm, como em 1848, quem os apoie para levar a efeito uma conspiração antipatriótica, fiquem desde já sabendo, eles e seus auxiliares, que hão de pelo menos ter mais uma vez o trabalho de fazer de cadáveres de brasileiros, que valem mais que eles, a escada ensanguentada do poder.

28 mar. 1885

Enquanto, no Senado, a alma nacional se expandia na sua eterna poesia e intrepidez cívica, tomando o som das vozes de José Bonifácio e Silveira Martins; o Partido Conservador na Câmara temporária procurava rebaixar a instituição parlamentar, convertendo-a em praia deserta, onde se refugiam piratas acossados.

Por maior que seja o nosso empenho em conservar a calma do vencedor, é impossível consentir por mais tempo na desmoralização sistemática da maior das nossas instituições, porque é ela a melhor das afirmações da vitória da democracia universal; o ramo parlamentar de livre escolha do povo.

Os conservadores acostumaram-se a desdenhar da força da opinião, porque há 62 anos a trazem presa ao leito de Procusto da oligarquia e da escravidão.

Como os velhos fidalgos corruptos da França, que foram acordados pelo carrasco, porque faziam ouvidos moucos ao estrondear da revolução nas assembleias do povo; os fidalgos, enobrecidos pelo dinheiro do tráfico humano ensurdecem também aos avisos reiterados da imprensa e da tribuna popular e querem ser arrastados pela torrente impetuosa da fatalidade histórica, que, finalmente, rompeu a represa feita com as ossadas de muitas gerações escravas.

A campanha abolicionista

Dói-nos profundamente antever as consequências da nova fase, que vai atravessar a solução do problema servil.

Temos procurado por todos os meios dar arras do nosso patriotismo, os demorados e dolorosos dias da propaganda abolicionista.

Vencendo todas as resistências do poder, havíamos conseguido agitar a consciência nacional até as suas últimas profundezas, abalar até os seus fundamentos o velho edifício da escravidão.

Ao mesmo tempo que provocávamos no espírito público um fenômeno de luz, semelhante a uma chuva de meteoros, o das emancipações por todos os motivos, junto aos berços, como junto aos túmulos, por que se engrinaldavam noivas, ou se quebravam tálamos conjugais; emancipações que se foram grupando, como estrelas em constelações, como constelações em nebulosas, e formaram as fazendas, os municípios, as províncias livres; ao mesmo tempo, dissemos, provocávamos a baixa do preço do homem-cousa em todos os mercados, trancávamos os portos de exportação e importação; levávamos o terror aos proprietários de almas alheias, e provocávamos essa organização miseranda do pânico, feita com o rebutalho da nossa e das nações estrangeiras, conhecida pelo nome de clubes de lavoura.

A onda da abolição crescia diluvialmente, ameaçando tudo, prestes a engolir a senzala e o trono.

Pintamo-la já uma vez com a majestade do estilo de Edgard Quinet, no seu *Ashaverus*, arfando pesadamente, a balouçar cadáveres e a abater com eles a porta do último refúgio do rei, que a pretende acalmar, com os despejos de sua grandeza e que a vê subir zombeteiramente, sorrindo ao desfazer-se da espuma, até que o devora silenciosa e lentamente como incomensurável boa esfaimada.

E dizíamos verdade, porque citávamos os fatos.

As expulsões de magistrados, às prisões de abolicionistas, às execuções de Lynch respondiam as províncias organizando clubes de propaganda abolicionista, que se avolumavam miraculosamente.

Em poucos anos, moços desconhecidos viam os seus nomes cobertos de louros e de lama em toda a extensão do país.

É que no meio do tumultuário combate, amigos e inimigos sabiam a quem deviam obedecer e atacar. Os chefes deste vertiginoso movimento, como os chefes gauleses, eram eleitos pelo sufrágio espontâneo dos companheiros no campo do combate.

Pois bem, quando a vaidade ou a presunção nos podia cegar, quando poderíamos, ao menos como Tibério Graco, ser acusados de ter levado inconscientemente a mão à cabeça, retiramo-nos, sem discutir, da alta posição conquistada pelo nosso esforço e pelo nosso sacrifício, e demos o lugar ao Governo, que se propunha a fazer pelo debate do parlamento o que nós fazíamos pelas expansões do coração.

Desde este dia, todo o nosso empenho foi arrefecer o ardor natural dos nossos companheiros, porque preferíamos a glória de vencer por nossas mãos à de aplaudir aqueles que iam fazer florescer os nossos sacrifícios.

Dez meses são passados. Durante eles temos tido, em vez de apreço, injustiça.

Os conservadores, que nada fazem sem o imperador, que são um produto da instituição anômala, que desequilibra a política sul-americana, disseram que a propaganda abolicionista era obra do seu amo.

Tristíssimo espetáculo o do presente: uma rebelião de lacaios atacando o amo com os ossos do banquete.

Está na consciência deles que o imperador é a única pessoa viva neste país, vasto cemitério formado pela epidemia da escravidão.

Vencer o imperador, pensam eles, é vencer a abolição.

E organizaram-se para o combate.

Quem estuda os anais do parlamento encontra nas suas páginas contínuas recriminações dos partidos, a respeito da conivência com os traficantes de homens.

Nenhum se julga com força para atirar ao outro a primeira pedra, tanto lhes remorde a certeza do adultério com a pirataria.

Nada mais natural do que, ainda no momento em que o Partido Liberal quer lavar-se nas águas lustrais da redenção, desertar das suas fileiras um grupo para o esclavagismo.

É com esse grupo que os conservadores contam. E ele o contingente para a linha negra do acampamento.

Está a seu cargo derribar o Ministério 6 de Junho.

Mas a vida deste Ministério já custou uma dissolução.

Eis a suprema dificuldade para o imperador.

Abandonar o Ministério na derrota, é sacrificar em parte a autonomia do Poder Moderador, porque o ministério cai pela ideia que o imperador julgou bastante forte para justificar a condenação da legislatura passada.

Conservá-lo, e dissolver de novo a Câmara, é comparecer diante dos mesmos elementos eleitorais, do mesmo tribunal que preferiu a anarquia atual à regularização dos movimentos legais para decretação de uma medida universalmente reclamada.

Que fará o imperador?

Mudará o ministério, mudará a situação? Conservar-se-á rei de escravos ou preferirá ser cidadão com as suas ideias?

Sacrificará o trono ou a humanidade? Preferirá as homenagens dos trintanários do poder, ou as bênçãos de mais de um milhão de desgraçados, entremeadas pelos aplausos do mundo civilizado?

A campanha abolicionista

Terá forças para tirar as consequências lógicas do seu ato de dissolução, contraposto ao da resistência da nova Câmara?

Que enxurro de miséria vem do encanamento negro da escravidão! Essa dissidência que vai derrotar o Ministério Dantas apoiará um novo ministério com as mesmas ideias?

O imperador que apoiou o sr. Dantas, negando indenização pelos negros de 60 anos, se prestará também a apoiar a política da indenização?

Que papel ficará fazendo este país, se consentir em qualquer das duas hipóteses?

Não reconhecerá ele finalmente que tem sido governado por uma facção, assalariada pelo Tesouro e decidida a tudo empenhar para garantir o salário?

Deixamos aí de pé esta série de interrogações.

A lógica da História faz destas emboscadas.

Quem transigir com a pirataria aí está a consequência.

O direito natural diz: ninguém pode reduzir a cousa pessoa humana.

A religião diz: é inviolável na sua liberdade a imagem de Deus sobre a Terra.

A lei diz: eu tranquei os mares d'África pela convenção de 26 e pela lei de 31 e vi-me obrigada a fazer novas leis em 1850 e 1854 para reprimir o que eu havia proibido.

A estatística diz: eu vi entrar 536.000 homens neste país e sei que eles foram reduzidos à escravidão, de 1830 a 1856, porque destes só consegui libertar 1.027, em 1864.

E acrescenta: sei que eles são a fonte da escravidão atual, porque até 1827 não se tratava da criação de crioulos.

A consequência de todas estas declarações era uma lei com um só artigo: Fica abolida, nesta data, a escravidão no Brasil.

Por equidade se poderia, quando muito, proceder como se procedeu com a emancipação dos africanos livres, marcar um prazo para a organização da economia rural.

Mas não.

O imperador quis aceitar a cumplicidade dos governos coniventes com a pirataria.

Pede os moribundos para a liberdade e deixa os válidos para a escravidão.

A consequência é a desordem governamental que aí lavra e contra a qual o remédio não pode deixar de ser a humilhação de Sua Majestade.

Quanto a nós, que não fomos pedir no paço de Sua Majestade a senha e o santo da abolição, continuaremos no nosso caminho.

Sem poder contar com o patriotismo do parlamento, apelamos para o direito natural e para a lei, que fulminou a pirataria.

Procederemos de hoje em diante em nome de Deus e da lei de 1831.
Fecham-nos as portas do parlamento; abrimos a da História.
O dia das exéquias do Gabinete 6 de Junho é o da hégira da propaganda abolicionista.

11 abr. 1885

O sr. Afonso Pena deve estar muito contente com a sua sorte.
Depois da sua ascensão ao poder, depois que empunhou a espada com que pretende pertransir a hidra do abolicionismo, o júri já absolveu uma turma de linchadores, as cadeias já se abriram para encarcerar vários abolicionistas e o povos rurais já se têm manifestado em sua província, quer felicitando ao gabinete, quer esquartejando pretos rebeldes e espancando barbaramente estrangeiros humanitários.
Não pode ser mais róseo o horizonte do esclavagismo. A vermelhidão do assassinato a foiçadas e facadas pinta a desejada aurora da glória do ministério.
O carrasco Simão, vendo sangrar a face de Maria Antonieta, não teve com certeza maior prazer do que o sr. Afonso Pena diante dos fatos do Rio Bonito, Campos e Mar de Espanha, bofetada tremenda dada na face da propaganda abolicionista.
Para que o prazer seja completo, S.Ex.ª acaba de autorizar a criação da polícia noturna, com o direito de armar-se, o que equivale e dar ao sr. Ramalho Ortigão meios para trazer sob sua guarda a vida dos abolicionistas e dos brasileiros audazes que não reconhecem a sua realeza.
Dentro em pouco principiarão os linchamentos na própria capital do Império, com autorização tácita do Governo.
Era de presumir o que se está passando.

Edgard Poe, em um dos seus contos sedutores, descreveu perfeitamente o caráter dos anões, e desenhou com uma segurança admirável a ferocidade dos seus sentimentos de vingança.
É o caso que um anão ofendido planeja vingar-se do rei, em cuja corte fazia o papel de bobo.
Ora, certo dia o rei desfeiteou-o, batendo na anãzinha, que ele – o anão – amava.

Aproximando-se o carnaval, o rei, que costumava pedir aos membros da sua corte os figurinos das fantasias, preferiu o que lhe apresentou o anão: um vestuário imitando o orangotango.
Chegada a noite do carnaval, o rei prontificou-se a vestir a roupa extravagante, feita de pano pintado de alcatrão e induzido em aguarrás.

A campanha abolicionista

À meia-noite, em ponto, Sua Majestade se exibiria, com os maiorais da corte, todos vestidos do mesmo modo.

Do grande salão de baile foi retirado o lustre central, ficando em seu lugar uma forte haste de ferro, pela qual o rei e a sua comitiva de orangos deviam marinhar, enquanto embaixo o anão, com uma esponja embebida em espírito de vinho inflamado, fingiria querer queimá-los.

A haste férrea distava do assoalho de uma altura imensa, de modo que uma queda atordoaria.

Para chegar até a haste, o rei e os seus companheiros servir-se-iam de uma escada.

À hora aprazada, o grupo dos orangos irrompeu no grande salão do baile, enchendo-o de uma confusão jovial e no meio dela trepou pela escada, fazendo momos e trejeitos simianos; e marinhou a haste, acompanhado pelas gargalhadas dos convidados da festa.

O anão fez retirar a escada e começou logo a sorte da esponja inflamada. Os orangos se aconchegavam, gritavam, assobiavam, coçavam-se, provocando hilaridade geral.

Mas, de súbito, a alegria estancou. Um espetáculo horrível se desdobrou diante da multidão tomada de pânico. A chama da esponja inflamada comunicou-se às roupas dos foliões, e, como por encanto, os envolveu em uma túnica de chamas.

Os desgraçados despenharam-se, dando gritos lancinantes e batendo em cheio no assoalho, estorciam-se, enquanto a sala se esvaziava tumultuariamente.

No dia seguinte, o grande palácio se tinha convertido, parte em um feixe de labaredas, parte em vasto brasido e cinzeiro.

O imperador esqueceu-se de que, em hora de mau humor, esbofeou a pirataria, a esposa política do sr. Afonso Pena, o rancoroso anão da sua corte.

No entanto, Sua Majestade lembrou-se de confiar a S.Ex.ª o figurino das fantasias do último carnaval político do seu reinado.

A vestimenta à orangotango já está cortada; o pano é também inflamável como o do conto de Edgard Poe.

O alcatrão do tráfico escorre de todos os artigos do Projeto 12 de Maio, a terebintina fatal está na disposição monstruosa que extingue o arbitramento, aumenta ao esclavagismo as regalias que lhe dão o código e a lei de 1835.

O pano é tecido com as ideias retrógradas com esses preconceitos bárbaros, que nos criaram uma singular posição, tão humilhante quanto notável, no meio da humanidade livre, e que nos diferencia dela como o único país cristão, onde ainda impera a escravidão.

A esponja inflamável já labareda na destra do anão da justiça. É esse orgulho, tão vasto quanto irritante, que o faz supor maior que duas províncias livres dezenas de municípios também livres, o voto de vários distritos eleitorais, a opinião dos maiores homens e da maioria da imprensa do país, e finalmente o veredicto unânime da civilização, que em júri soleníssimo sentenciou a escravidão à pena última.

Ainda uma vez queremos avisar o imperador e dizer-lhe que Sua Majestade deve entristecer-se na proporção da alegria do sr. Pena.

É fato, hoje, sabido por todos, que o imperador não apresenta a menor objeção ao ministério, sejam quais forem as medidas propostas.

O sr. Afonso Pena tem tanta liberdade para autorizar a criação de uma polícia noturna do sr. Ramalho Ortigão, como para decretar a criação de um corpo de carrascos.

A notícia não merece a Sua Majestade o menor amuo sequer.

Dizem que é propósito seu deixar, dentro em um ano, a coroa à herdeira presuntiva, principalmente se continuar a ter governos do quilate do que atualmente o aborrece de modo a não lhe ser possível dissimular.

Nos seus últimos momentos de reinado, Sua Majestade resolvera fazer uma derradeira experiência para ver se o povo está bem domesticado.

Daí, dentro da jaula da escravidão enfurecida, a se dar crédito aos preletores do sr. Saraiva, mandar entrar o sr. Pena, tendo na mão a virga-férrea do tráfico, avermelhada na ponta com o sangue dos linchamentos autorizados pela frase do sr. Martinho Campos – *é justo que a lavoura se defenda*.

Sua Majestade quer ver se até o negro escravo se submete à perda de toda a esperança de liberdade; se ele, apesar das manifestações pessoais de Sua Majestade, das demonstrações da opinião, do sacrifício dos propagandistas, considera a escravidão a negra cidade da dor, onde quem entra deve contar com a eternidade do desespero.

Soberano constitucional, pretextando não poder contrapor a sua à opinião da pátria oficial, Sua Majestade quer, como Marco Aurélio, sobressair em virtude no fundo negro da corrupção geral do país.

Mas o que é certo é que nós outros, os poucos que protestamos, deliberados a fazer do holocausto da vida o último protesto, não podemos admitir que o imperador se entregue a esse estoicismo platônico, para não amargurar de todo a sua velhice.

É por isso que pensamos que Sua Majestade deve se entristecer da alegria do sr. Pena.

Na hora da última desilusão, a mão do povo não se estenderá sobre o anão ministerial. Pela sua própria pequenez, S.Ex.ª escapa-se dela, como o camundongo da garra do leão.

O próprio trono do imperador será o empolgado, porque no momento em que a realeza protestar pela sua constitucionalidade, nós lhe responderemos que

A campanha abolicionista

essa mesma Constituição armou o soberano com o poder de nomear e demitir livremente os seus ministros.

Não há dúvida de que o sr. Afonso Pena tem razão para alegrar-se.

Em outro qualquer país, o ministério que não tivesse logo respondido ao discurso do imortal senador Otoni, tornando evidente o seu esforço para garantir a ordem pública, seria hoje enxotado do poder pelo soberano ou pelo povo.

Não se conservaria mais vinte quatro horas no Governo, porque os cidadãos veriam em cada ministro um punhal manejado contra a sua vida, e um insulto vivo à honra da sua nação.

Se foi permitido fazer uma crise, porque um deputado, que não sabe medir-se pelo seu mandato, foi apupado; se algumas pedras atiradas puderam fazer cair um gabinete, sustentado por tudo quanto o país tinha de mais inteligente e limpo; como é que se conserva no poder um ministério que é invocado como o estímulo a linchadores e a perseguidores ferozes?

O imperador, em outro país, estaria hoje moralmente obrigado a apontar a porta a esse ministério, que não sabe do que se passa no país, e não diz que providências tomou para impedir que o Brasil seja considerado, não uma nação civilizada, mas uma tribo selvagem.

Deve, pois, alegrar-se o sr. Pena, mas o imperador deve entristecer-se.

Victor Schoelcher não o chama senão – rei de escravos; de hoje em diante o mundo civilizado deverá chamá-lo – imperador de linchadores.

27 jun. 1885

Dentro de alguns dias será lei do país oficial o projeto monstro, o conchavo indecente de 12 de maio.

Em vez do mundo igualitário que a propaganda abolicionista inaugurava, teremos o caos tempestuoso, produto do choco da pirataria no cérebro silencioso do sr. Saraiva. Em vez da aurora de esperança que havíamos sonhado para o espírito de mais de um milhão de desventurados, a treva perpétua, as galés de escuridão para esses condenados, cujo crime único foi terem construído, com a sua resignação, com o seu suor, com as suas lágrimas e com o seu sangue, a pátria ingrata, que lhes desconhece o direito. Dizem que o imperador quer sancionar no dia 28 de setembro a grande obra, que se está ultimando no Senado.

Que lhe faça bom proveito. É como colocar a porta do inferno de Dante, no lugar em que durante quatorze anos esteve a entrada florida das nossas gerações infelizes para a vida livre.

Quem viu o Fausto deve recordar-se de que Mefistófeles, o demônio velho, não arrebicou a ingênua Margarida senão para perdê-la.

Tal fez o imperador com a propaganda da abolição entre nós; vestiu-a um momento com as roupas e as joias de sua sereníssima filha, para depois entregá-la ao sr. barão de Cotegipe, Fausto político rejuvenescido pelo *posso, quero e devo*.

Fazemos votos para que Sua Majestade realize mais esta profanação.

Desde a ascensão do sr. Saraiva, sentimos que a Monarquia já não tinha mais forças para resistir à nostalgia do pântano. Queria voltar para a lama das paixões de que provinha.

É sabido que todos os Braganças foram sempre amigos da escravidão, ao ponto de fazerem dela meio de ganhar dinheiro.

Desde d. Pedro II, de Portugal, o moedeiro falso, até Pedro I, do Brasil, a casa do bastardo João IV se desenha na História com a fisionomia de uma família de traficantes. A única exceção é de d. José I, porém este, todos sabem, não passou de um jumento manso, em que o marquês de Pombal subiu a montanha da imortalidade, comodamente, como a gente sobe a serra de Sintra em jericos de aluguel.

D. João VI fez do Tratado de 1817 meio de pilhar seiscentas mil libras da Inglaterra; d. Pedro I aconselhava o nosso ministro Brant, junto à corte de Londres, que empregasse todo o esforço para que fosse permitido ao Brasil mais oito anos de tráfico; reinando o sr. d. Pedro II, usufrutuário dos escravos da nação, a mordomia recebia dinheiro e mandava avaliar a liberdade de escravos.

É um fato histórico que a Monarquia só se fundou no Brasil por ser a da escravidão.

O honrado Muniz Tavares, historiando a Revolução de 1817, demonstra que o meio de que se serviu a Monarquia para impopularizar a Confederação do Equador foi lembrar aos fazendeiros que perderiam os seus escravos, visto como a República decretaria a liberdade imediata.

Foi, pois, a pele esticada do escravo o tecido de que se fez o manto imperial do Brasil.

A Monarquia é o penhor da escravidão, e muita razão teve o sr. Joaquim Nabuco fazendo notar que estas duas instituições serviam-se mutuamente de guarda-costas, e que uma corria em socorro de outra, para dar golpes de Mefistófeles – o tal do Fausto – quando a honra chamava a duelo uma dessas duas encarnações do vício.

A impassibilidade do ministério diante dos senadores José Bonifácio, Afonso Celso, Dantas, Otoni, Inácio Martins, Silveira da Mota e Franco de Sá demonstra que não há meio de convencer pela discussão.

Mas, antes que o imperador envileça para sempre o seu nome, assinando um decreto que manda a nação pagar a instituição que a arruinou, e perseguir aqueles que denunciam os réus do art. 179 do nosso Código Criminal, sejamos ainda generosos fazendo algumas ponderações.

Ei-las:

Sua Majestade está tratando da questão abolicionista como tem tratado de todas as outras, como se fosse uma questão de simples direitos políticos, para a qual os povos concedem adiamentos.

É um erro. O escravo não pleiteia a causa de uma liberdade política, mas a liberdade de possuir-se a si mesmo.

Até ontem ele não sabia que tinha direito a exigir que o restaurassem na sua condição de homem; hoje, por um decreto de dissolução, lavrada pelo próprio punho de Sua Majestade, ele sabe que tem poder para interpor-se à marcha regular do Estado e fazer cominar a pena capital do sistema representativo àqueles que a lei investiu da inviolabilidade das suas opiniões.

Até ontem ele não sabia o que podia, hoje ele sabe que pode tudo, e que lhe basta cruzar os braços para vencer os que se supõem fortes contra ele.

Pela marcha do debate parlamentar dos projetos, o escravo soube que a sociedade em que vive se governa não pelo que mandam o Direito, a Moral e a Religião, mas pela contagem dos votos, pela força do número parlamentar.

E o escravo amanhã vai, por sua vez, contar-se, e logo que ele vir que a soma dos desgraçados da sua condição é maior que a daqueles que a exploram, ele se esquecerá também desse Direito, que para ele nunca existiu, dessa Moral, que os senhores violavam para violentá-lo, dessa Religião, que não lhe serviu nunca senão para registrar na escravidão a sua descendência.

A prova de que não declamamos é uma informação que nos dá o *Vinte Cinco de Março*, de Campos: os escravos começam a cruzar os braços.

O fato deu-se em uma fazenda, mas há de reproduzir-se em dez, em cem, em todas.

E de duas, uma: ou o Governo decreta a abolição, ou emprega a violência para obrigar os paredistas a trabalhar.

Na primeira hipótese, o Governo demonstra a sua imprevidência, porque faz com que gerações não preparadas para a vida representativa se iniciem nela legislando pelo terror. Semelhante fato desacautelará o futuro e deixará a nação à mercê de tremendos perigos.

Na segunda hipótese, o imperador terá de ver o seu trono de novo salpicado de sangue; passará pelo dissabor – se é que um rei tem coração para sentir – de ver a sua velhice presidir a um tribunal que não terá mãos a medir para mandar réus para as galés e para a forca, e de um governo que só se ocupará em decretar a morte.

Sua Majestade conta com a sua boa estrela, que o fez reinar sobre um povo desfibrado, povo de proletários hepáticos, nação de mendigos envergonhados e de herdeiros audazes de piratas e moedeiros falsos.

Espera talvez que os escravos se humilhem e sofram sem protesto mais uma violência aos seus direitos.

Dando-se mesmo essa hipótese, garantimos ao imperador que não ficará tranquilo.

Há um punhado de homens que está deliberado a fazer frente a Sua Majestade; que entendeu que neste país não há lugar para eles, Sua Majestade e a escravidão. Que dos três, um é demais, e por isso mesmo deliberaram lançar mão de todos os meios para obrigar Sua Majestade a sair da sua política de ciladas, política de Tibério com máscara de Marco Aurélio.

Sua Majestade tem vivido muito comodamente, entregando seus ministros, como judas de palha em sábado de Aleluia, e enquanto os desgraçados são espatifados nas ruas, Sua Majestade se diverte nos teatros, nas conferências, nos passeios a Petrópolis.

Diz-se abolicionista e come a sua lista civil honradamente, sem se lembrar que esse dinheiro é o suor, a lágrima e o sangue do negro.

Não, não será mais assim.

Agora é cartas na mesa e jogo franco.

Os ministros que são outras tantas vítimas de Sua Majestade, ou melhor instituição que Sua Majestade sustenta por todos os meios, desde o assassinato de Nunes Machado até a corrupção de Timandro, os ministros não nos bastam.

O nosso mundo oficial é um imenso casco de que Sua Majestade é a tartaruga. Seria inútil chibatear o casco para fazer o bicho andar. O essencial é lançar mão dos meios para obrigá-lo a pôr a cabeça de fora.

É o que vamos fazer.

Sua Majestade nos ameaça com o código e a vergonha de continuarmos a ser cidadão do único país de escravos, no mundo cristão.

As nossas contas são com Sua Majestade.

É inviolável e sagrado. Não contestamos; porém a sua inviolabilidade nem ao menos foi decretada por nós, e é contrária à natureza, e tão audaz que se revolta contra a inviolabilidade da pessoa humana, decretada pela independência natural do espírito e do coração.

A sua sagração não é ao menos igual a esta outra que a humanidade inteira reconhece: a que todas as religiões deram à pessoa humana, fazendo-a imagem de Deus.

Que Sua Majestade ao assinar o decreto se lembre de nós e conte conosco.

Arme-se com o Código, com a Correção, com ministros e autoridades sem escrúpulos, com a capangada desumana; nós cá estamos armados com as três espadas que fizeram a civilização e a liberdade humana – a Religião, a Moral, o Direito, e o desafiamos.

O mundo vai ver mais uma vez como é que um punhado de homens de bem atira com um pontapé um trono pelo ar ou como é que poucos homens de bem fazem dos seus cadáveres os alicerces da liberdade da sua pátria.

19 set. 1885

A campanha abolicionista

Está finalmente decretada a nova divisa do Império – escravidão ou morte. O Governo, confiado a homens capazes de fazer respeitar os decretos do parlamento imperial, vai dentro em poucos dias regulamentar a lei nova e fazê-la cumprir sem atender a reclamações.

Havia seis longos anos que os aliados do trono não dormiam tranquilos. A lei de 7 de novembro de 1831 perturbava-lhes o sono. A pirataria já não era a musa altiva, que ditou os versos de Esponceda, um direito que se impunha, como o vento, as ondas e a serenidade azul dos céus sem tempestade. Começava a se transformar em pesadelo. A invocação do Código Criminal, a cada momento, perturbava as sestas ao relento do século.

O que mais doía aos usufrutuários da rendosa instituição era a ideia de que o imperador sorria aos seus acusadores.

O imperador abolicionista! exclamavam admirados, com os pensamentos baralhados, com o raciocínio perdido.

Abolicionista, por quê? para que e como?

E tinham razão. A Monarquia no Brasil fundou-se para garantir e não para extinguir a escravidão. Esse contrabando do direito político só firmou-se pelo contrabando do direito natural. A escravidão e ela formam uma equivalência.

A pirataria tinha razão, mas agora cumpre lhe bater nos peitos e confessar que foi injusta com o seu defensor perpétuo.

Tudo quanto o Império fez teve unicamente em vista assegurar a escravidão à perpetuidade ameaçada.

Fortaleceu quanto pôde o sr. Sinimbu que dizia: nem um passo além da lei de 28 de setembro.

Deu toda a sua confiança ao sr. Saraiva, porque S.Ex.ª declarou ao parlamento: não cogito.

Entregou o poder ao sr. Martinho Campos, adiantando-lhe a senatoria, porque S.Ex.ª tem muita honra em ser escravocrata – isto é, em querer o Governo baseado na escravidão.

Fez do seu íntimo, do seu ministro privado, o sr. Paranaguá, portador do desafio ao esclavagismo, na celebérrima frase – é preciso encarar de frente a questão servil.

Dado este passo, estumados os cães do esclavagismo contra os gatos do liberalismo emancipador, Sua Majestade não admitiu mais nenhum ministério que não falasse a respeito da questão servil.

Mandou que o sr. Lafaiete organizasse ministério, porque o país não podia ficar sem Governo. E S.Ex.ª organizou Gabinete e apresentou projeto emancipador, porém, como soubesse que as ideias do seu imperador a respeito não valiam grande coisa, o projeto não passou de uma cédula velha e suja de quinhentos réis.

Durante o Ministério Lafaiete, libertou-se o Ceará, e iniciou-se oficialmente, graças à coragem do sr. Teodureto Souto, a libertação do Amazonas. Os negreiros chegaram à temperatura rubra da cólera.

O imperador chamou os estadistas à sabatina e só deu o Governo àquele que mais afoito se mostrou em arrostar a formidolosa raiva negra.

Todos sabem que a nomeação do sr. Dantas elevou o negrismo à temperatura branca. Dessa cólera satânica são provas a circular do sr. Andrade Figueira, candidato ao Senado, e os artigos do *Brazil*.

Os proprietários de homens julgaram-se perdidos; o seu destino estava nas mãos do imperador. Se o augusto árbitro desse toda a força ao Gabinete 6 de Junho, a escravidão estaria extinta.

Logo que Sua Majestade viu que os seus aliados não podiam mais esconder que lhe deveriam todo o benefício, que adviesse, começou a protegê-los e a preparar o lance teatral pelo qual deveria restituí-los ao antigo domínio.

Como prova desta afirmação, vamos revelar uma confidência que nos foi feita e que deve pôr o sr. Dantas de sobreaviso com a ideia que faz do imperador.

Conversando com uma pessoa que o foi visitar, Sua Majestade disse-lhe a respeito do atual ministério:

– Ao menos não se dará no Tesouro o que se deu durante o Gabinete Dantas.

Se estas palavras são exatas, como nos parece que devem ser, porque o cavalheiro que nô-las revelou não contava que elas viessem a público, e exigiu-nos sigilo, que só quebramos em nome da pátria, aí tem o sr. Dantas a demonstração da sinceridade com que foi tratado.

Esta sinceridade lembra uma outra do celebérrimo Pedro I, que afagando os patriotas da Independência, ao ponto de dar lugar à proclamação de 4 de outubro, escrevia a seu pai, marido de d. Carlota Joaquina:

"Queriam e dizem que me querem aclamar imperador. Protesto a Vossa Majestade que nunca serei perjuro; que nunca lhe serei falso; e que eles farão essa loucura, mas será depois de eu e todos os portugueses *estarem* (a sintaxe é igual ao caráter do escritor) feitos em postas, o que juro a Vossa Majestade, escrevendo nesta com o meu sangue estas palavras: – *Juro sempre ser fiel a Vossa Majestade, à Nação e à Constituição Portuguesa.*"

A boa-fé e lealdade do sr. Dantas, consequência natural do entusiasmo com que S.Ex.ª se dedicou à sagrada causa dos escravos, não lhe deram tempo de observar e refletir nos manejos do imperador.

S.Ex.ª só acordou, vendo no Governo o sr. Saraiva, para fazer justamente o contrário do que a opinião pedia.

Sua Majestade não precisava dissimular por mais tempo: tinha chegado aos seus fins.

Por um lado, conseguira, pelo Ministério Dantas, desorganizar a legião abolicionista, que se dissolveu porque era inútil o seu esforço, quando o Governo parecia querer tomar a si a resolução do problema servil; por outro lado, reiterou aos proprietários de escravos a segurança da sua dedicação de aliado.

Fácil era decretar então a perpetuidade da escravidão e ela foi decretada, ontem, com a fria solenidade de uma sentença de pena última a um grupo de cidadãos.

A campanha abolicionista

Cumpra o Império a lei nova, é o seu dever e a sua glória.

A sua obra deve chegar ao termo com todas as minudências.

O sr. Cotegipe nos ameaçou com a imposição do silêncio.

Nós lhe respondemos que este silêncio só será conseguido de dous modos: pela condenação nos tribunais ou pela morte.

Quem escreve estas linhas é pela Constituição um cidadão brasileiro, e não um escravo do sr. d. Pedro II.

Sabe que está em um país de cobardes e de escravos, mas não precisa de ninguém para ajudá-lo a cumprir o seu dever.

Não teme as ameaças da pirataria triunfante.

O Governo pode e vai mandar trancar a tribuna popular; pode fazer calar a imprensa, perseguindo-a com processo, pode reduzir-me à miséria, mandando que os seus apaniguados vão roubar-me disfarçados em donos de escravos, que tenho acoutado; mas o que o Governo não pode fazer é calar a minha consciência, é privar-me do brio, com que o desespero.

A sua lei não é para mim senão um incitamento à perseverança.

O Império está desacostumado da resistência cívica, pois nós vamos iniciá-la.

Não há de ser pela miséria de uma vida que se há de sacrificar a honra de um povo.

O Império nasceu da hipocrisia e do embuste; foi um negócio de um grupo de especuladores, que empolgou a simplicidade de alguns brasileiros de mérito.

O Império vive da nossa vergonha moral, da nossa miséria econômica, da nossa baixeza política.

Tem andado a tropeçar em cadáveres.

Ser mitológico, ora é Saturno voraz; ora Pã cercado de faunos.

Nada criou, à exceção do servilismo; nada conservou, afora a escravidão.

Nada tem de respeitável: nem homens, nem instituições.

Dentro das suas leis, está a emboscada ao direito; dentro do seu parlamento, o garrote à liberdade; dentro das suas finanças, o assalto à fortuna do cidadão.

Com que prestígio, pois, ele vem gritar-nos: calem-se!

É certo que o Império precisa de silêncio, porque já o disse Ariosto, só no silêncio podem nascer a perfídia, o perjúrio, os planos de roubo e de assassinato.

A nossa voz faz-lhe mal. Tanto pior para ele.

Falaremos cada vez mais alto, porque é preciso que o mundo nos ouça e, que não continue a acreditar que somos governados como povo livre, quando nos tratam como a um eito de escravos.

26 set. 1885

O rio e o oceano encaram-se indiferentemente; um, seguro da fatalidade do seu curso pela fatalidade do declive; o outro, confiado na invencibilidade da sua força pela sua própria vastidão.

E enquanto o rio desliza sereno, o oceano ondula tranquilo; aquele trazendo no dorso as flores e folhas que morreram, este se vestindo de espuma no descuido do seu movimento.

Mas há horas em que de súbito se trava um conflito entre os dous indiferentes. O oceano orgulhoso, porque não é desconhecido pelo astro do amor e da saudade que, lá do azul, não o esquece, tumefaz-se, avoluma-se, e na sua presunção indomável, de tudo dominar, subindo, subindo, até roçar o astro, que o seduz, busca reter o curso do rio, em que ele vê um rival na fruição dos beijos luminosos.

Então, força contra a força, o rio firmando-se nas suas margens, o oceano nos seus abismos, travam luta, que nem Homero descreveu, tão extraordinária é ela.

A princípio o oceano vence; o rio recua, enrosca-se por assim dizer, como incomensurável serpente, mas cobrando forças na própria humilhação da derrota roborificando com a própria superioridade dinâmica do contendor, entesta agora contra águas e como se dessa grande massa, desse exército líquido, se destacasse um delegado de cada um para o combate singular, ergue-se de parte a parte uma montanha d'água, que se choca, bamboleia, redemoinha e espumando, na peleja tremenda, se despedaçam finalmente com um fragor uníssono.

Na vida política do povo brasileiro deu-se também o fenômeno, que no Amazonas tem o nome de pororoca.

A opinião e o Império estiveram por mais de um século, uma em face do outro, aquela deslizando na fatalidade histórica do progresso, o Império absorvendo a corrente, sem modificar o sabor das suas águas, nem diminuir o seu movimento.

É chegada a hora da maré.

O sr. presidente do Conselho anunciou na Câmara e no Senado e a Câmara e o Senado lhe emprestaram a força de que ele carecia; a Lei 3.270, que devendo levar a tranquilidade à lavoura, converterá a sua gratidão em adesão sincera ao Império.

Infelizmente, porém, é lei natural o rio continuar o seu curso e a maré não servir senão para demonstrar a imutabilidade do seu destino.

Se ainda fosse possível aconselhar ao Império, se a sua última hora não o houvesse já ferido da insensatez do náufrago; nós nos limitaríamos a provar o lucro moral que teria o imperador abdicando por si e pelos seus.

Sua Majestade não pode justificar o seu reinado, que o destino quis que principiasse na inconsciência, começando-o na irreflexão de uma criança e terminando-o na obcecação de um velho.

A campanha abolicionista

A História nos diz que o imperador tomou as rédeas do Governo, quando havia um pouco de vida provincial, quando todo o organismo nacional se agitava, graças ao Ato Adicional, e, entretanto, durante o seu reinado as províncias foram gradativamente perdendo autonomia, reduzindo-se a miseráveis membros paralíticos do corpo deforme do Império.

A História nos diz que o imperador ao assumir as rédeas do governo encontrou um povo cioso da sua liberdade, capaz de mover por ela até desordenadamente e forneceu mártires ao seu triunfo; povo que se batia no interior em revoluções, e que empunhava improvisadamente as armas para levar guerra a território estrangeiro.

Entretanto, gradativamente o amor da liberdade se foi amortecendo; perdeu-se a coragem para protestar; julgou-se ato indigno de cidadão sofrer e morrer pelos seus direitos políticos.

Quanto ao pundonor nacional, o Governo o afere de tal modo que, depois de haver declarado à República Argentina que não admitia arbitragem sobre um ponto que julgava liquidado, volta sobre este *ultimatum* para concordar em que se deve explorar, para fixar direitos, um território há mais de um século completamente conhecido e há cerca de meio século delimitado.

Na administração o imperador encontrou, no começo do seu reinado, homens que estudavam e que se dedicavam desinteressadamente à causa pública; gente que sabia se engrandecer com a pobreza; que se orgulhava de legar à sua família o nome singelo e imaculado dos bons e leais servidores de uma causa.

Entretanto, hoje, o imperador olha em derredor de si e vê de todos os lados surgir a denúncia de uma improbidade, e ouve de todas as partes o clamor difamatório contra aqueles que o cercam.

Achou a nossa moeda ao par e hoje a vê depreciada cinquenta por cento; achou os nossos orçamentos circunscrevendo a despesa à receita e hoje os vê inteiramente descuidosos desse escrúpulo.

Ao subir ao trono encontrou uma lei votada nove anos antes proibindo o tráfico; encontrou arquivadas as opiniões dos nossos homens a respeito dele, e, entretanto, hoje, apesar de todas as demonstrações do crime de pirataria praticado pelos réus daquela lei, vê-se obrigado a fazer do respeito à pirataria a segurança do seu trono.

E não é só isso: morreram cidades, que possuíam estaleiros navais, morreram indústrias prosperamente iniciadas; o povo perdeu o amor ao trabalho; singularizou-se a produção, que prometia pluralizar-se; sobresteve-se na decretação de princípios civilizadores, que haviam sido aventados no parlamento, tais como os que dizem respeito à aquisição do direito de naturalização, e constituir famílias e regular a vida pela religião de cada um.

Não tememos que nos contestem todos estes fatos, porque a verdade é incontestável.

Ora, diante dos resultados da política do seu reinado, o imperador só tem dous caminhos a seguir: ou abrir francamente reação contra aqueles que o criticam; ou então abdicar por si e pelos seus, o mais depressa possível.

Dentro em quatro anos a dinastia já não terá oportunidade de se retirar como um hóspede, que deu prejuízo a quem o hospedou, mas de quem não se pede nenhuma indenização, nem se formula nenhuma queixa.

O povo brasileiro é um sonolento, custa muito a abrir os olhos e gasta anos para esfregá-los e poder ver claro o menor fato.

Mas desta vez ele acordará, extremunhado pelo safanão da miséria e da vergonha.

De um lado ele verá que a mania do café reduzirá a sua riqueza a um simples incentivo à mina; porque a produção aumentando baixará o preço, e a baixa deste exigirá cada vez maior esforço, o que é o mesmo que tirar-lhe a remuneração necessária e privá-lo dos lucros desejados.

De outro lado, ele verá todos os seus sacrifícios feitos pelo Estado, convertidos não em serviços públicos, em instrumentos do seu progresso, mas em simples repasto aos previdentes, que desde já começam a gritar, enchendo os bolsos: *salve-se quem puder.*

Eis por que, se pudéssemos, daríamos a Sua Majestade o salutar conselho da abdicação.

É o melhor caminho, cômodo para todos.

Reagindo, o imperador pode aumentar mais alguns nomes à lista das vítimas do Império, mas não pode impedir a sucessão natural e fatal dos acontecimentos.

Demais na América os reis são malsinados. Dos três que temos tido, um foi Pedro I, banido, o outro Maximiliano, fuzilado, e o sr. d. Pedro II, que tem feito a ruína de um povo, o que será demonstrado em poucos anos, sem precisar de outra lógica além do fato.

O melhor, portanto, é abdicar.

Se a opinião abre um inquérito no seu reinado, como o Ministério do Império, no Matadouro, o relatório dirá cousas de espantar.

Ora, é impossível que este inquérito não se abra, porque dentro em pouco tempo a miséria o requererá.

17 out. 1885

As urnas foram de uma generosidade perdulária para com os conservadores. Eles pediram somente uma boa maioria, disciplinada e passiva, e elas responderam por uma quase unanimidade.

Este fenômeno, inexplicável para observador superficial, é, entretanto, de facílima interpretação para quem aprofunda a crítica do estado do espírito e do caráter nacional.

A campanha abolicionista

O Partido Conservador não precisava de pedir às urnas que o sufragassem: elas sabiam que era este o seu dever.

O Partido Conservador é a síntese dos elementos que constituem a soberania eleitoral.

Mera engrenagem da oligarquia, a lei de 9 de janeiro de 1881 garante de antemão a pujança e o prestígio do partido, que tem por missão domar as aspirações e impaciências democráticas.

Os dentes dessa engrenagem prendem-se naturalmente ao funcionalismo, para comunicar o movimento que recebe do imperador, a todo o mecanismo constitucional.

O oligarca sabe que deve sufragar o Partido Conservador, porque sem ele o seu domínio estará derrocado.

O funcionalismo sabe que deve sufragar o Governo, porque no caso contrário será punido.

O empregado público depende exclusivamente do Poder Executivo; a lei não lhe garante o direito; não o cobre com a sua inviolabilidade; não o protege com a sua imparcialidade retilínea.

O acesso e a aposentadoria são duas amarras que prendem o funcionário às boias com que o imperador baliza o mar morto da nossa autonomia nacional.

Ora, se o Governo conservador, apesar de contar com todos estes elementos de força, ainda julga necessário dizer que quer vencer, é claro que as classes que o prestigiam estão moralmente obrigadas a dar-lhe o mais que puder.

O Governo conta com alguns eleitores que são de todos os partidos. Um deles é a fome.

Num país sem indústria, sem artes, sem mercado honestamente lucrativo para o trabalho, ameaçar o empregado público com a demissão é o mesmo que condená-lo à morte pela miséria.

Está nas tradições do Partido Conservador a derrubada. Quando ele sobe ao poder o funcionalismo treme com medo do dia seguinte. Tem plena certeza de que só lhe resta desde então uma liberdade, a de concordar, para apoiar, com tudo quanto esteja no programa do gabinete. Iniciada a derrubada, os funcionários ficam de sobreaviso com a independência própria, com a altivez ingênita, porque sabem que a menor manifestação dela é um perigo sério.

O outro eleitor que não trai, que é de uma fidelidade exemplar, chama-se esclavagismo.

Este aceita a cédula de toda a mão em que descubra vestígio das lágrimas e do sangue da raça escravizada.

Não reconhece senão uma forma de governo: a que legaliza a escravidão; não admite senão uma bandeira política: a da perpetuidade da instituição bárbara.

Tanto lhe faz que estejam no poder os liberais do sr. Saraiva, como os conservadores do sr. barão de Cotegipe. São apelos diversos do mesmo céu negro, em que habita a deusa Escravidão. Crentes fervorosos da sua fé, não escolhem altar para o sacrifício do seu voto.

O Governo, entretanto, duvidando um momento da sua força, ainda empregou o recurso das transferências contra os militares, das ameaças de espancamento, processos e morticínios, no dia da eleição, das demissões e das remoções de todos os exaltados das repartições públicas, dos favores os mais extraordinários àqueles que tinham influência nos distritos, assim como do emprego de todas as violências até a negação de toda a justiça, fatos sintetizados no recrutamento e na negação do *habeas-corpus*.

Como não obter uma vitória estrondosa; como não conseguir o assombroso resultado das eleições de ontem?

A esta base segura de operações políticas para derrotar os seus adversários, acresce o próprio futuro da situação conservadora.

O imperador precisa retirar-se para a Europa; já tem marcado o dia da viagem, 9 de junho de 1886. O estado de sua saúde reclama esta viagem. A sua idade aconselha-lhe o ensaio de seus herdeiros na governação do Estado.

Ora, sob a regência, é impossível esperar mudança de situação; primeiro, porque sendo um lance político perigoso para o futuro Império, não será empregado; segundo, porque a fatalidade das cousas o impede.

O Partido Conservador é hoje necessário à administração do Estado. Só ele sabe o segredo de manter a ordem, sem o prestígio da autoridade; só ele tem a experiência da imposição das leis as mais selvagens, apelando para as medidas as mais violentas. Não o assustam cóleras revolucionárias; não é a primeira vez que ele as sufoca em sangue.

O futuro Império depende dele. Um ato de hostilidade da regência de junho vindouro, o indisporia e irritaria, e ele chama-se antes de tudo plutocracia, oligarquia e esclavagismo: dinheiro, castas coligadas, sistematização do servilismo. O terceiro reinado não pode dispensar a sua colaboração e, entretanto, está às portas da responsabilidade histórica. O imperador, quer abdique, segundo se diz insistentemente, quer não, precisa dos conservadores.

Se abdicar, o partido de que é principal chefe, é o único capaz de cimentar o trono vacilante e de suprir a inexperiência da imperatriz e a impopularidade do imperador honorário.

Bem odiosa era a lei de 3 de dezembro de 1841; compêndio hediondo da tirania, e que valeu para nós o mesmo que a invasão dos hicsos para o Egito antigo: desnacionalizou-nos a pátria, reduzindo-nos à mais lastimável servidão. E o Partido Conservador fê-la vigorar, inflexível na sua aplicação, assegurou a sua longa e ensanguentada existência, respeitada por aqueles mesmos a quem vitima.

Se o imperador não abdicar, como a soberania dos reis não estende até à vassalagem do Tempo, Sua Majestade sobreviverá, somente em corpo, à lucidez do seu espírito, à tenacidade das suas resoluções, à energia passiva

A *campanha abolicionista*

da sua vontade, que representa, na marcha da civilização brasileira, não essa inércia providencial da matéria para o equilíbrio do universo, mas essa inércia de rochedo, que desfibra e desfalece a força, de quem tenta removê-lo.

O Partido Conservador terá de representar o papel dos políticos chineses junto dos seus reis valetudinários; representar por eles a soberania e a orientação política do Estado.

Ponderemos ainda que essa intervenção é necessária.

No pleito eleitoral, de ontem, ficou provado o desalento e dispersão do Partido Liberal, e demonstrada a força moral que o Partido Republicano vai ganhando na opinião pública.

Apesar das estreitas malhas da lei eleitoral, a ideia republicana pôde chegar até à consciência e à reflexão de mais de 600 eleitores no município, exceção gloriosa à indiferença de muitos e à covardia de outros tantos.

A propaganda republicana recebeu finalmente, no grande centro da vida nacional, o batismo da luta, e recebeu-o de centenas de energias, que são outros tantos protestos.

Como força armazenada para futuras lutas, aí está o grande número de abstenções.

Abster-se é um meio de protestar.

Instituições que não têm meio de despertar a indiferença do eleitorado, que ela julgou capaz para garanti-la e apoiá-la, são instituições moribundas.

Essa indiferença é tão significativa como o sufrágio dado aos republicanos; a abstenção completa de alguma forma a propaganda.

A vitória conservadora era, pois, natural e se não fosse tão estrondosa não fotografaria com verdade o estado do país.

Damos-lhe os parabéns: pelo seu triunfo sabemos que não está muito longe o amanhã da liberdade brasileira.

16 jan. 1886

Senhor,

Eu sei que a prodigalidade dos deuses para convosco foi sem limite. No vosso dote de noivado com a vida entraram a fortuna e o talento.

Sem que houvésseis provado por atos a vossa capacidade para reinar, nascestes rei; sem que houvésseis demonstrado por obras a vastidão do vosso saber e a clareza da vossa inteligência, proclamaram-vos universalmente sábio. Em todas as províncias do pensamento o vosso nome coroa-se com os louros do triunfador.

Os artistas quando arrancam do som, da palavra, do mármore e da tela algum desses grandiosos sonhos, que divinizam a cabeça que se iluminou com eles, não se julgam verdadeiramente grandes sem que um olhar de Vossa Majestade os laureie. O vosso aplauso é para todos a suprema apoteose.

Os estudiosos e os sábios, todos os que imaginam e comovem, que descobrem e generalizam, esperam pela vossa crítica monossilábica, e o sim, ou o não de Vossa Majestade são para eles o Panteão, ou o Letes, a perpetuidada glória, ou a eternidade do olvido.

Para Vossa Majestade a vida é um céu primaveril, onde o luar prefacia o poema das manhãs serenas, de que o zênite, enfartado de luz, é episódico, e o crepúsculo da tarde epílogo suave, que deixa no espírito indelével reminiscência.

No drama de Schiller, em que a condenada Stuart desmaia e suspira, humilha-se e soluça, esquecendo às vezes a rainha para ser somente a mulher sofredora; Isabel, a rainha vitoriosa, tem uma hora de tristeza e de revolta e num solilóquio repassado de despeito exclama:

"Sou obrigada a respeitar a opinião, e a captar os encômios da multidão, a dirigir-me ao sabor da plebe, que só estima realmente os charlatães. Não é deveras rei aquele que deve agradar ao povo. Só é verdadeiramente rei o soberano que reina sem ter de dar contas a ninguém."

Vossa Majestade chegou a essa onipotência que Isabel cobiçava.

Os acontecimentos e o meio colocaram Vossa Majestade acima do apoio da oposição dos seus súditos fiéis.

O que Vossa Majestade quer, o país quer.

Em 1878 Vossa Majestade mandou que o país fosse liberal, e o país votou uma Câmara unânime para sustentar o ministério que Vossa Majestade nomeou.

Em 1885 Vossa Majestade decretou que o país fosse conservador, e ele imediatamente, a noventa dias de vista, como uma letra sacada por Vossa Majestade, elegeu uma Câmara genuinamente conservadora para fortalecer, consolidar a nova situação.

As frestas indiscretas dos vossos palácios deixam passar de quando em quando o som de vossas augustas palavras.

Chegam estas esparsas aos nossos ouvidos, porém, miraculosamente, por um esforço de inteligência à Champollion, o espírito público forma com essas palavras um período, descobre-lhes o sentido e aceita como sentença do destino o que muitas vezes não passava de uma fugitiva aspiração soberana.

É assim que se soube, por acaso, por inconsistente boato, que Vossa Majestade queria ir este ano para a Europa.

Tanto bastou para que todo o Brasil afirmasse que essa viagem é indispensável; que depende dela a salvação do Estado.

Desde logo o partido mais íntimo do paço começou a pleitear a eleição com entusiasmo e por muito pouco deixou de se constituir em maioria na Câmara dissolvida.

A campanha abolicionista

Entretanto, Vossa Majestade limitou-se a negar ao sr. Dantas a força que depois prodigalizou ao sr. Cotegipe. Não precisou de empregar outro meio: tanto conta com o seu povo.

Ao boato da viagem, em junho próximo, reuniu-se o de que Vossa Majestade pretende abdicar na Sereníssima Princesa Imperial, para assessorar com o vosso augusto prestígio, auspiciando-o, o começo do terceiro reinado...

O efeito de tal boato foi pronto.

O país armou a realeza com uma Câmara, que não saberá dizer não ao Governo; uma Câmara que aceitará a abdicação e o novo reinado, congratulando-se com a sabedoria de Vossa Majestade.

Entretanto, um lance d'olhos pelo estado das cousas bastaria em outro qualquer país para converter o povo em tribunal para julgar Vossa Majestade.

Outro qualquer povo citaria o reinado, que pretende liquidar-se para assistir ao balanço geral do seu domínio.

A esse julgamento compareceriam as finanças, representadas pelo *deficit* crescente e incurável; o câmbio com a sua vertigem de baixa, havendo reduzido a um terço o valor da fortuna pública; os melhoramentos materiais feitos para servir famílias e empresas escandalosamente protegidas; o espírito público desorientado por falta da independência que dá a facilidade de trabalho no comércio, nas indústrias e nas artes; o caráter nacional pervertido pela miséria; todas as relações políticas quebradas; todos os vínculos sociais abalados.

Entre nós dá-se justamente o contrário, em vez de um julgamento, o reinado obtém uma aclamação.

Até as minudências, para o brilho, decoração e força do novo reinado já estão sendo objeto de especial cuidado.

As famílias enriquecidas e prestigiadas pelo favoritismo do reinado, que se despede, organizam espontaneamente a corte futura, dando-se títulos, criando imperceptivamente uma nobreza, de que a lei não havia tratado suficientemente.

No Brasil até bem pouco os títulos só abrasoavam aqueles que os recebiam. Com os titulares extinguia-se a nobreza oficial da família. Isto era a lei.

Os protegidos do paço entenderam que a lei procedeu mal não estendendo à família a nobreza do chefe, pelo que trataram de corrigir a lei, sem intervenção do parlamento e da maneira a mais engenhosa.

Os filhos começaram a juntar aos seus nomes o apelido fidalgo dos progenitores.

Já temos uma grande mata genealógica, dessas árvores heráldicas recentes.

Uma família que se chamava, por exemplo, Fernandes Boamorte, e cujo chefe foi nomeado barão de Camboatá, passa por isso mesmo a assinar-se João Fernandes Boamorte do Camboatá.

E nos documentos oficiais, e em todas as transações da vida começa a figurar essa nobreza!

José do Patrocínio

Deste modo simplíssimo, porém engenhoso, conseguem os filhos decretar para as suas pessoas a nobreza de seus progenitores e isto sem que o poder competente estranhe, nem tome providências para impedir semelhante abuso. Pudera: é um preparo para a corte futura.

Não era mesmo justo que estivesse adiantadíssima, como provam os salesianos, lazaristas, irmãs de caridade e toda a gente da roupeta, a organização da corte espiritual, e entretanto a mundana nada fizesse para se constituir.

Permiti, pois, meu senhor, que eu vos faça um pedido, muito simples e muito natural, e que mais uma vez demonstrará quanto sois bom.

O vosso Partido Conservador tem provado que está à altura de vosso reinado.

No último pleito ele, em obediência às recomendações de Vossa Majestade para que se não coarctasse a liberdade de voto, deu a todo o eleitorado a mais ampla liberdade para votar... no Governo.

Ele está demonstrando diariamente que sabe manter a ordem, com a lei ou sem ela; e manter a lei dentro ou fora da ordem.

O Partido Conservador está benquisto com o país, de que é o genuíno representante, na frase eloquente das urnas.

Acontece, porém, meu senhor, que um pensamento mau atravessou a cabeça do sr. de Cotegipe, segundo se diz.

S.Ex.ª falou em apresentar ao parlamento um projeto emancipando os escravos em cinco anos.

Eu sei que o ilustre barão não é homem que se prenda ao que promete.

Desde 1854 apresentou ele um projeto sobre tráfico interprovincial e, não obstante em trinta anos, apesar de sua influência real, não se lembrou de fazer discutir por sua conta o projeto.

O que o sr. barão de Cotegipe promete não quer dizer o que o sr. barão de Cotegipe fará.

Não obstante, há na lavoura do país uma parte ingênua, que não conhece os nossos homens, e que pode tomar a sério o projeto do sr. presidente do Conselho.

Em nome dessa lavoura eu peço a Vossa Majestade que se digne de aconselhar o sr. de Cotegipe a que mande desmentir esse boato comprometedor.

A escravidão deve ser conservada: não se deve bulir nela. Assim como está, está muito bem.

Se não houvesse quem quisesse ser escravo, não haveria escravidão.

O sr. Coelho Bastos quando raspa cabeças e encolhe os ombros às notícias de torturas contra escravos é porque tem certeza de que nada há a temer.

O próprio sr. de Cotegipe já declarou que a escravidão estava na massa do sangue nacional... E é verdade; do contrário Vossa Majestade já teria

A campanha abolicionista

visto o povo decretar o que Vossa Majestade não quer decretar: a demissão do sr. Coelho Bastos.

Não, imperial senhor, não! O sr. de Cotegipe vai mal por esse caminho. É preciso que Vossa Majestade o chame à ordem.

Nada de pressas: o negro para onde vai há de chegar – à cova.

Não libertemos esses demônios senão depois de mortos e isto mesmo indenizando o senhor.

O projeto vem trazer complicações e perturbar a digestão de Vossa Majestade Imperial.

Rasgos de filantropia nestas desoras da nossa política!

Senhor, meu senhor, em nome da vossa fortuna, em nome da vossa coroa, é preciso conter o sr. barão de Cotegipe.

6 fev. 1886

Senhor.

Diante dos traços de mármore, sagrados pelo cinzel dos artistas, epitáfios seculares de civilizações mortas, o viajante, que estuda e pensa, se entristece com a própria grandeza do espetáculo que se desdobra aos seus olhos.

Nos templos vazios, sem fiéis e sem deuses, como que ele ouve os risos e soluços dos dias de festa e de luto, das horas de regozijo e das horas de desesperança.

Tal me acontece quando folheio a história da minha pátria, outrora templo grandioso formado pelo civismo de gerações fortes, que o tempo e as revoluções devoraram e de que hoje restam somente as ossadas, santas ruínas do patriotismo vitimado.

Aprofunda-se-me o desalento tanto mais quanto vejo à flor o desinteresse dos tempos que lá vão e o entusiasmo civilizador, que nos conquistou lugar entre os povos independentes.

No meio da noite moral do presente, que se não fende em nenhum raio de luz anunciando próximo alvorecer; noite em que não sinto a incubação de uma aurora redentora do pesadelo de humilhação, com que ela nos tortura e angustia, pergunto a mim mesmo se não seria melhor, como as aves amigas da escuridão, habituar-me às trevas e ao óleo da lâmpada do vosso palácio, alimento predileto dos caracteres da nossa decadência.

Outrora as almas brasileiras nutriam-se da consciência da soberania popular, fortaleciam-se com ela e não era raro ouvir-se do alto da forca, como do tamborete do fuzilando, estas frases heroicas: liberdade ainda que tarde; morrem os liberais, mas não morre a liberdade.

Essas palavras eram adubo sagrado às convicções, repastavam de seiva e de viço a florescência da fé.

Hoje, porém, não há mais quem pronuncie naturalmente semelhantes frases; quem as escreva com o alfabeto da crença. O patriotismo, é certo, ainda cria heróis, mas estes são a reprodução do intrépido Nzambi dos palmares; desesperados que combatem olhando para a montanha do martírio, a Tarpeia sinistra de que se precipitarão para salvar a honra.

. Vossa Majestade não tem, pois, motivo para queixar-se de quem subscreve estas linhas.

Deve-se a verdade ao inquérito da morte.

Talvez vos pareça descabida esta última palavra; mas apresso-me em demonstrar-vos que ela está aí porque os acontecimentos obrigam-me a escrevê-la.

Vossa Majestade sabe que um punhado de homens jurou à sua honra defender a causa dos escravizados, com o sacrifício da sua vida, se tanto for necessário arriscar na sustentação de um direito, neste país que se diz civilizado e cristão.

Durante seis longos anos esse punhado de homens tem dado provas repetidas do espírito de conciliação, que os inspira na propaganda da redenção dos seus semelhantes.

O Governo de Vossa Majestade mesmo o afirmou solenemente no parlamento, quando por um momento hasteou no poder a bandeira das nossas aspirações.

Inopinadamente, muda-se a atitude governamental, e ao mesmo tempo que a mentira oficial manda anunciar ao mundo que está decretada a abolição da escravidão no Brasil, recomeça a perseguição, a tortura dos escravizados.

Vossa Majestade deve ter lido as notícias envergonhadoras, publicadas pela imprensa.

A Secretaria de Polícia converteu-se em uma casa de consignação de fazendeiros bárbaros, que a autorizam a enviar-lhes, não já os escravos, mas a cabeça deles, para exemplo dos outros, lembrando assim o reinado de vossa augusta bisavó – a douda, espetando a cabeça de Tiradentes para exemplo às impaciências democráticas.

Todos os dias a Casa de Detenção e o xadrez da repartição central de polícia abrem-se para despachar pelos vagões da estrada de ferro de d. Pedro II vítimas para os açougues dos carniceiros rurais.

Em vão temos reclamado do Governo providências contra semelhantes embarques, que degeneram em atos de barbaria.

As notícias dos espancamentos, dos arrochos com cordas e algemas, dos suicídios de escravizados mancham diariamente a história do vosso reinado, mosqueando a vossa púrpura de modo a ser natural confundi-lo com a pele de um tigre.

Entretanto, Vossa Majestade conserva-se impassível. Longe da corte, nas alturas de Petrópolis, cercado dos entes a quem adora, podendo espreguiçar-se como Francisco I e tiranizar como Luís XI, Vossa Majestade lança pelo desprezo o fermento da revolta nos espíritos dos raros que ainda entendem que a vida é pouco sem a honra.

A campanha abolicionista

Sabem todos que o sr. chefe de polícia da corte não será demitido, enquanto ecoar o tremendo *Aqui d'El-rei* da imprensa em nome dos escravizados.

Pergunta-se quem é este funcionário que vale mais do que a reputação de um povo e do que a vida de brasileiros?

Os fatos respondem secamente: é um homem que foi ao parlamento dizer que estava doente para não ir para a província do Pará, como desembargador; é um homem que não teve escrúpulos de pedir dinheiro ao Estado para alimentar-se durante o tempo em que se evadiu dos seus deveres; é um funcionário fugido das suas funções e acoutado por um Governo, que entende que seus amigos podem viver à custa do Tesouro sem trabalhar, contanto que finjam moléstia até que se lhes melhore a dieta.

Apelamos para a honra de Vossa Majestade neste momento: e vos emprazamos a que nos desmintais.

Vossa Majestade não pode negar que tem como chefe de polícia um funcionário que faltou a verdade à Câmara dos Deputados, que fez junto dela a chantagem da moléstia e que se curou com o decreto que o nomeou para o cargo que exerce.

E é esse homem que faz da sua autoridade a capa dos crimes que nos horrorizam.

Um dia, na casa do sr. presidente do Conselho, estava o sr. chefe de polícia e disse alegremente:

– Acabo de mandar mais um vagão *deles*.

– E não há perigo? — perguntou-lhe o presidente do Conselho.

– Não; vão em carro fechado.

– Com este calor?! pode sobrevir algum acidente.

– Qual calor: esta gente lá sente cousa alguma...

E o sr. chefe de polícia tinha a fisionomia dilatada, quando proferia estas palavras. Mais ainda, senhor. Um empregado da Estrada de Ferro, que tem o vosso nome, coincidência tristíssima, referiu-nos este suicídio:

Um escravizado, que estava amarrado de pés e mãos, conseguiu sentar-se, e, depois de espedaçar a vidraça com uma cabeçada, cortou a carótida num fragmento de vidro, que ficou preso ao caixilho e morreu esvaído em sangue.

O *Paiz*, órgão que Vossa Majestade deve conhecer, referiu o caso de um escravo, em que embarcando na estrada do vosso nome, em Juiz de Fora, precipitou-se entre os trilhos, deixando-se esmagar pelos vagões.

Consta a Vossa Majestade que se tenha aberto inquérito a respeito? Quer isto dizer, senhor, que não há esperar do poder público uma providência, um pouco de piedade para os míseros escravizados. Levado pelo desespero, o punhado de homens que se comprometem a defender esses desventurados, não pode querer um dia protestar em pessoa contra esses abusos? O que lhes acontecerá? Serão assassinados legalmente, porque vão resistir a uma ordem da autoridade.

Eis por que escrevi a palavra morte. Vossa Majestade parece haver decidido a nossa imolação, pois que outra significação não pode ter a conservação de uma autoridade, que faz timbre em se mostrar desumana.

De par com estas barbaridades contra vítimas indefesas, a difamação dos abolicionistas, por todos os meios: o assalto contra os seus corações e contra os seus meios de vida.

A Caixa Econômica Perseverança Brasileira é uma instituição que faz honra ao país, honrando ao seu fundador; a polícia a manda difamar e até a ameaça de pedir ao Governo a sua supressão, e isto só porque o cidadão João Capp não quer alistar-se no batalhão dos capitães do mato.

E o mais doloroso, senhor, é que o dinheiro que nós pagamos para ser despendido com a garantia oficial da nossa honra e da nossa vida de cidadãos, é esse dinheiro sagrado que a polícia desvia para empregar criminosamente em difamar-nos.

A consequência de tais atos é a recrudescência da perversidade dos senhores contra os escravizados.

Ainda anteontem, duas menores foram exibidas ao público e à imprensa e só não o foram a Vossa Majestade, porque estava em Petrópolis. Eduarda e Joana atestaram pelos seus corpos chagados, pelos rostos desfigurados, pelos gilvazes do relho infamante, a hediondez da instituição fatal, que nós combatemos.

Joana está às portas da morte; é uma tuberculosa; o seu leito de moribunda não bastou para servir de anteparo à perversidade do algoz.

Quer agora Vossa Majestade saber até onde tem descido este país? Tem havido dificuldade em fazer o corpo de delito nas supliciadas.

Vossa Majestade pode medir por esta revelação qual o abismo a que temos descido e qual a sua profundidade.

Senhor, estas linhas, que pretensiosamente aspiram a um olhar vosso, têm por fim somente uma súplica e entretanto não encerram nem queixa, nem pedido de piedade.

Sei que na polícia da corte se estão forjando processos contra todos os abolicionistas.

Sou um deles.

Nesses processos visa-se a nossa dignidade. A lei manda punir o açoutador de escravos, mas não é a este que os processos se dirigem; é à honra dos audazes que se afoutaram a perturbar o sono e a tranquilidade dos piratas e seus herdeiros, vossos protegidos, comensais e sustentadores.

Vossa Majestade ordene à polícia que no meu processo, ao inquérito siga-se imediatamente a prisão preventiva, e ordem de execução clandestinamente na Casa de Detenção.

Vossa Majestade vê que eu não me dirijo mais a ninguém. É com Vossa Majestade somente que eu me entendo.

A campanha abolicionista

Sei que só vivo, porque Vossa Majestade não tem consentido no meu assassinato.

Correspondo a esse favor fazendo-vos a súplica que aí fica.

Eu não quero viver desonrado e Vossa Majestade sabe que no esterquilínio da polícia secreta há elementos para fazer pairar a dúvida sobre a reputação mais firmada.

É só, imperial senhor.

No mais desejo que Vossa Majestade viva feliz e que nunca, nem por si, pelos seus, sofra as torturas infligidas à raça, de que Vossa Majestade bebe o sangue e as lágrimas sob a forma de lista civil.

13 fev. 1886

Temos na pasta da Agricultura um novo Jefferson Davis.

O sr. Antônio Prado entende que a pedra fundamental do Estado deve ser a escravidão e só a escravidão. Nem um palmo de chão redimido neste negro território cativo. Nem um lampejo na homogeneidade da treva. Tudo escuro, noite velha para o *sabath* das agonias sem fim.

Daí o ilustre ministro fechar todas as frestas por onde possa entrar uma réstia de claridade para dentro do cárcere sombrio, onde uma raça desventurada dorme o sono pesado das galés perpétuas a que foi condenada.

O Amazonas e o Ceará, esses dous regatos afluentes do grande Jordão, que em 1889 há de batizar o Brasil na religião da igualdade humana, respingam a consciência esclavagista com gotas frias como o sangue remorditivo na fronte do rei Canuto.

O sr. ministro da Agricultura entendeu que devia secá-los, aterrá-los com o lixo humano da escravidão.

S.Ex.ª não quer águas cristalinas; só lhe aprazem os pântanos, sejam os formados pelo enxurro da instituição maldita, sejam os do dr. Possidônio. Mandou restaurar o tráfico em terras emancipadas. Nada de quebrar-se a integridade da vergonha nacional. A lei de 28 de setembro de 1871, a Lei Rio Branco, mandou que nenhuma carta de liberdade pudesse ser cassada, e para isso derrogou a Ordenação.

Já o Direito Romano havia preceituado: que uma vez proferida uma lei sobre liberdade, nunca pudesse ser revogada: *semel pro libertate dictam sententiam retractari non opportet.*

Mas o sr. ministro da Agricultura, que reconhece a escravidão como contrária à Religião, à Moral e à Filosofia não é homem que se atenha a semelhantes nugas. Decretou sem cerimônia que o Ceará e o Amazonas se reenquadrem na escravidão. A prova é o seu ofício ao presidente do Ceará, nestes termos:

"Ilm°, e Exm°. Sr. – Tratando V.Ex.ª de dar execução à Lei n. 3.270, de 28 de setembro de 1885, ordenou por ofício de 28 de janeiro à Tesouraria de Fazenda que a nova matrícula de escravos e o arrolamento dos libertos pela idade sejam abertos tão-somente no Município de Milagres, onde se verificou a existência de 298 escravos depois do ato comemorativo da extinção do elemento servil dessa província em 25 de março de 1884.

Não aprovo o ato de V.Ex.ª pelo motivo exposto no aviso que em data de 23 do corrente expedi à Presidência do Amazonas; e recomendo-lhe que faça remeter a todos os municípios da província os livros respectivos e as instruções convenientes para que o *serviço da matrícula e do arrolamento sejam ali iniciados na forma prescrita pelo Regulamento de 14 de novembro do ano passado.*

Fica assim respondido o ofício de V.Ex.ª de 1 do corrente.

Deus guarde a V.Ex.ª – *Antônio da Silva Prado.* – Sr. presidente da província do Ceará."

Quer isto dizer que o sr. ministro da Agricultura reduz de novo à escravidão o Ceará e o Amazonas. Pode-se iniciar naqueles territórios livres a matrícula de escravos!

No seu opúsculo hoje publicado, *Eclipse do Abolicionismo,* Joaquim Nabuco diz esta grande verdade a respeito do imperador:

"*sabe* que nunca perguntou aos milhares de pequenos senhores feudais possuidores do território e do povo da sua monarquia, quando lhe iam humildemente beijar a mão e ele os fazia barões e viscondes: *Como estão seus escravos?* S. M. sempre foi um bom limítrofe: suserano de cada um deles, vassalo de todos eles juntos, o representante da Realeza nunca atravessou a linha divisória entre a soberania do Estado e a soberania da Escravidão."

O aviso do sr. ministro da Agricultura e a conservação do atual ministério é uma prova real desta afirmação.

Se o imperador não fosse, como é, um liberto com condição de servir à oligarquia dos traficantes de carne humana, revoltar-se-ia contra um ministério, que abusando da fraqueza de um povo e da velhice anêmica de um rei, governa-o com as mãos tintas do sangue, derramado durante as eleições, e se deleita em ostentar a barbaria da classe de que é representante.

Admitamos por um momento que há regiões do país em que a escravidão é necessária; admitamos que há províncias cuja fortuna está chumbada, como uma corrente de sentenciado, aos pés do escravo.

O Governo seco do interesse pode justificar por esta circunstância a conservação do elemento escravo nessas regiões.

Não assim, porém, quanto a regiões que, emancipando-se, declararam prescindir daquele condenado instrumento de trabalho. Nada justifica a imposição do escravo a províncias, que declararam espontaneamente dispensá-lo.

A campanha abolicionista

O sr. Antônio Prado faz muito bem: o vencedor deve aproveitar-se da vitória. Restaurando a escravidão no Ceará, não é aos abolicionistas plebeus, sem forças para puni-lo, não é a esses que S.Ex.ª vence: é ao imperador.

O imperador é um dos cúmplices do crime de libertação do Ceará.

Nas vésperas da primeira libertação do município desta província, Sua Majestade recebeu este telegrama:

"A Sua Majestade o Imperador.

Acarape liberta-se por subscrição popular; falta o nome de Vossa Majestade. *José do Patrocínio.*"

E Sua Majestade cavalheirosamente respondeu pela Mordomia mandando 1:000$ para a subscrição popular.

Mais tarde, quando a província libertou-se, ainda o imperador aplaudiu o ato.

O imperador, portanto, reconheceu a libertação do Ceará: considerou-a regular e legal.

Fez mais: aceitou dos cearenses desta corte uma pena de águia, cravejada de brilhantes, para assinar com ela o decreto da emancipação total dos escravos do Brasil. E Sua Majestade mostrou-se contente com a lembrança de seu nome em hora de tamanho regozijo nacional.

Consentir na abertura de matrículas na província é, pois, confessar-se vencido.

Certos de que o imperador não é senão o delegado da escravidão no trono; certos de que Sua Majestade não pode sacrificar a sua posição e a de sua família por amor de um milhão de desgraçados; vamos pedir-lhe um favor:

Continue Sua Majestade a receber a sua lista civil arrancada a relhadas das costas da escravatura; continue a arrebicar-se com os papos de tucano, que têm a maciez da carne esponjosa das chagas dos escravos surrados.

Nós não queremos indispô-lo com o seu séquito, nem torturar-lhe o coração fazendo-o ser repreendido como o foi por ocasião em que entrou o doudo no palácio de Petrópolis, dia aziago em que Sua Majestade ouviu estas palavras:

– *Também para que é que se mete com a abolição.*

Queremos um favor muito simples: é que Sua Majestade restitua aos cearenses a pena que recebeu.

Ela não lhe pertence mais; Sua Majestade não tem mais o direito de servir-se dela, salvo se a quer empregar em escrever a ordem de destruição dos últimos abolicionistas.

A não ser para dar-lhe esse emprego, não vemos nenhuma razão para Sua Majestade guardá-la.

Sua Majestade deve restituir a pena de águia do abolicionismo; nos seus dedos só fica bem a pena de pato do servilismo nacional.

6 mar. 1886

O imperador não cabe em si de contente. Sua Majestade fazia o maior empenho em ter nos seus domínios a grande atriz que é um dos orgulhos da França, aquela a que a moderna crítica chama simplesmente Mlle. Sarah Bernhardt para significar que vê nela representada a eterna virgindade de arte.

Que noites deliciosas tem tido o nosso augusto amo e senhor! Como Sua Majestade baba e cochila! Não é só o papel vermelho do seu camarim que lhe empresta à fisionomia os tons quentes, que a revestem durante alguns lances; é principalmente o reflexo da labareda de júbilo que lhe escalda a imaginação. Crepitam-lhe fagulhas nos olhos; há no seu corpo durante as cenas violentas movimentos de serpentes de faraó de fogo de salão.

É preciso ser feliz para ter um país nas condições atuais do Brasil: o sr. Cotegipe para dominá-lo pela gargalhada; Sarah Bernhardt para embriagá-lo com a ambrosia dos deuses.

Desde que chegou a imortal atriz, o termômetro político baixou até zero. Ninguém mais se ocupou nem das oscilações do câmbio, nem da baixa das apólices, da retração do café, nem das depurações violentas e escandalosas, nem da atitude desdenhosa do sr. presidente do Conselho. O próprio espólio Sousa Carvalho, que emalha em si a honra da magistratura, não tem despertado o interesse que era de esperar, em um país onde cada um cuidasse mais dos seus direitos sociais e políticos do que dos seus prazeres.

Entretanto, cada um destes assuntos é ou sintoma da aproximação de uma época revolucionária, ou da mais completa decadência popular. O estudo dos fenômenos políticos desdobrados ultimamente em nossa História leva o espírito imparcial a cogitar em dias amargos para a pátria.

Onde irá parar este país, onde o Governo só se apresenta como o fator da ruína moral, econômica e política do povo?

Na decadência a mais completa, dizem os que comparam o estado do país com a atitude do sr. presidente do Conselho.

S.Ex.ª reduziu o Governo representativo a uma exibição do *Rigoletto* tomando para si o papel do velho bufão do nosso velho duque de Mântua.

Aos protestos que a honra levanta, aos soluços com que a pátria, a grande família, se desafoga; S.Ex.ª responde com umas jogralices, acompanhadas pelo coro dos apoiados da maioria.

Mas, S.Ex.ª é um *Rigoletto* incorrigível, porque voltou a servir na corte, depois de lhe ter caído em casa uma vez, o capricho do seu soberano.

Já a sua reputação, filha dileta de longos anos de disciplina partidária, de serviços aos seus amigos, foi manchada pelo capricho imperial, que não só quis que se soubesse não ter intervindo na marcha política durante a fase do *incognito*, como, também, condenou pela dissolução a Câmara e o partido que haviam emprestado a sua corresponsabilidade ao erro da comandita Januário & Masset.

A campanha abolicionista

Entretanto, o *Rigoletto* imperial presta-se ainda a colocar-se diante dos que se queixam e cobre o seu soberano com uma pirueta e quatro momices.

Têm, pois, razão, os que inferem do exame do presente a decadência absoluta do povo.

Era o próprio decoro pessoal que impedia o sr. de Cotegipe de tomar a atitude que tem tomado.

S.Ex.ª ou não devia aceitar o Governo, ou tomando-o devia fazer dele um meio de reabilitação do seu nome.

De toda a carreira parlamentar de S.Ex.ª, só há uma página de que a História tomará conhecimento: é a que foi escrita pelo sr. Cesário Alvim, durante o ministério em que S.Ex.ª havia merecido do sr. Ferreira Viana, referindo-se ao abandono da eleição direta, o célebre *primo vivere deinde philosophare(sic)*.

Era de esperar que S.Ex.ª, uma vez presidente do Conselho, apagasse com a esponja de grandes medidas essa página tristíssima da sua vida política.

Deu-se justamente o contrário: S.Ex.ª no Governo não fez mais do que entrar numa grande comandita eleitoral para passar esses contrabandos parlamentares, chamados Jaime Rosa, Clarindo Chaves, Mílton, Alfredo Correia, Paulino Chaves, Seve Navarro, Teodoro Machado e não sabemos quantos outros, sem falar nos Marcondes Figueira, que tiveram de afrontar a bacamarte as portas da alfândega eleitoral, por não haver perícia de conferente que lhes pudesse arranjar sorrateiramente o despacho.

O sr. presidente do Conselho continuou o resto do ministério Caxias.

Na questão da escravidão, S.Ex.ª tinha opinião expressa em projeto e em discurso, com relação ao tráfico interprovincial.

No discurso com que sustentou o seu projeto, o deputado Vanderlei deixou bem claro: primeiro que se faria o tráfico ilegal de africanos; segundo, que pelo tráfico interprovincial se reduziriam pessoas livres à escravidão.

Pois bem, chamado à presidência do Conselho, justamente no momento em que se discutia uma lei sobre escravidão, o sr. barão de Cotegipe homologa os crimes dos dois tráficos e o que é mais se responsabiliza pela iniciação do tráfico de vítimas para a tortura, nomeando chefe de polícia o sr. Coelho Bastos e dando-lhe carta branca para proceder à captura e entrega de escravizados aos seus escravizadores!

Para se ter coragem de proceder de tal forma, em uma questão que é essencial na constituição de uma nacionalidade; para ter desplante suficiente no afrontar assim face a face a história é preciso ter certeza de que se está governando um povo decadente, incapaz de um assomo de dignidade para salvar a sua honra vilipendiada pelo Governo.

Certo do povo, que está governando, o sr. barão de Cotegipe limita-se a assalariar BRAVI na imprensa e a amaciar os amuos do imperador.

S.Ex.ª sabe que a opinião verdadeira, real, e que tem força para se fazer respeitar, está em S. Cristóvão, a outra, a que quer *libertar os pretinhos*, na frase de S.Ex.ª que deles descende, não tem valor nenhum.

Daí em vez de subir até onde o podia levar o seu talento, que só tem sido fatal ao país; S.Ex.ª reduz-se ao papel de *Rigoletto* parlamentar, zombando das causas mais respeitáveis e mais sàntas.

Por sua vez o imperador está contente com S.Ex.ª.

Dizia-se que o Ministério Cotegipe era uma conspiração contra a onipotência do sr. d. Pedro II, que S.Ex.ª era o Júpiter da boa causa que ia enfim destronizar o velho Saturno, que se compraz em devorar os próprios filhos, o filhotismo e a corrupção.

Mas o sr. d. Pedro II está hoje convencido de que o sr. de Cotegipe não é homem de que um neto de d. João VI tenha medo. Quando muito, o sr. de Cotegipe se recolhe à sua asma para protestar contra as sabatinas.

E entendem-se bem os dous, e ainda melhor o povo. O imperador faz o que quer para o sr. barão de Cotegipe defender, o sr. de Cotegipe faz o que quer para o ministério sustentar, o ministério faz o que quer para o parlamento apoiar: o parlamento faz o que quer para o país aturar, e o povo atura tudo para glória do imperador, do ministério e do parlamento.

Neste país não se pode mais falar sério, nem propor coisa séria. Como são ridículos os srs. Dantas e José Bonifácio falando em honra nacional, quando estão em discussão o espólio do visconde de Sousa Carvalho e o contrato Brianthe. Vamos dar um conselho a S.Ex.ª : este país é um grande espólio do sr. d. Pedro II. Metam-se nele os srs. Dantas e José Bonifácio.

5 jun. 1886

Grande tem sido a desforra tomada pelo sr. barão de Cotegipe contra o imperador, tamanha, que a triste posição do vencido torna saliente a falta de generosidade do vencedor.

De volta de sua última viagem à Europa, o imperador entendeu que estava bastante forte para suprimir o ilustre barão, e todos sabem que Sua Majestade levou o seu puritanismo ao ponto de negar-se a fala com o ex-presidente do Conselho Honorário da regência.

O sr. de Cotegipe resignou-se ao exílio a que foi condenado, mas para conquistar com o trabalho silencioso da madrépora o oceano da opinião, que turbilhonava por cima do seu nome, até vir à flor e emparcelá-lo contra aquele que S.Ex.ª apontava como o agitador mais poderoso desse oceano.

Afinal, S.Ex.ª pôde colocar-se face a face com o imperador; medi-lo de alto a baixo e oferecer-lhe sorrindo o mais extraordinário combate que de

A campanha abolicionista

memória de homens tem sido travado nesta terra entre o supremo poder e um ministério.

Não queremos negar ao sr. barão de Cotegipe o nosso testemunho de admiração pela sua habilidade.

A História há de talvez descobrir que S.Ex.ª fez o maior sacrifício que um homem do seu talento pode fazer: aniquilar-se para destruir o seu inimigo.

Ninguém também desfechou mais rude golpe no imperador do que S.Ex.ª.

Há muito tempo que se diz que o imperador finge democracia para consolidar a tirania; desinteresse para melhor servir ao seu egoísmo dinástico, magnanimidade para poder facilmente explorar um povo. Faltava, porém, apanhar o imperador em flagrante delito e o sr. barão de Cotegipe se encarregou dessa grande diligência histórica.

S.Ex.ª começou por insubordinar-se e dar a senha da insubordinação aos seus ministros nos despachos imperiais. Já não é mais um dever de ministério ir aos sábados conferenciar com o imperador e receber as suas ordens para converter em decretos. Vão a despacho os ministros que assim o entendem, e os que têm visita em casa, ou algum motivo de enfado não se incomodam em fazer a viagem até S. Cristóvão.

O próprio presidente do Conselho recolhe-se à sua asma, quando o imperador se permite a liberdade de sabatiná-lo. Estes fatos, que se tornaram mais ou menos públicos, não puderam entretanto ser tirados a limpo, porque o imperador empregou o maior esforço para ocultá-los.

O sr. barão de Cotegipe insistiu, porém, em divulgar o pouco caso que liga a Sua Majestade e escolheu uma ocasião para desconsiderar *coram populo* o onipotente da véspera e servidor submisso de hoje.

Toda a gente viu o imperador, abandonado do ministério, andar a carregar o pálio na procissão de *Corpus Christi*, desconsolado e trôpego.

De todo o gabinete, só compareceu o sr. barão de Mamoré, o ministro que todos os companheiros querem privar da pasta, o ministro que, por isso mesmo, precisa de socorrer-se da proteção do imperador.

É que o sr. barão de Cotegipe tomou a peito demonstrar que Sua Majestade não é o que parece; suporta de bom humor aqueles que servem à sua política, isto é, aos seus interesses dinásticos, por maiores que sejam as humilhações infligidas à sua pessoa.

O nobre barão quer que se saiba uma única coisa e que entre ele e o imperador só há um laço comum – a escravidão, e enquanto S.Ex.ª o apertar na medida das conveniências do trono, o imperador ficará a seu serviço.

E S.Ex.ª trocou afoitamente os papéis políticos. Outrora eram os ministérios que serviam ao imperador, agora é o imperador que é serviçal aos ministérios.

Por muito menos do que tem feito o sr. barão de Cotegipe o imperador declarou-se incompatível com o sr. Silveira Martins, e moveu-lhe esta guerra, que principiou pela cisão Osório e que só acabou com as violências do sr. Lucena.

O sr. presidente do Conselho, porém, tem carta branca para tudo, porque nele reside a confiança do único poder real neste país: o esclavagismo.

A vingança do sr. Cotegipe era demonstrar justamente isto e provar que se ele inconscientemente fez parte de uma casa contrabandista, de que não auferiu lucros, o imperador é sócio solidário dessa empresa secular de contrabando – chamada escravidão.

E fê-lo.

O imperador não pode mais, com justiça, gozar dessa reputação de homem desinteressado, com que se pavoneou até bem pouco tempo. Toda a gente tem o direito de supor que logo que um negócio qualquer dê lucro para a sua herança o imperador o consente.

Não queremos com esta afirmação aludir à liquidação do sr. conde d'Eu com o sr. Jourdan, coisa que o imperador devia já ter feito ultimar; referimo-nos ao novo regulamento, à ilegalidade de 13 do corrente.

Sua Majestade consentiu por interesse próprio na incorporação do município neutro à província do Rio de Janeiro, para os efeitos do tráfico de carne humana.

Onde a lei não distingue, ninguém pode distinguir e não obstante, não tendo a lei negra distinguido o município neutro, o regulamento o fez com a rubrica do imperador.

O legislador não disse: para o caso de transferência de escravos, o município neutro faz parte da província do Rio de Janeiro. Não o disse e é preciso que se note que ele tem sempre especificado este município quando legisla.

Esta observação não podia deixar de acudir ao espírito ilustrado e sagacíssimo do imperador, e no entanto Sua Majestade prestou-se a assinar esse regulamento, que não pode ser respeitado, nem obedecido, por ser abusivo e ilegal.

Também não podia de forma nenhuma passar despercebida à reflexão do imperador as relações fiscais que o novo regime da escravidão estabeleceu e no entanto, quando a assembleia provincial nada tem com o município neutro, nem este com aquela, Sua Majestade consente que o mesmo escravo fique sob duas legislações diferentes, com prejuízo dele e de seu próprio senhor.

Ninguém tenha dúvida a respeito da separação administrativa existente entre o município neutro e a província.

Cândido Mendes, autoridade insuspeita para o Gabinete, como para todos os que sabem que esse ilustre brasileiro foi uma das glórias da jurisprudência brasileira, Cândido Mendes diz terminantemente:

"O município neutro é uma criação do ato adicional no art. 1º. O seu território pertence à circunscrição da província do Rio de Janeiro, mas enquanto a corte estiver fixada na cidade do Rio de Janeiro, sua administração continuará independente do Governo da mesma província e por isso imediatamente sujeita ao Governo, pela repartição do ministério do Império."

O Gabinete, porém, entendeu que devia servir à província do Rio de Janeiro um grande mercado de escravos e o imperador que aufere daí o

A campanha abolicionista

lucro da simpatia dos herdeiros da pirataria e piratas sobreviventes, fechou os olhos e assinou.

E o mais interessante é que os defensores do ministério desde o sr. Gusmão Lobo, jornalista oficial do Ministério da Agricultura, tão dedicado ao sr. Dantas como ao sr. A. Prado, até o mais latrinário Y. das colunas pagas dos jornais, todos escondem o ministério por trás do imperador, ponderando:

– Toda gente sabe que o imperador é abolicionista, e não assinaria o regulamento se ele fosse contrário aos escravos.

Eis onde o sr. barão de Cotegipe queria chegar. S.Ex.ª visava ao dia, à hora, ao momento em que, nos próprios atos do imperador, ele pudesse fazer o país ler esta declaração de S.Ex.ª:

"Eis aí o homem que me condenou. Fê-lo, não por convicção, porque ele não a tem, nem a teve nunca; oscila à mercê dos seus interesses.

Ontem, para agradar o poviléu que vociferava, ele despediu-me do poder, como aplaudiu o sr. Dantas, julgando que ali é que estava a força; que a correnteza dos acontecimentos provinha de um declive real no solo moral do país.

Hoje ele pensa que a força está com o esclavagismo, como de fato está, e está pronto a sancionar tudo, quando nós queremos, a rubricar tudo quando do nós lho ordenamos.

Nós especificamos o município neutro não especificado na lei e ele assinou.

Nós cometemos duas usurpações, ao mesmo tempo: o regulamento roubou ano e meio à libertação dos escravos, e ele assinou; um ato do Ministério da Fazenda roubou nove meses do imposto de 5% e ele ainda assinou.

Aí tem o homem que por um requinte de honestidade condenou-me na questão das popelines; aí tem a inteireza moral que não se dobra quando se trata de questões de honra.

As leis são um depósito sagrado de direitos nas mãos dos soberanos, e o sr. d. Pedro II não trepidou em meter a mão neste depósito para dar o município neutro em hipoteca ao sr. Belisário, e ano e meio e mais 5% durante nove meses aos pupilos da pirataria.

A responsabilidade é toda dele, que pode nomear e demitir livremente os seus ministros e me conserva, porque eu represento a escravidão."

Grande desforra a do sr. barão de Cotegipe. Só pelo deleite de S.Ex.ª na tremenda vingança deve-se ver nele o deus dos nossos estadistas.

26 jun. 1886

Esta semana resumiu um reinado, e, não obstante, desdobrou-se tranquila, sem que ninguém desse pela sua fisionomia retrospectiva.

O Segundo Reinado chegou a ser o que é – máquina pneumática a fazer o vácuo no espírito e no coração de um povo – por este processo tantas vezes denunciado para nunca ser revogado; fazendo do parlamento comissão do ministério, do ministério comissão do imperador, do imperador comissário da escravidão. Em torno desses poderes, como sombras, o eleitor, o soldado e o escravo, toldando o pensamento nacional, guardando como as negras nuvens tropicais o raio e a tempestade improvisa e como essas nuvens, condenando-se ao aniquilamento pela própria força, que em si contém.

Nestes poucos dias, o observador pôde ver sem esforço toda a engrenagem desse mecanismo, com que as circunstâncias especiais da gestação da nossa nacionalidade dotaram o imperador e que Sua Majestade com uma perspicácia invejável emprega no serviço da sua dinastia. Em ambas as casas do parlamento firmou-se a convicção de que é impossível suportar por mais tempo o atual estado de coisas.

Os conservadores desesperam por ver a sorte do partido dependente de um ministério que só dispõe do prestígio do cargo e serve-se dele, não para fortalecer o sentimento de solidariedade partidária, mas exclusivamente para apadrinhar da opinião e do veredicto dos seus contemporâneos o nome e as pessoas dos que o exercem.

A cada momento surge um conflito moral, quando se tratam pontos vitais de prestígio governamental.

O gabinete, pela voz do imperador, declara que executou fielmente a Lei Saraiva-Cotegipe; os srs. Vieira da Silva e Cruz Machado desmentem-no.

O ministro da Justiça pede ao Senado uma prova de confiança ao zelo com que o ministério despende os dinheiros públicos: os srs. Correia e Diogo Velho negam-na.

E quando estes fatos se dão, os dous chefes que completam com o sr. barão de Cotegipe a trindade ortodoxa da igreja conservadora, o sr. Paulino cala-se e o sr. João Alfredo não desmente a asseveração de um seu honrado colega, tornada pública pela imprensa – de que S.Ex.ª votaria na resposta à fala do trono de acordo com os srs. Vieira da Silva e Cruz Machado.

Em todo o Partido Conservador, nas duas casas do parlamento, só o temor do desconhecido e o egoísmo de não contribuir para a salientação de poucos mantêm as aparências de solidariedade. Tomados, cada um de per si, todos coram do apoio que dão: todos anelam pelo momento em que tirem de sobre a consciência o peso de uma responsabilidade tão gravosa, quanto inglória.

Os liberais debatem-se, por sua vez, dentro do leito de Procusto das teorias de expediente. O Senado não faz política, sem se lembrarem de que é a política que faz o Senado e uma corporação de origem essencialmente política não pode deixar de exercer tal função.

Vítimas dos costumes eleitorais do Império, em vez de se garantirem com uma força parlamentar estável – o Senado, os liberais, desanimando

A campanha abolicionista

de constituir maioria na Câmara vitalícia, quiseram inutilizá-la, como força política e veem-se, hoje, vítimas do próprio esforço, desperdiçado.

Não faz política o Senado e, não obstante, a escolha do senador é um ato essencialmente político e, tanto assim, que das listas tríplices o imperador ou escolhe os eleitos da parcialidade dominante, ou motiva crise, salvo o caso da unanimidade da lista.

Teoria que regula para os senados de nomeação e de herança e que pode quando muito estender-se aos países de sistema eleitoral, mais ou menos moralizado, foi aplicada ao nosso país onde os capangas e joões manuéis têm sido sempre os incumbidos de eleger a Câmara dos Deputados.

O resultado desta teoria aí está patente. De um lado, uma câmara temporária que se não dirige, nem é dirigida, nem tampouco dirige o gabinete; que não tem missão nenhuma, porque não tem nem opinião, nem caráter; que se limita a empregar o escrutínio secreto e a fazer orçamentos com a mesma independência que têm as câmaras municipais; do outro lado, a câmara vitalícia, órgão de uma aspiração nacional, votando com ela, discutindo por ela e no entanto impossibilitada de levar ao governo o pensamento vitorioso, o sentimento iniludível da nação.

Esta situação anormal tirou o Governo do Gabinete, porque este não tem prestígio, tirou-o da Câmara, porque não tem opinião; tirou-o do Senado, porque não tem ação.

Tanto se contrariaram todas essas forças, que se neutralizaram e fizeram visivelmente do imperador o equilíbrio do Governo.

Se a paz se mantém, se a vida do cidadão ainda é garantida, se o imposto ainda é pago, é somente porque o espírito do imperador flutua sobre este caos, onde as forças não têm o poder de organizar e regularizar; onde tudo espera e depende absolutamente do *fiat* imperial.

Tudo está agora nas mãos do imperador. A oposição constrange-se empolgada, porque duas listas tríplices têm de subir à escolha; numa está o sr. Silveira de Sousa – um liberal, noutra ou virão três liberais, dous dos quais estão na Câmara e um é o *leader* e o outro o mais valente *debater* da oposição, ou entrará um conservador, e sendo faculdade exclusiva do imperador a escolha, os liberais querem lisonjear Sua Majestade para ver se deste modo a conseguem.

E é preciso dizer que há neste procedimento uma intuição profundamente patriótica, porque, dependendo do Senado a ideia capital do verdadeiro Partido Liberal – a abolição da escravidão, muito bem procede a oposição, empregando esforços para se organizar em ordem a poder levar a cabo a reforma.

Quanto à maioria, nem é preciso demonstrar que ela está sob o guante imperial. O seu primeiro ministério constituiu-se com os piores elementos do partido. Foi um balão de ensaio, dentro do qual, porém, está uma bomba de metralha, que não explodirá, enquanto estiver nos ares, porém que, ao tocar em terra, espalhará a morte, não entre os adversários, porque lá não vai cair, mas entre os próprios correligionários que é o ponto natural da queda.

Esse ministério, sem capacidade para fazer o bem do país, procurou substituir o prestígio, que não lhe viria dos serviços, pela responsabilidade do partido nos seus atos os mais criminosos e por isso mesmo converteu as eleições em uma bacanal de sangue e lama.

Dessas eleições nasceu esta Câmara, onde se assentam o sr. Teodoro Machado e o padre João Manuel e uma tal maioria não tem força moral para fazer nem desfazer ministérios, criar ou matar situações.

Se a maioria se quisesse revoltar agora, quando toda a gente sabe que ela é usufrutuária somente, proprietária nominal da Câmara dos Deputados, o imperador tinha o direito de fazer calar do mesmo modo que o sr. Joaquim Nabuco fez calar o padre João Fera, lembrando-lhe que ele vendeu uma tipografia que lhe foi dada em confiança, e meteu o dinheiro no bolso, como economias de missas.

O imperador é, portanto, clara, visivelmente poder pessoal. O Governo é ele, ele só, no isolamento da sua irresponsabilidade legal, mas da tremenda responsabilidade histórica.

E o que há de ele fazer?

Apelar para o eleitor? Mas o eleitor é o que nós sabemos, um indivíduo que, no máximo, faz uma estrondosa manifestação ao deputado roubado pela Câmara, mas não vai além. Sem consciência da força que lhe deu a Constituição, que não admite poder nenhum que não seja delegação sua, o eleitor teme o Governo, porque a sangue-frio é a demissão, é o processo e a difamação; enraivecido é o espaldeiramento e a descarga, o emprego da força armada.

A esta'organização é o Exército chamado a conservar.

Parece que o Governo lhe devia as maiores deferências e a maior estima; que ao menos a ele, sua única força, afora a escravidão, devia fazer justiça e respeitar o mérito e o direito.

Mas nem ao Exército o Governo finge sequer acatar.

É de ontem o exemplo do sr. coronel Cunha Matos. Prisioneiro na guerra, S.Ex.ª foi o triste estuário, onde desembocaram o ódio e a sanha de Lopes contra o Brasil. De volta à pátria com essa eterna condecoração do martírio, o ilustre militar conquistou pelo talento, pelo estudo e pela honradez um dos primeiros lugares no nosso Exército. Onde quer que ele passou deixou uma pegada indelével a brilhar nas trevas da nossa administração, como um corpo fosforescente.

Enviado em comissão ao Piauí depara com um fato que lhe parece criminoso e coloca-o sob o domínio da lei.

A campanha abolicionista

A sua justiça fere um protegido do sr. Simplício de Resende, que não tem nenhum serviço, cujo nome não passaria à memória pública, se se não prendesse como parasita, ao do sr. coronel Cunha Matos, mas que é deputado do sr. barão de Cotegipe.

Este sr. Simplício, emergindo da maioria anônima, como enorme rã de um brejo, coaxa umas insolências contra o sr. Cunha Matos, e, ainda que o brioso coronel tivesse uma comissão do Governo e fosse por ela acusado, o sr. ministro da Guerra dispensou-se do trabalho de dar explicações por ele, porque se tratava de um liberal, de um abolicionista.

O delegado do Governo descobre prevaricações e pede que elas sejam punidas; é por isso injuriado, e, porque vem rebater a acusação que sofre nesse caráter, o Governo eleva o sr. Simplício à categoria de superior ao coronel, e não só inflige ao servidor do Estado a pena de repreensão, como a de prisão!

Que lei deu aos deputados e ao próprio ministro da Guerra hierarquia no Exército? Onde ter honras militares foi título de superioridade, em organização regular e legal?

Mas era preciso castigar o audacioso soldado, que não se curvou diante da situação, que continuou a ser o que era do mesmo modo que serão transferidos desta guarnição todos os oficiais conhecidos como liberais e abolicionistas.

Em nenhuma parte do mundo se admite que o soldado barateie a sua honra. A lei para o militar, escreveu-a Francisco I: perdeu-se tudo, menos a honra.

E o coronel Cunha Matos, por vir à imprensa defender a sua honra, que não levou à tribuna o sr. ministro da Guerra, como lhe impunha o dever do cargo, é repreendido e em seguida preso.

Nem ao menos coerência afetada. Ao passo que o sr. ministro da Guerra manda humilhar legalmente o coronel brioso, que vem à imprensa salvar não só a sua honra individual, mas a de uma classe, nada faz, nem fez, ao capitão que veio à imprensa agredir a esse mesmo coronel.

E o fato provavelmente ficará impune.

O sr. Simplício mandará dizer para o Piauí que é forte bastante para proteger quanta patota lá se faça e o Gabinete continuará a contar com a passividade do Exército, não só para conter as impaciências dos que se envergonharam pelo país, como também para esmagar os soldados que entenderam que acima da honra do militar só há uma coisa: a honra de todo o Exército.

Quanto ao escravo, ele só serve para pretexto da opressão que se exerce pelo eleitor e pela força pública.

Serve para falsificar a organização de ministérios como o do sr. barão de Cotegipe, e câmaras como a dos padres Kelés do 3º escrutínio.

No mais, o seu destino é morrer, como os desgraçados da Paraíba do Sul, surrados barbaramente pela justiça pública, num país cuja Constituição aboliu terminantemente os açoites, e em seguida vitimados pelo arrocho das cordas que lhes privavam a circulação, ao passo que a marcha forçada a acelerava.

O escravo serve para engordar na piscina do Império as moreias da oligarquia, para desentediar com os seus gritos na surra a alma atribulada dos senhores, e finalmente para dar força governamental aos gabinetes-cadáveres.

E eis aqui a semana – resumo de um reinado!

Mostrando o gabinete e as câmaras, ela justificou o pensamento do imperador: o Governo sou eu; mostrando a Câmara dos Deputados, o Exército e a escravidão, e neles o sr. Teodoro Machado, João Manuel, o sr. coronel Cunha Matos e os escravos da Paraíba do Sul, demonstra que a missão do Império é corromper, humilhar e matar.

31 jul. 1886

O dia amanheceu sacudido por uma ventania rija. Temos, pois, certeza de que por nenhum modo chegarão ao trono imperial as nossas palavras.

O imperador está deliberado a não ouvir-nos; nós somos para Sua Majestade a anarquia audaciosa, que lhe causa até arrependimento da própria magnanimidade.

A ordem e o patriotismo circunscrevem-se ao ministério e aos seus sustentadores. Só para estes volta suas vistas e põe-se à escuta.

O oriente monárquico está lá e os reis não se importam muito com o saber onde o sol se esconde; querem somente conhecer-lhe o nascente.

Demais, o horizonte conserva-se invariavelmente vermelho. Primeiro pintou-o o sangue derramado pelos capoeiras nas ruas desta cidade; depois o sangue derramado durante o pleito eleitoral; agora torna-o mais rubro ainda o sangue das vítimas da Paraíba do Sul.

Os reis têm a paixão do vermelho, e, se não a mostram claramente, é por simples modéstia.

Schiller explica por esta paixão o uso da púrpura: pode-se embeber do sangue, sem que ninguém dê por isso.

É perder tempo e palavras discutir o que vemos.

Há da parte do imperador propósito feito de arrostar a opinião.

Desgostou profundamente a Sua Majestade a certeza de que se havia criado neste país uma força, a propaganda abolicionista, paralela à força do poder pessoal.

Era preciso lutar com ela, até vencê-la; demonstrar que só há um pensamento e uma vontade, um coração e uma atividade reais entre nós – o imperador.

E Sua Majestade meteu ombros a esta árdua tarefa.

Em outro qualquer país do mundo os atentados praticados pelo sr. d. Pedro II, contra a nossa honra de povo civilizado, já teriam chamado a atenção do mundo inteiro e sublevado a indignação popular.

A campanha abolicionista

Sua Majestade arma de toda a força o ministério da escravidão, para constituir uma câmara, que é um resíduo de fraude e um coágulo de sangue.

Entretanto, Sua Majestade regateava a menor parcela de benevolência ao Gabinete 6 de Junho, que devia presidir as eleições de uma câmara em favor dos escravos.

Triste paralelo é este.

No tempo do sr. Dantas só o jornal conservador *O Brazil* fazia reclamações, e o imperador, ouvindo-as logo, criava milhares de embaraços ao ministério, às vezes por queixas imaginárias.

Hoje toda a imprensa limpa do país protesta uníssona contra os abusos, desmandos e crimes do Gabinete e o imperador responde-lhe, dando cada vez mais força ao sr. barão de Cotegipe, que à semelhança dos antigos déspotas governa, tendo à cabeceira o médico, o padre e o carrasco.

O imperador, em vez de revoltar-se contra este sistema de governar, o acoroçoa.

Na posição de Luís XI, quando prisioneiro de Carlos, o temerário, Sua Majestade subscreve tudo quanto lhe exigem; aceita como bom tudo quanto fazem ou autorizam os seus ministros.

O plano imperial é fundar sobre a suserania da escravidão o absolutismo do soberano; e fazer do rei de aclamação, o rei divino, o rei – sou eu o Estado.

Para chegar a este resultado, Sua Majestade não olha os meios. Ora, a propaganda abolicionista era uma tremenda ameaça a este plano; mais natural do que empregar todos os recursos da corrupção e da pressão para invalidá-la.

Vem daí esta impassibilidade revoltante com que o imperador assiste à consumação de crimes os mais infamantes, contra os escravos e contra a civilização de nossa pátria.

O imperador diz que os seus sentimentos são conhecidos, com relação aos escravos, e nesta frase Sua Majestade faz lembrar os 30 contos que de vez em quando tira dos 800 contos de réis, que os escravos lhe dão.

Não temos razão nenhuma para não acreditar que seja sincera essa generosidade do imperador e filha dos seus sentimentos de humanidade.

Mas, admitindo esta premissa, é preciso admitir a conclusão que acabamos de externar, de que o fim do imperador é suprimir a nação em proveito da sua dinastia.

Abolicionista, não pode o imperador admitir, como prestigioso para o seu governo, roubar ano e meio ao prazo da libertação; roubar o produto do imposto de 5% ao fundo de emancipação durante longos meses; criar mercados novos de escravos; e foi isto o que fez o monstruoso e repelente regulamento de 11 de junho.

Abolicionista, não pode o imperador considerar decoroso e legal o crime do sr. Antônio Prado, mandando aceitar como escravos, à matrícula, os africanos libertados pela lei de 1831, por isso que Sua Majestade sabe que a lei de 28 de setembro de 1871 tornou irrevogável a liberdade concedida.

Abolicionista, não pode ainda o imperador apadrinhar com a sua confiança o ministro da Justiça, que procura sepultar na sua insensibilidade os assassinatos da Paraíba do Sul, e amortalhar a justiça pública com a mesma toga dos magistrados que já fizeram dela mortalha para os dous infelizes escravos.

Se o imperador tolera tudo isso, e se parece deliciar-se em revolver, como um verme dentro da podridão desses cadáveres, a sua política, é porque resulta-lhe daí o proveito eficacíssimo da ameaça sobre todas as cabeças, a melhor de todas as escolas de cobardia.

O Ministério atual não tem um ato bom em toda a sua administração e é constituído por homens que, na frase do sr. Vieira da Silva, demonstram a pobreza do Partido Conservador.

Dizem que ele tranquilizou o país, porém nunca a propaganda abolicionista foi tão violenta, nunca os interesses dos proprietários de escravos estiveram tão ameaçados, por isso que só resta ao Governo o caminho da violência e este é também o caminho da revolta, e que revolta! a das classes educadas fora da liberdade.

Por que sustenta o imperador este Ministério?

O sr. barão de Cotegipe dá prestígio ao Governo?

Sustentar Santos, no Estado Oriental, o sr. barão de Mamoré e os Domicianos da Paraíba do Sul, no interior, é título para alguém se conservar no Governo?

Qual é o homem superior que o imperador teme desgostar, desgostando o sr. barão de Cotegipe e quais são os interesses, além dos da escravidão, efetuados pela demissão desse Gabinete, cujos ministros não sabem nem ao menos falar corretamente a língua maternal?

A verdade é esta: o imperador quer manter por longos anos inimigos em face um do outro, o senhor e o escravo, matar um pelo outro.

Ao escravo, ilude a esperança afetando simpatia pela sua sorte. Custa-lhe barato isto, menos de 5% dos 800 contos de réis com que a escravidão o subsidia.

Ao senhor, ele contenta nomeando ministérios que, não tendo força para reprimir a propaganda da abolição, tem-na, entretanto, para incitar os proprietários à violência e ao crime contra seus escravizados, e as populações à comunhão pacífica da barbaria.

O resultado é fácil de prever: a desorganização geral do trabalho, a morte absoluta da iniciativa política, o desmantelo completo da administração, a ruína, finalmente, do país, e portanto a consolidação da dinastia, como elemento essencial de reconstrução pacífica, servindo de anteparo às ondas revolucionárias.

Porque os reis são como as ortigas, só se tornam salientes e notáveis sobre ruínas.

A campanha abolicionista

Tal é o plano do sr. d. Pedro II.

O Ministério de 20 de Agosto ficará, pois, apesar de todos os protestos da opinião.

Quando crescer a impaciência, ele aumentará a corrupção.

Apoiado no interesse do senhor, na cobardia do povo, na miséria do escravo; convertendo, pelas transferências, pelas prisões, pelas disponibilidades, o Exército e a Marinha em um rebanho dócil para o poder, o Gabinete 20 de Agosto se conservará no poder até quando o imperador quiser.

Não vale a pena combatê-lo, por isso que ele tem carta branca para fazer tudo quanto lhe der na cabeça, contanto que daí resulte sempre um lucro para a dinastia.

O país fique certo que não conseguirá nada com o seu clamor. O trono é surdo.

Demais, o imperador serve-se do Ministério 20 de Agosto, como de um gato morto.

Ele quer provar-nos que a abolição, como tudo neste país, é ele, e por isso emprega os srs. Cotegipe e companheiros, o ministério mais fraco que temos tido, como simples instrumento.

21 ago. 1886

Começou a orgia de sangue e de sânie que o sr. barão de Cotegipe havia prometido aos seus cúmplices do Governo para a pirataria e pela pirataria.

Já não há mais garantias para quem não se ajoelha perante o chaveco do tráfico, encalhado sobre o Ararat da corrupção e convertido pelo Governo do imperador em arca santa dos direitos da escravidão.

A cidade de Campos foi convertida em matadouro de abolicionistas.

A polícia, conivente com os assassinos, esconde-se, até que estes tenham consumado os seus crimes, e em seguida aparece para denunciar à magistratura as vítimas como algozes.

A magistratura, por sua vez, denuncia ao Governo esses imaginários autores de atentados, louvando a solicitude e o zelo com que a polícia os entrega à sanha do esclavagismo assassino.

O presidente do Conselho havia dito: na guerra, como na guerra e cumpre, pela primeira vez na sua vida, a palavra dada.

Nesta guerra, porém, as forças são desiguais. De um lado estão os abolicionistas, que não têm como armas senão a sua fé na santa causa que defendem e pela qual estão prontos a dar a vida; uma raça acobardada por longos séculos de sofrimento; o terror do povo acostumado a ver subir ao cadafalso, ou ser espingardeado na praça pública, o Direito, ficando o despotismo jubiloso a tripudiar impune sobre o seu cadáver.

José do Patrocínio

De outro lado está o Governo, armado com a venalidade da maior parte, com o desespero da cobiça dos senhores de escravizados, com a falta de escrúpulo de quem se hipotecou ao interesse de uma instituição, que é a nossa vergonha perante o mundo.

Governo da escravidão, o Ministério é a encarnação da barbaria; não trepida em assalariar delatores, como não hesita em proteger assassinos.

As cenas selvagens de Campos não são senão o primeiro ensaio da tragédia, que vai ser representada em todo o país.

Aos assassinatos de Luís Fernandes e do imortal Adolfo Porto, seguir-se-á o de Carlos de Lacerda e ao deste o de todos os abolicionistas, cuja palavra o Governo sabe que não emudecerá senão pela morte.

Um cadáver de mais ou de menos não faz mover a balança de consciências que se servem de três séculos de crime como peso para os seus atos.

O Governo já não se julga obrigado sequer a recatar-se. Apraz-lhe a nudez da saturnal. Põe cabeças a prêmio; aponta os réus que quer punir.

Não tem mais em atenção as simples formalidades da lei: suspende os direitos constitucionais e veste a morte com a toga do magistrado.

Na embriaguez do crime, não repara que deixa pegadas indeléveis na história, apesar da astúcia que emprega para ocultar a sua mão traiçoeira e ensanguentada.

A polícia de Campos ainda não descobriu quais os assassinos do dia 30, mas sabe quem foi que esfaqueou um dos capangas de Raimundo Moreira.

Não consta que nenhum desses assassinos haja sido farejado pela perspicácia do delegado de polícia ou do juiz de direito; mas estas autoridades já sabem, descobriram de pronto, que são as conferências abolicionistas o facho incendiário que ateou fogo aos canaviais.

Cada palavra do Governo e dos seus agentes denuncia a premeditação de sufocar, seja como for, a propaganda que pretende lavar a desonra da pátria, seja com o próprio sangue dos propagandistas.

O imperador, que é proclamado soberano magnânimo, não dá sinais de vida.

Outrora, quando o Brazil, órgão do sr. Belisário, atroou os ares com ameaças, recurso de matreiro para atordoar o povo e não deixar ouvir o fracasso do sindicato, o imperador alarmou-se ao ponto de converter o pacto de honra com o sr. Dantas nesta situação criminosa – pântano onde boiam cadáveres.

Hoje, que um ministério que não se pode fortalecer senão pelo terror, que lembra no poder um desses monstros do sertão, que se fazem temer pelo número dos seus crimes, cobre de vítimas o país e põe em perigo as instituições, o imperador cruza indiferentemente os braços.

Pensa acaso o imperador que o meio de consolidar o seu trono é dar-lhe como alicerce no presente a ossada dos abolicionistas, como lhe deram outrora a ossada das vítimas do tráfico?

A campanha abolicionista

Julga acaso o imperador que não basta que a sua lista civil seja o preço das lágrimas de um milhão de espoliados, e quer que se lhe ajunte o sangue dos que têm a coragem precisa para repetir, diante do César americano, a frase dos gladiadores malferidos – os que vão morrer te saúdam?

Não vê Sua Majestade que, de par com o vácuo que o assassinato e o processo foram incumbidos de fazer nas fileiras abolicionistas, o ministério mandou o desgosto fazer o vácuo em torno do trono imperial?

Quem leu hoje o Jornal do Commercio, que tanto pesa desde o tesouro até os Conselhos da Coroa, viu com espanto que o ministério está provocando insensatamente o Exército e incitando-o a que saia da calma patriótica, em que ele se tem mantido.

O marechal Deodoro, que não ganhou as dragonas de general nas antecâmaras dos ministros, mas no campo de batalha – a antecâmara da morte é, por ordem do Governo e a peso de dinheiro usurpado a ele mesmo e a todos os contribuintes, tratado como se fosse uma ordenança do sr. ministro da Guerra.

Gente que se ocupa em vender a pena, porque é a última cousa que lhe resta para vender, salpica de tinta assalariada a farda veneranda, que a coragem salpicou de bordados e condecorações.

Percebe-se o plano vergonhoso de assanhar a população contra o brio da classe militar, não porque a autonomia civil corra perigo, mas unicamente porque o Ministério deseja campear ovante sobre os últimos destroços da sobranceria de um povo.

O Governo, encarregando aos seus declamadores pagos de repetir alto o recado que lhes deu no Gabinete e mandou decorar no segredo da verba secreta, grita que é preciso resistir à indisciplina, capitaneada pelo marechal Deodoro.

Qual é esta indisciplina? pergunta-se em vão, procurando fatos, e só se encontram avisos julgados inconstitucionais pelo Poder Moderador e que, entretanto, o Ministério quer que produzam efeito sobre a fé de ofício e a carreira militar de oficiais briosos.

Pode a classe militar recuar hoje da atitude nobre e digna que tomou?

O que ela pediu foi simplesmente justiça: não se negou a submeter-se à lei; mas quer que o Ministério se submeta também.

Entre o Governo na legalidade, e todos entrarão com ele.

Mas o Governo quer ficar fora da lei e, para conseguir os seus fins criminosos, lança mão de todos os meios.

Ninguém pode presumir que o brioso marechal Deodoro, se receber como resposta à honrosa comissão que lhe confiaram os seus camaradas, a demissão do alto cargo que tem no Exército, continue a acreditar na justiça imperial e na garantia das Instituições.

Manda a lei da honra prover que o ilustre marechal, como todos os seus companheiros, perderá a esperança de que, no segundo reinado, o direito possa obter do Governo a segurança que a lei lhe prometeu.

Se o amor da disciplina contiver os assomos da dignidade ofendida, o amor da pátria aconselhará a classe militar a cruzar os braços, deixando que o Governo imperial conjure pela corrupção a tempestade de indignação por ele mesmo desencadeada.

Sua Majestade não mediu ainda, ao que parece, a extensão do vácuo, que fará em derredor do seu trono o afastamento dos heróis.

Retirados os Deodoros, pensa acaso Sua Majestade que os Cotegipes e seus asseclas bastarão para defendê-lo dos golpes que a civilização inteira e com ela a memória das vítimas do esclavagismo desfecharão contra o seu reinado?

E os reis são em geral cegos e surdos. É a pena que lhes comina previamente a História, quando os tem de arrastar perante o júri dos povos para responder pelo crime de lesa-justiça.

Entre os gemidos dos escravizados e o clamor altaneiro do esclavagismo, o imperador escolheu o apoio do segundo e mandou sacrificar os primeiros.

Sua Majestade vê que o Ministério é escandalosamente conivente com os violadores da lei, que continuam a empregar a gargalheira, o tronco, o açoite, o cárcere privado, os maus tratamentos de todo o gênero contra os escravizados, apesar de determinações positivas da lei; e Sua Majestade sustenta esse Ministério, que no seu próprio partido perdeu a confiança de todos os homens de bem.

Entre a dignidade do Exército e a insensatez do Gabinete 20 de Agosto, o imperador parece querer preferir a segunda à primeira.

Sua Majestade vê que o Ministério socorre-se de tudo quanto é meio indigno para difamar os militares, que protestam, e para angariar simpatias na parte tímida do Exército. Que o Ministério vai desde os Romões dos interlinhados até o champagne falsificado do ministro da Guerra. E Sua Majestade sustenta este ministério cuja tradição é a popeline, o sindicato, o Rio Verde, a empresa Gary, contra militares cuja tradição é a integridade da pátria e o brilho da nossa bandeira no campo de batalha.

Dizem que o imperador tem levado toda a sua vida a vingar seu pai.

Tudo quanto foi pelos nossos maiores considerado crime do primeiro imperador, o segundo tem praticado para justificá-lo.

Tudo quanto foi instituição popular, que concorreu para a ruína do primeiro imperador, o segundo tem desmantelado.

O abolicionismo foi o primeiro tropeço que o primeiro imperador encontrou em seu caminho. As instruções a Brant denunciam o amigo de José Clemente Pereira.

Por isso mesmo, o sr. d. Pedro II, depois de aproveitar-se do abolicionismo para recomendar-se ao mundo, entrega os abolicionistas ao sr. barão de Cotegipe, carrasco impassível da sua própria raça.

O Exército forçou a abdicação de d. Pedro I, abandonando-o ao destino do seu despotismo. O sr. d. Pedro II adiou a vingança até o momento aprazado e, sem escolher vítimas, não reconhecendo os que há poucos anos lhe salvaram de novo o trono, condena-os a serem o joguete de ministros tresloucados, de forateiros políticos irresponsáveis.

Nós nada pedimos ao imperador.

Do seu Império não aspiramos senão aos palmos de terra que a corrupção do Império é bem capaz de negar àqueles que não trepidaram atirar-lhe à face a vergonha e os crimes.

O que podemos garantir a Sua Majestade é que morreremos tranquilo; sorrindo à certeza de que cumprimos com o nosso dever de patriotas, e que, mais tarde ou mais cedo, a nossa morte será vingada.

5 fev. 1887

Os fetichistas do parlamentarismo devem de estar maravilhados com os estupendos resultados que ele tem dado entre nós.

Devemos render esta justiça ao parlamentarismo: só ele, com os seus inexauríveis recursos de equilíbrio, podia sustentar esta situação política especial, que ninguém sustenta e que se impõe a todos; que não se apoia em nenhum elemento estável da sociedade e que, entretanto, é apoiada por todos e por tudo.

O parlamento conseguiu ser mais que uma delegação do exercício da soberania política do povo, ser a abdicação absoluta do poder, do brio, da honra nacional.

Ninguém tem o direito de ser ouvido neste país senão dentro do parlamento e por isso mesmo os membros desse poder se julgam no dever de não se fazerem ouvir.

Tomados individualmente os deputados e senadores, raros são os que não entendem que o atual Ministério não é a humilhação de um partido e uma vergonha para o país.

Quando reunidos, porém, quando formam maioria parlamentar, esses mesmos homens curvam-se servilmente e repetem tantos votos de confiança quantos lhes sejam exigidos pelo capricho dos ministros.

Reproduz-se diariamente na Câmara e no Senado aquela cena felicíssima da taberna, no Nero de Pietro Cossa.

Os circunstantes se revoltam diante da devassidão audaciosa do César lascivo, um deles deita-lhe a mão no pescoço e está disposto a estrangulá-lo, quando sabem todos que o homem que está por terra é Nero, o imperador de Roma. Muda-se de súbito a atitude de todos e os indignados de minutos antes são os escravos que se deitam de bruços diante do senhor.

Há uma espécie de orgulho em ostentar servilismo parlamentar. A maioria se julga tanto mais honrada, quanto mais irracional é o sacrifício por ela feito.

José do Patrocínio

O sr. barão de Cotegipe conhece-a tão bem que procede com ela como Hamlet com os cortesãos da Dinamarca.

Quando a maioria quer mostrar-se mais servil do que é necessário, o presidente do Conselho dá-lhe uma lição de altivez, em termos que vamos pedir emprestados a Shakespeare.

(Entra Osric, descobrindo-se)

OSRIC

Meu senhor, se Vossa Alteza não está agora ocupado, permita que lhe dê um recado da parte de Sua Majestade.

HAMLET

Ouvi-lo-ei com a maior ansiedade, mas olhe... Dê ao seu chapéu o destino que ele tem: cobrir a cabeça.

OSRIC

Muito obrigado a Vossa Alteza; mas está fazendo muito calor.

HAMLET

Calor? Quer dizer muito frio: o vento é do norte.

OSRIC

E isso, é isso, meu senhor: está sofrivelmente frio.

HAMLET

Entretanto para mim, em virtude de meu temperamento, está fazendo calor de sufocar.

OSRIC

É isso mesmo, meu senhor, está excessivo o calor, sufocante... um calor inaudito.

Esse calor-frio e frio-calor, excessivo, sufocante, que serve para justificar o servilismo de Osric, que se descobre quando podia estar coberto, é a desculpa da maioria que é sempre da opinião do Governo e que não quer guardar a dignidade do seu cargo nem mesmo quando o senhor lho permite. É que o parlamentarismo aniquilou o caráter dos homens políticos desta terra e os converteu em simples serviçais da escravidão, representada pelo Ministério e pela Coroa.

O parlamentarismo justificou o poder pessoal e tornou urgente a proclamação de uma ditadura inteligente e patriótica, a favor da qual, mesmo com o sacrifício provisório de alguns direitos, todos nós, homens de coração e de patriotismo, devemos trabalhar.

A nossa responsabilidade de povo na História será tremenda quando as gerações futuras virem que nos submetemos ao voto parlamentar de umas dúzias de interessados que se antepunham à vontade expressa da maioria dos seus compatriotas.

No momento atual, a propaganda abolicionista deixou de ser um choque revolucionário, para ser o acordo consciencioso dos próprios senhores de escravizados na reorganização do trabalho agrícola.

A campanha abolicionista

Não obstante, a Câmara dos Deputados entende que deve sugerir aos convertidos à boa causa do trabalho livre a esperança falaz da durabilidade de escravidão.

Tudo indica que a maldita instituição fez o seu tempo; que ela entra na fase da decomposição rápida e inconjurável.

Além da própria confissão dos mais interessados na sua conservação e que dela abrem mão espontaneamente há o sufrágio geral de todas as classes.

No Senado assina o projeto Dantas o visconde de Pelotas; na reunião militar o general Deodoro declara-se francamente pela abolição. E de recente data a manifestação da Armada e do Exército, quando se deram as festas pela libertação do Ceará. Em todas as suas reuniões os militares deixam firmada a adesão coletiva à causa dos escravizados.

Se um movimento, embora pacífico, mas decisivo, com o cunho de uma imposição do povo e da civilização, for organizado, o Governo teria de ceder do mesmo modo que cedeu, humilhado e humilhando o Senado, na Questão Militar.

Os abolicionistas têm demonstrado, como por ocasião dos incêndios dos canaviais em Santos, e agora mesmo pela fuga coletiva dos escravizados em S. Paulo; têm demonstrado, repetimos, que podem na hora que lhes aprouver dispor de elementos os mais poderosos de perturbação.

No entanto, em vez de incitar a rebeldia, eles se colocam do lado da ordem e dos interesses gerais do país.

Como resposta a essas provas repetidas de patriotismo, o Governo manda trancar a discussão dos projetos mais anódinos que se apresentem às câmaras!

E a maioria parlamentar, que devia representar, não o partido, mas a nação, apoia sem protesto semelhante cegueira.

Pensa a Câmara dos Deputados que realmente bastam para deter a marcha da propaganda abolicionista a carranca do sr. Andrade Figueira e os arreganhos clownianos do sr. barão de Cotegipe.

Mas supondo mesmo que o Ministério pudesse empregar contra o abolicionismo força, de que não dispõe, acredita a maioria que teria meio de vencer um combate que se dará em todo o país e cujos soldados estão entricheirados dentro do próprio acampamento do inimigo?

É simplesmente demasiado exagerada e que, entretanto, pode ter as mais funestas consequências.

Perde-se a paciência, muitas vezes por uma insignificância, apesar de se haver jurado prudência à própria honra.

Nunca contestamos a força parlamentar da escravidão; o que lhe negamos é a força popular, que é nossa e de que não temos querido dispor simplesmente por patriotismo.

Se temos hesitado, é porque vemos de um lado a matrícula e de outro lado as libertações espontâneas por milhares, e não devemos condenar os

José do Patrocínio

que são vítimas, tanto como os escravos de um governo, que para salvar os interesses dos ministros enlameia o bom nome da pátria.

Cumpre-nos, porém, fazer sentir que não cedemos nem um dia, nem uma hora, nem um minuto do prazo que marcamos à instituição negra, nem mesmo sendo necessário empregar meios extremos.

O sr. presidente do Conselho declarou que o atual ministério não proporá nenhuma alteração à lei reescravizadora, votada há dois anos. A maioria acaba de declarar na Câmara dos Deputados que não considera urgente a reforma dessa lei.

Nós, por nossa parte, declaramos que queremos a abolição da escravidão até 1889 e que se não no-la derem, fá-la-emos.

Em 14 de julho de 1889, centenário da revolução que produziu o homem moderno, há de estar decretada a abolição total da escravidão.

Empregue o Governo os meios de que puder dispor, e todos, desde a calúnia assalariada até os patíbulos clandestinos na casa dos abolicionistas; aconselhe aos seus agentes secretos todos os recursos os mais desumanos, desde a traição até o assassinato, e não conseguirá fazer recuar a onda que a propaganda abolicionista sublevou com a força de séculos de angústias.

Os reptis (sic), na expressão de Bismark, falavam ontem nos entrelinhados no plenilúnio de 1889.

Foram profetas sem o saber.

De feito: a 14 de julho de 1889 haverá maré cheia para a abolição; um preia-mar de liberdade, de igualdade e de fraternidade há de inundar a nossa pátria, afogando o escravismo nos mangues ensanguentados da pirataria.

16 jul. 1887

Se fosse permitido esperar alguma influência do parlamento sobre a vida do Governo, podíamos repetir hoje, com inteira segurança, a frase do sr. Miranda Ribeiro: o Ministério está morto.

Não se compõe da soma das opiniões individuais dos ministros, mas do acordo partidário destes com o presidente do Conselho, a política ministerial. É esta a teoria do governo parlamentar, expendida pelo sr. barão de Cotegipe.

Os gabinetes não se modificam pela saída ou entrada de ministros; o apoio parlamentar ao ministério o dispensa de explicações sobre o seu programa.

É assim que o Ministério 20 de Agosto, tendo perdido já a maioria dos seus membros primitivos: o ministro da Guerra, o ministro da Marinha, o ministro da Agricultura, o ministro do Império, os srs. Junqueira, Alfredo Chaves, Antônio Prado e barão de Mamoré, continua a ser o mesmo que era anteriormente.

A sua política não variou absolutamente, porque o depositário e principal responsável dos seus intuitos e dos seus fins é o presidente do Conselho.

A campanha abolicionista

Sempre que se deu qualquer das quatro modificações ministeriais, a oposição inquiriu do sr. presidente do Conselho se havia sido alterada a política do Ministério e S.Ex.ª respondeu sempre: não.

Os ministros demissionários confirmaram pelo seu subsequente apoio ao Gabinete que se retiraram por dificuldades extraministeriais.

O sr. barão de Cotegipe ficou sendo, até agora, o único presidente do Conselho que nunca teve divergências, capazes de provocar crises, no seu Ministério.

A retirada do sr. Antônio Prado, por exemplo, foi explicada do seguinte modo: havendo sido nomeado senador, S.Ex.ª retirou-se para que o Ministério não ficasse composto por maior número de senadores que de deputados.

Continuaram entre S.Ex.ª e o Ministério as boas relações de apoio e de confiança recíprocas. Nenhum ato parlamentar, nem administrativo, fez suspeitar o mais leve estremecimento entre o sr. presidente do Conselho, o Ministério e o sr. ex-ministro da Agricultura.

Força, portanto, é concluir que houve sempre, senão concordância absoluta de vistas, tendências e fins entre o Ministério e o ministro da Agricultura, e ao menos o primeiro foi em tudo solidário com o segundo nos atos por este praticados.

Entretanto, com surpresa do país inteiro, o sr. Rodrigo Silva expede um aviso, a respeito de matéria especialmente ministerial – a escravidão, e esse aviso é a revogação terminante de um outro expedido pelo sr. Antônio Prado.

O Ministério é apanhado em flagrante delito de contradição e esta não fere assunto de pouca importância, mas o direito de mais de 13 mil pessoas.

O parlamento, se ele existisse, ou quisesse existir, não podia deixar de dar a maior importância ao episódio, que vem desmascarar a especulação do Governo.

Foi o próprio presidente do Conselho quem declarou que não houve, nem haverá modificação no pensamento ministerial com relação à Lei 3.270, e no entanto esse pensamento se modifica rasgando a lei, censurando um ex-ministro e reescravizando milhares de pessoas.

O Gabinete 20 de Agosto foi quem decretou a lei, que capitulou de roubo a hospitalidade ao foragido; foi ele também quem afirmou que a sua lei não era de reescravização, mas de emancipação gradual.

Grande parte no acordo sinistro, que adiou por mais treze anos a reabilitação moral de nossa pátria, foi o ex-ministro da Agricultura; mas, apesar disso, o sr. Antônio Prado entendeu que ele não podia consentir na rematrícula dos escravizados, senão nos termos precisos da Lei 3.270, que neste ponto não alterou o § 1º do art. 3º do Decreto 4.835, de 1º de dezembro de 1871.

O ministro adventício à pasta da Agricultura carece por isso mesmo de idoneidade para ser o intérprete da lei. Não foi ele quem a estudou na gestação, quem lhe acompanhou a gênese laboriosa, que precisou dos esforços combinados das duas metades negras do Partido Liberal e Conservador, do sr. Saraiva e do barão de Cotegipe para poder chegar ao nascedouro.

De duas, uma: ou o sr. barão de Cotegipe cedeu ao sr. Antônio Prado, quando S.Ex.ª expediu o aviso de 22 de abril deste ano, ou S.Ex.ª cede agora.

Não se tratava de matéria somenos, nem de ponto de pequeno alcance, nem houve surpresa por parte do ex-ministro da Agricultura. O encerramento das matrículas a 30 de março tinha sido feito com a maior superexcitação escravista. O Ministério estava alerta.

Demais, a lei negra no seu § 8º do art. 1º havia cominado pena ao procurador omisso e desidioso, o que prova a prevalência de futuras reclamações.

Parlamento, que se prezasse, não poderia deixar de ter na maior consideração esses fatos, e deveria levantar-se para protestar.

Felizmente para o Ministério, porém, bastará que ele converta esta questão de simples probidade do Governo em questão de confiança política, para escapar à punição parlamentar.

Salta aos olhos que semelhante questão nada tem de política, que ela é de natureza inteiramente social, ou melhor, nada tem com o partido, mas unicamente com a inteireza moral do Ministério, ou seu presidente do Conselho.

Em 1883, o Partido Conservador aplaudiu o Governo por haver tirado do exclusivo domínio popular a questão servil.

Os abolicionistas, que não têm por fim revolucionar o país, mas reconstruí-lo pela liberdade e reabilitá-lo pelo trabalho moralizado, aplaudiram francamente o Governo por haver dito, pela voz do sr. Paranaguá, que a questão da escravidão podia ser tratada pelo Governo.

Todos sabem, e nos condenam por isso, que tudo quanto havia na propaganda abolicionista de força e de patriotismo agregou-se ao Ministério Dantas e que os propagandistas abdicaram na honra e na lealdade desse Gabinete as suas esperanças e iniciativa.

Impusemo-nos o mais desinteressado e patriótico armistício para deixar ao parlamento a independência e a serenidade necessárias para resolver o problema conforme ao bem geral.

Depois de havermos libertado províncias, comarcas, municípios; de havermos levado pelas nossas milícias impávidas o terror ao âmago do acampamento inimigo; quando, sob a bandeira da libertação que flutuava no poder, fácil nos fora, por um golpe de mão, conseguir vitória fácil, o patriotismo nos aconselhou caminho diverso e, confiados na palavra do Governo e no pode, quer e deve da perfídia negreira, tivemos a nobreza de entregar aos meios regulares a solução do problema.

O Ministério Dantas, atraiçoado, caiu, e liberais e conservadores, fundindo-se num só interesse, fizeram uma lei de reescravização; regulamentaram-na de um modo iníquo e atroz.

Mas, ainda assim, o espírito do abolicionista sobreviveu ao corpo de podridão que lhe haviam imposto, e os mesmos que fizeram a lei monstruosa e seus bárbaros regulamentos, acham agora que eles não bastam e entregam-se à pirataria contra homens livres, como em plena Costa d'África.

A campanha abolicionista

Não somos, pois, nós quem exige de mais: é o parlamento que falta com o seu compromisso. Ele queria solver a questão; deixamo-lo trabalhar sem perturbá-lo, e agora consente que a escravidão invada até os domínios já conquistados pela liberdade.

Se o parlamento pode quebrar o seu compromisso de imparcialidade, dando à escravidão o que lhe não pertence mais, estamos no nosso direito de arrancar à escravidão tudo quanto ela tem roubado à pátria.

O Governo põe-se fora da lei e o parlamento lho permite; acompanhá-lo-emos.

Os deveres sociais acabam onde acaba a lei. Daí por diante começa o direito natural, mesmo no que ele tenha de mais selvagem.

Aos infelizes reescravizados de Campos, se o parlamento lhes não restituir a liberdade, roubada pelo aviso do sr. Rodrigo Silva, aconselharemos que eles procurem reconquistar a sua liberdade por todos os meios.

Onde cessa a justiça começa a força.

A oligarquia negra avassalou o Império. Esperar por justiça da sua parte é tão ridículo, na frase de Castelar, como esperar pelos deputados cubanos, proprietários de escravos, para decretar a liberdade de Cuba.

Cada um tem o direito de defender a sua vida, e a liberdade é mais que a vida, mesmo dentro do nosso código.

O parlamento que cumpra com o seu dever para nos apressar a cumprir já e já com o nosso.

30 jul. 1887

Hoje há festa no palácio Cotegipe. O nobre presidente do Conselho convida os seus parentes e amigos, bem como aos parentes e amigos da situação para a prática solene do terceiro mandamento da sua religião governamental: convida-os a cear.

O que há de mais extraordinário no convite do sr. presidente do Conselho é a escolha da refeição. S.Ex.ª preferiu a ceia apesar de ter de meter a mão no prato com mais doze companheiros: a meia dúzia de ministros, os dous candidatos à senatoria pelo Rio de Janeiro, os srs. Tomás Coelho e Andrade Figueira; os dous candidatos por Minas Gerais, os srs. Soares e Veiga; os srs. Paulino e João Alfredo.

Não sabemos em que forças misteriosas e arquidivinais o Messias conservador confia para assim afrontar a refeição biblicamente fatídica e com ela o número treze, mas o critério e sabedoria de S.Ex.ª são tamanhos que esperamos não saia da mesa para o monte das Oliveiras.

Por isso mesmo, associamo-nos de todo o coração ao rega-bofe pantagruélico de tinta e papel de impressão dos entrelinhados e damo-nos os parabéns por mais este auspicioso segundo dos muitos que a felici-

José do Patrocínio

dade e a honra deste país hão de contar, graças à administração do sr. barão de Cotegipe.

Há homens que fazem crer na predestinação histórica.

Quem conhece a história da Monarquia de julho, em França, não pode deixar de considerar Mr. Guizot um dos fatores predestinados da democracia universal.

Em política, como em geometria, demonstra-se a verdade pelo absurdo.

Os governos de resistência sugere-os a onisciência da liberdade humana aos reis fracos e presunçosos para confundi-los no malogro das suas ambições de autoridade pela força bruta das baionetas e das maiorias parlamentares servis.

Comentando a queda da Monarquia de julho, a velha árvore da realeza, oca e carunchosa por dentro, mas reenvernizada por fora, Alphonse Karr diz:

"Ninguém estava preparado para a República; os seus partidários mais ardentes adiavam-na para depois da morte do rei. O que aconteceu não teve nenhum concurso expresso, a não ser talvez o de Luís Filipe."

Nada mais verdadeiro do que esta observação. Pelo estado dos espíritos, nenhum estadista podia esperar a convergência brusca dos espíritos, que deu em resultado a queda instantânea da realeza.

Foi resistindo, insensatamente a França e antepondo aos seus reclamos os caprichos de Guizot; circunscrevendo a nação ao país oficial que apoiava o Gabinete, que o bonachão do rei do chapéu de Chile cavou o leito para que se reunisse em torrente a inundação de resistência democrática, que alagava o espírito francês.

Não é preciso contar aos luminares que nos dirigem, uma vez que está proibido atualmente falar ao povo, esta história de ontem.

O que talvez não pareça a propósito, mas que apesar disto não é demais fazer sentir, é que o sr. barão de Cotegipe não pode aspirar à comparação do prestígio do seu com o nome de Guizot, se bem S.Ex.ª tenha de representar na história do nosso progresso papel em tudo semelhante.

O nobre barão de Cotegipe gaba-se de que há de ser Governo, enquanto quiser, embora sirva-se parlamentarmente da modesta expressão, enquanto puder.

A razão é muito simples.

Sua Alteza, a Regente, não quer tocar no que o seu augusto pai deixou. À sua piedade filial parece pecaminosa irreverência alterar a ordem de cousas estabelecida, tanto mais quanto espera que brevemente o enfermo de Baden-Baden volte aos seus domínios.

É muito natural nos reis contarem pelas suas as pulsações do povo. Acreditam que o povo não pode ter necessidades diferentes das suas.

Um rei é acometido de diabetes, que lhe vai a pouco e pouco desmemoriando, roubando-lhe a consciência da sua missão. O rei, os membros da

A campanha abolicionista

sua família, os seus ministros, os seus senadores, os seus deputados, os seus empregados, todo o mundo oficial, finalmente, acredita que o povo está também doente de diabetes e que perde tudo quanto o rei perdeu.

Os médicos estão obrigados a exigir do augusto enfermo repouso. Os governos exigem-no igualmente do povo, ainda que seja necessário para consegui-lo a camisa-de-força dos quartéis, quando não bastar o anestésico das subvenções clandestinas.

Quando muito, ao rei doente é tolerada a liberdade de fazer charadas e sonetos; ao povo é no máximo permitido ouvir os discursos do seu parlamento e ler a prosa dos escritores mansos e de períodos enovelados à semelhança de cobras adormecidas.

Sua Alteza, a Regente, não acredita que possa fazer nenhum mal ao país a conservação do barão de Cotegipe. Deve parecer mesmo a Sua Alteza desrespeitosa impaciência o reclamo dos que entendem que um dia de permanência deste gabinete da escravidão, pela escravidão e para a escravidão é uma vergonha imposta à nação e de que ela mais tarde ou mais cedo se há de desafrontar, não sobre o sr. barão de Cotegipe, que é um licenciado da sepultura, com hora certa de volta, como as almas penadas, mas sobre aqueles que o sustentam.

A balança que pesa os acontecimentos em palácio não tem o fiel girando sobre o quadrante do futuro, mas sobre o do presente.

O que Sua Alteza, a Regente, vê é uma subordinação patriarcal de todo o país.

Duas foram as grandes agitações deste ano: a militar e a do Senado. O Exército submeteu-se, pelo menos nas suas grandes patentes; o Senado está trabalhando submissamente sob o mesmo Ministério, que o exautorou.

O Governo, para responder à propaganda abolicionista, emprega meio simplíssimo; declara que ele se apóia na população que tem que perder e que o abolicionismo é o grito dos vadios, sem eira nem beira.

Prevost Paradol disse: "a timidez política do cidadão se aumenta com a sua fortuna; e a riqueza, em vez de ser um tônico à independência cívica e um apelo às nobres ambições políticas, é mais uma cadeia que o torna dócil a todos os caprichos do poder."

Mas semelhantes palavras não podem pesar no espírito daqueles que vivem justamente dessa influência deletéria da riqueza sobre o aperfeiçoamento social.

Por agora, pensa Sua Alteza, a Regente, tudo vai bem, e portanto não é conveniente mudar.

Na estreiteza do horizonte político da Regência, não há portanto lugar senão para o sr. barão de Cotegipe.

S.Ex.ª tem, pois, inteira razão para garantir que só há de cair quando quiser.

O melhor sustentáculo do Ministério é a oposição *d'O Paiz* dizem os escritores ministeriais, ou por outra; enquanto a opinião protestar contra a conservação, ele será conservado.

É a política de Luís Filipe completa.

Querem Mr. Thiers? Muito bem: sirvam-se de Mr. Guizot.

Querem a abolição; entendem que sem ela o país não poderá marchar, que dia a dia o seu caráter como as suas finanças se arruinarão mais e mais até chegar ao completo aniquilamento? perfeitamente, diz o imperador, em Baden-Baden: continue o Gabinete da escravidão.

Eis por que aplaudimos a permanência do Gabinete do sr. barão de Cotegipe.

O sr. conde d'Eu sabe, melhor do que nós, quanto é impopular. Sua Alteza nem ao menos tem o apoio do imperador, segundo se diz.

É uma infelicidade, mas Sua Alteza sabe que até nos palácios entra a má estrela.

O momento para dar combate a essa impopularidade, até certo ponto injusta, era este, em que com o apoio da maioria da nação, Sua Alteza podia se fazer o herói da libertação de centenas de milhares de brasileiros.

Mas o constrangimento ilegal, em que se acha a Regência, que não pode exercer livremente as funções do Poder Moderador, faz também com que o príncipe consorte não possa sequer continuar no Brasil a tradição abolicionista da sua família, aconselhando sua augusta esposa a aproveitar-se da oportunidade que lhe vai fugindo de converter a mançanilheira da escravidão no loureiro do novo reinado.

Quando vier o habeas-corpus de Baden-Baden será tarde.

O sr. barão de Cotegipe só não ensanguentou agora a propaganda abolicionista, porque teve medo do Senado.

Já mandou, porém, começar os processos por açoutamento de escravos, e para servir ao sr. Paulino de Sousa já está na penitenciária de Niterói um homem de boa sociedade metido numa enxovia promiscuamente com facínoras condenados.

O sinal de reação está dado e fechadas as câmaras, a Regência será a época da mais infrene e vergonhosa perseguição dos abolicionistas.

Se não for a escravidão redimida quem tenha de abençoar ao reinado, que assim se estreia, quem o abençoará?

Quererá viver da força o futuro reinado?

Talvez, mas é bom refletir nesta observação de Kepler: "machado com que se quis cortar ferro, serve depois para cortar madeira".

20 ago. 1887

Cidade do Río

1887 - 31.10, 7.11, 21.11
1888 - 27.2, 12.3, 19.3, 7.4, 23.4, 30.4, 11.6, 18.6, 30.7, 31.7, 6.8, 14.9, 29.10
1889 - 04.1, 05.1, 29.4, 03.5, 13.5, 18.5

O Ministério não quer que a propaganda abolicionista continue sobre uma estrada de flores, ao som das fanfarras e bênçãos aos convertidos. Essa propaganda da persuasão foi posta fora da lei e condenada como revolucionária. Distribuiu-se por todo o mundo oficial a senha: silêncio ou perseguição. Proibiu-se o coração abolicionista de bater.

Durante mais de seis anos, sob ministérios como o de Martinho Campos, foi respeitada a mais ampla liberdade de tribuna popular e de imprensa, e por esta válvula descarregou-se a pressão de três séculos de martírio da raça desprotegida e sacrificada.

O Ministério 20 de Agosto quebrou esse molde democrático de luta por uma ideia grande e generosa. Pelo seu comportamento reacionário autorizou a violação acintosa de direito de reunião, da liberdade de manifestação do pensamento pela palavra e pela escrita, aprovando de um lado a perturbação dos meetings e proibindo-os, em seguida; por outro lado, aceitando, como serviço relevante, a invasão e destruição de tipografias.

Onde quer que a propaganda abolicionista é servida por fortes e incorruptíveis caracteres, os defensores dos escravizados têm a vida em perigo.

O Governo manda atacar moral e fisicamente os propagandistas; abre devassas; enlameia-lhes a vida privada, as afeições mais caras, ainda mesmo que sobre elas já esteja colocada uma lápide mortuária; decreta a excomunhão de todos eles das relações com o Estado ou qualquer outro poder; em uma palavra, pela difamação, pela ameaça, ou pelo ataque à mão armada, provoca-os até o desespero.

Quem reler hoje, fria e refletidamente, o passado da propaganda abolicionista não terá uma única censura a infligir a esse punhado de heróis, que exumou do sarcófago legislativo a questão abolicionista, a reviveu e a restituiu à meditação do espírito e à sanção da consciência de todos os brasileiros.

Demonstra, à luz da evidência, qual a orientação dada pela propaganda abolicionista à alma do escravizado, essa heróica mas serena atitude dos vencedores de Itu, passando pacificamente por entre uma cidade aterrorizada, e isto quando lhes sangravam ainda as feridas de um combate de que saíram triunfantes.

Mais tarde, surpreendidos pela fome em meio ao seu êxodo, fustigados pela caçada desumana, que os farejava como a bestas feras, esses homens, em vez de lançarem mão do roubo em nome do direito à vida, confiam lealmente o seu destino à generalidade social. Não há uma violência, por mais insignificante, manchando essa página branca do êxodo de Capivari.

Os heróis dessa tragédia só derramaram sangue com altivez e lealdade, batendo-se como beligerantes pela própria liberdade. Não cometem o mais leve crime; defendem-se.

A essa nobreza de procedimento, a situação sanguinária responde pela destruição do Vinte e Cinco de Março, pelo espancamento de presos, pelo insulto a senhoras, pelo saqueio, pela ameaça à vida de um benemérito, pelo processo monstruoso nascido de uma provocação infame e baseado numa calúnia vil.

Os foragidos de Capivari passam por uma cidade como uma nuvem negra, é certo, mas que nem trovejou, nem despediu raio; a polícia, os agentes oficiais, depois de um dia de tropelias, aproveitam-se da noite com a perversidade dos.... (ilegível) jurados de Carlos IX para espalhar terror, ferimentos e assassinatos... (ilegível) na dolorosa colisão de ser vítima, ou defender-se, o que há de fazer a propaganda abolicionista? Deixar-se sacrificar, como um cordeiro, ou reagir?

No caso de optar pelo sacrifício, a quem aproveitaria ele? À pátria?

O sacrifício aproveitaria à pátria, se, de feito, a abolição da escravidão fosse para ela um mal, ainda que de efêmeras consequências.

O consenso unânime hoje, de interessados e imparciais, demonstra o contrário.

Não há, fora do mundo político, um homem de reflexão que queira resistir à abolição; todos procuram meio de extinguir a escravidão com a maior brevidade.

Os contratos de serviços criando o statu-liber, como medianeiro do trabalhador reumanizado, patenteiam a predisposição dos fazendeiros para uma conciliação razoável.

A manifestação patriótica do Exército em prol dos cativos, aos quais reconhece o direito de haverem a sua liberdade por meios dignos, como a greve e a retirada ordeira dos estabelecimentos em que são torturados, dá o pensamento da classe, por excelência conservadora das instituições.

O Direito, pela voz do Instituto dos Advogados, a religião, pela voz dos prelados, o comércio não enfeudado a escravidão, na sua despreocupação pelo conflito servil; todas as classes e com elas o ramo vitalício do Poder Legislativo, todos, finalmente, testemunham que a escravidão já não pode ter presente, quanto mais futuro.

A campanha abolicionista

Neste momento decisivo do combate da humanidade contra a barbaria, da honra nacional contra o roubo ao trabalho e à personalidade, seria, mais que um erro, um crime, cruzar os braços e oferecer resignadamente a cabeça ao cutelo do egoísmo negreiro.

O Gabinete pode exigir tudo dos abolicionistas, exceto a vida, ou melhor, a honra.

A continuação dos atentados monstruosos como o do Vinte e Cinco de Março, agravado pelo manejo imoral do flagrante de delito lavrado em prisões, que, uma população inteira atesta, foram efetuadas estando os pacientes tranquilamente em suas casas; a continuação dessa tresloucada reação, que vai enchendo a nossa história de mártires, não pode deixar de turbar a calma abolicionista.

A violência provoca o desespero, que não reflete, que não sabe escolher meios para a desafronta.

Não fosse a magnanimidade da propaganda maior que a insensatez do Governo, a esta hora, ao grito de guerra da pirataria, em Campos, teria respondido a justa indignação dos abolicionistas em todo o Império por meios iguais ao empregado oficialmente.

Em todo caso, não é demais recorrer ao próprio interesse de Sua Alteza, a Regente, pedindo-lhe que faça cessar a reação desvairada de seu Governo.

O sr. Afonso Celso disse um dia no Senado que era prudente impedir que na questão servil viessem a falar os interessados.

A imprudência do Gabinete, que julgou ganhar, por uma evasiva – o pedido de tempo para estudo –, forças para dar batalha campal ao abolicionismo, deu a palavra a esses interessados, que até bem pouco pareciam completamente indiferentes ao pleito parlamentar da sua causa.

Suponho mesmo que o Ministério consiga exterminar todos os que defendem, na imprensa, na tribuna, nos tribunais, na convivência das famílias, os escravizados, o que poderá ele, o Ministério, contra os escravizados? O que há de fazer: exterminá-los também?

Sua Alteza, a Regente, tem um conselheiro permanente, o sr. conde d'Eu, e deve consultá-lo sobre se é ou não possível arrancar da alma do escravo a esperança da liberdade, desde que ele sabe que tem em si mesmo, na sua coragem, o meio de tornar realidade essa esperança.

Agora que ninguém discute mais por que é impossível contestar o direito que tem o escravo de resistir à escravidão, é um desvario forçar a mão para sufocar os apóstolos que evangelizavam o dogma da abolição.

A escravidão hoje serve apenas para eleger senadores e deputados, dar acesso a juízes, empregar bem a parentela das influências políticas. Fora desse mercado oficial de posições, a escravidão perdeu toda a sua força. Se ela ainda absolve criminosos confessos no júri, o que parece provar que ela ainda não perdeu todas as suas raízes populares, o fato explica-se pela organização do pessoal dessa instituição. Os jurados são os mesmos eleitores, que a dependência, a miséria deste país sem trabalho, ajoujou à canga da oligarquia.

A vida da escravidão atualmente é toda e exclusivamente oficial.

Sua Alteza não achará senão mercenários para defender a instituição maldita. A petição do Exército preveniu-a dessa verdade.

O caminho a seguir, portanto, é bem diverso do que está sendo aconselhado pelo Ministério.

Se Sua Alteza, a Regente, não quer condenar os exploradores de homens à morte pela fome, deve obrigar seu Ministério a recorrer a instrumento diverso do punhal do sicário.

Já o dissemos uma vez: dentro do pântano da escravidão não cabe o cadáver de um benemérito da abolição. Esse corpo deslocará um volume de lama ensanguentada, em que se afogara, não só a escravidão, mas todos os seus cúmplices.

31 out. 1887

Quem há cinquenta e seis anos, vendo cair malferida no parlamento brasileiro a escravidão, poderia prever que a instituição maldita havia de sobreviver mais de meio século à maioria dos heróis dessa primeira campanha de Direito contra a barbaria, da honestidade nacional contra o roubo?!

Dizia-se que a lei de 7 de novembro de 1831 bastava para resolver o problema e que dentro em vinte anos estaria de todo seca a árvore fatal, que esteriliza o solo e sufoca a alma nacional.

Dizia-se, mas imediatamente depois, como acontece sempre nas revoluções incompletas, os vencidos da véspera apossaram-se do poder; a reação a mais sanhuda e antipatriótica se fez sentir, e todas as esperanças de pátria livre dissiparam-se como sonhos.

Já em 1835 era possível adivinhar o sr. barão de Cotegipe a fazer tilintar a bolsa da polícia secreta para comprar os mercenários das milícias da pirataria e assalariar delatores e testemunhas falsas. Desde então sente-se na terra esse cruor fratricida que empesta a atmosfera nacional, e ainda agora acaba de ser renovado em S. Paulo e em Campos.

A escravidão foi desde então o único pensamento governamental do Império.

A resistência ao Bill Aberdeen, dez anos depois, demonstrou-o cabalmente.

Durante quarenta anos, de 1831 a 1871, houve um pedacinho de horizonte iluminado para os escravizados: aquele em que se destacou a figura de Eusébio de Queirós deportando os negreiros.

A campanha abolicionista

De 1871 até estes últimos anos, ainda a escravidão pode considerar-se e agir como a primeira força do Império.

Todas as preocupações do país se resumiam na conservação desse hediondo regime que exauria insensivelmente a riqueza e a alma nacional, parecendo entretanto civilizar uma e desenvolver a outra.

Hoje, porém, se ainda no poder está acampado o sr. barão de Cotegipe, se o Governo é ainda um sobejo do tráfico, a opinião nacional viril e enérgica condenou sem recurso, como último tribunal, a instituição ominosa.

Já podemos de alguma sorte contemplar de cabeça erguida e com olhar sereno os heróis de 7 de novembro de 1831 e, se não depositamos sobre a memória deles a Coroa já entretecida com as bênçãos de todos os escravizados redimidos, deixamos sobre ela as nossas esperanças de que em breve eles serão os contemporâneos eternos da pátria livre que sonharam.

Quem julga superficialmente os acontecimentos pode desanimar, vendo a série de tropelias praticadas pela situação negra.

Em Campos, com uma perversidade que faria inveja aos patrões dos navios do tráfico, a polícia assassina prende, processa, espaldeira, ameaça, insulta senhoras, mente, e parece esgotar o arsenal do despotismo e da barbaria.

A população acobardada não reage; pelo contrário, não querendo sacrificar no altar das suas ideias a paz da terra natal, procura meios de conciliar com os interesses da ordem o direito da propaganda abolicionista.

Os clamores da imprensa, quer desta capital, quer da cidade oprimida, não bastaram para fazer cessar essa perseguição, que sem força para desarraigar uma ideia, serve apenas para flanquear de espectros de mártires a entrada do terceiro reinado.

Parece, pois, que pelo menos o Governo ainda tem força bastante para contrapor, a seu capricho, o seu programa de reação à propaganda abolicionista.

A província de S. Paulo vem, porém, destruir essa falsa ideia do poder do Governo.

Desde que o sr. Antônio Prado, ligado ao sr. João Alfredo pela mais estreita solidariedade, se colocou diante da sua província para impedir lá a invasão negra do Ministério, ficou demonstrado que este não representa senão as circunstâncias momentâneas da organização da contrarreação.

Não há muito vimos o Governo capitular diante das declarações categóricas e radicalmente opostas à sua política; vimo-lo recuar no caminho do extermínio, porque ele sabia que em São Paulo teria de encontrar-se com o sr. Antônio Prado e seus amigos, que dispõem de bastante força moral e material mesmo, não só para repelir os ataques do Governo, quer no terreno político, quer em outro qualquer que as circunstâncias os levassem.

Deu-se, entretanto, em S. Paulo um acontecimento gravíssimo: pela primeira vez, depois da gloriosa República dos Palmares, os escravizados deram prova cabal de que tinham consciência do seu direito, e deram batalha na defesa dele.

A força policial agindo, em nome da autoridade e do Governo, foi batida; a escravatura declarou-se beligerante aceitando dois combates.

Seria empenho de honra do Governo, se ele fosse lealmente um Governo, e não uma facção para explorar empréstimos, créditos e rendas de estrada de ferro, punir severamente os abolicionistas, porque sobre eles recai a responsabilidade dessa gloriosa conversão do rebanho secular de bestas de carga em exército regular para defesa do Direito.

Vimos, porém, que o Ministério procurou imediatamente fazer silêncio sobre o acontecimento e limitou-se a enterrar os mortos e curar os feridos.

Não mandou quebrar nenhuma tipografia em S. Paulo, não mandou efetuar prisões em massa, não ordenou que se espancassem senhoras.

Em Campos, porém, tratando-se de um brasileiro ilustre, mas pobre, de um grupo de abolicionistas glorioso, mas desprotegido, o crime, desde o atentado contra a propriedade até o assassinato, desde as prisões ilegais até o processo monstruoso, foi empregado como prova da força moral do Governo e do poder do escravismo.

Estas duas políticas, porém, praticadas no mesmo momento e sob a pressão de acontecimentos; um dos quais menos grave e mais brutalmente punido, evidenciou a fraqueza, senão material, a fraqueza moral do Ministério e da situação da pirataria.

Para que nós outros abolicionistas possamos dentro em pouco celebrar o dia 7 de novembro, basta que deixemos bem assinalado que a propaganda abolicionista pode, quer e deve proteger a vida e os bens dos seus adeptos.

Cônscios da grande responsabilidade que temos perante a história do nosso país, temos querido somente caminhar dentro da legalidade, quando já devíamos ter empregado os meios de que se servem os nossos inimigos, e podíamos tê-lo feito, se antes de tudo não fosse o nosso intuito salvar a honra de nossa pátria sem recorrer a meios revolucionários.

Para que se saiba bem qual a influência moral da propaganda abolicionista, mesa de comunhão do patriotismo a que hoje se sentam todos os partidos, não é preciso que nos demoremos a dizer quanto valemos.

Estão patentes as adesões, que de toda a parte nos chegam, desde a cadeira mais elevada da religião até ao movimento mais heroico do escravizado.

Na imprensa servem à causa da redenção os primeiros talentos; na política as mais fortes organizações de homens de Estado.

Voltamo-nos para o Partido Liberal e lá está firme junto à sua bandeira o sr. Dantas. Além disso sente-se que tudo que é viril nesse partido é pela abolição, como prova a circular do sr. Otaviano.

No Partido Conservador, encontramos o sr. João Alfredo, que na campanha de 1871 ganhou o bastão do comando, arrostando pela primeira vez, frente a frente, peito a peito, as legiões desumanas da pirataria.

O Ministério, portanto, nada pode. É um moribundo de moléstia infecciosa, que, de propósito, se aproveita do seu mal para ver se infecciona os seus semelhantes. Hoje comemoramos ainda a lei de 7 de novembro, tendo sobre o espírito o luto e a dor pela sorte dos nossos irmãos de Campos.

No próximo aniversário, porém, quer o sr. barão de Cotegipe queira, quer não, a bandeira da abolição tremulará no poder, honrando a memória dos heróis que escreveram na lei o nome, que cabe ao Gabinete presidido por S.Ex.ª ministério da pirataria.

7 nov. 1887

A sua Alteza, a Regente

Senhora. – Enquanto ontem Vossa Alteza Imperial assistia contente e radiante, cercada das atenções da corte e do bem-querer dos *dilettanti* e dos artistas, à *matinée* musical do cassino, o povo campista era violentado no seu direito de reunião e logo após perseguido a pata de cavalo, a carga de baioneta e de sabre, a bala, nas ruas da cidade, convertida agora em aquartelamento de assassinos, por ordem do Governo de Vossa Alteza Imperial.

Quando começou a luta desigual entre os mercenários da pirataria e o povo campista; aqueles armados e embalados pelo tesouro e pela caixa secreta do Clube da Lavoura, o povo inerme, e apenas aguerrido pelo seu direito; os abolicionistas recorreram a Vossa Alteza Imperial pedindo que justiça fosse feita e que Vossa Alteza Imperial ordenasse ao Governo a vigência das garantias constitucionais devidas ao cidadão.

Houve quem acreditasse (não quem escreve estas linhas) que Vossa Alteza Imperial ia de fato providenciar; os acontecimentos se incumbiram de demonstrar que a razão estava do lado do incrédulo.

O recurso para Vossa Alteza Imperial, em vez de melhorar, agravou a situação dos abolicionistas de Campos.

Ontem a soldadesca desenfreada, sob o comando de dois assalariados dos senhores de escravos de Campos, cometeu toda a espécie de crimes, continuando assim os atentados do dia 25 de outubro. Desde os representantes do povo até as mulheres, todos foram desacatados.

Cegos pela impunidade dos crimes anteriores, os dois bandidos, encarregados da polícia de Campos, feriram e atentaram contra a vida dos cidadãos, sem distinção de sexos.

A noite, todos estes fatos eram já conhecidos nesta capital, e, não obstante, Vossa Alteza Imperial era vista num teatro, muito tranquila, a divertir-se gozando da lista civil amassada com as lágrimas dos escravizados e salpicada do sangue dos nossos compatriotas.

Facilmente expliquei-me a mim mesmo essa indiferença de Vossa Alteza Imperial pela sorte dos míseros campistas.

Os telegramas que noticiaram mais crimes ensanguentando a vossa regência, em nome da escravidão, concluíram noticiando que o povo foi vencido.

A tropa conseguiu mais uma vitória cobarde e miserável, vitória ganha depois que ela, apalpando os cidadãos na entrada do teatro, certificou-se de que eles estavam desarmados.

Vossa Alteza viu que nada havia a recear: enquanto os povos são vencidos, os reis podem continuar a divertir-se.

O nosso século diz, por fatos, que a cabeça dos príncipes não valem mais e muitas vezes valem menos que a cabeça dos populares; mas nenhum príncipe se convenceu ainda desta grande verdade, por isso que sem dificuldade eles sacrificam os povos e estes dificilmente se vingam.

Daí, esse desdém augusto pelo desrespeito às senhoras campistas, esse menosprezo pela vida de uma população, vil e infamemente sacrificada.

Os ministros de Vossa Alteza Imperial nos têm convencido de que é necessário um Governo violento, para dominar o espírito de revolta que eles, só eles, descobriram nesse cordeiro submisso, que tem na história universal o nome de povo brasileiro.

Fizeram crer a Vossa Alteza Imperial que foi a magnanimidade de vosso augusto pai a fonte dos protestos, que se levantam contra o Império, na tribuna popular e na imprensa.

Vossa Alteza acreditou na explicação fraudulenta e autorizou, por isso mesmo, a política de reação que vai ensanguentando o país e que deixa o cidadão sem garantias para usar dos seus direitos.

Sempre que alguém protesta, os ministros de Vossa Alteza dizem que o fim do protesto é abalar a autoridade da regência e solapar o trono de Bragança.

E Vossa Alteza, para firmar a autoridade regencial e consolidar o trono que vos deve pertencer, sanciona os crimes que o Governo manda praticar.

Vossa Alteza está convencida de que matando abolicionistas, os revolucionários oficiais, ganha muito mais em força e prestígio do que favorecendo a causa dos escravizados, tomando a honrosa responsabilidade de continuadora da política de 1871.

Na ingênua simplicidade feminina, Vossa Alteza pensa que para reinar basta dispor de dinheiro, de tropa, de ministros, de câmaras e de magistratura. Faz do Governo uma questão de forma e não de substância.

A campanha abolicionista

Quem são os abolicionistas da rua? pergunta Vossa Alteza. Responde-vos o sr. barão de Cotegipe: uns anarquistas, sem eira nem beira, e sem prestígio. E para confirmar a afirmação, o sr. presidente do Conselho mostra o dr. Davino, acusado de haver assassinado quatro homens, cercado das atenções da nobreza, e Carlos de Lacerda, roubado pela força policial, obrigado a viver foragido para não pagar com a vida o que seus companheiros estão pagando em processo monstruoso.

A evidência dos fatos confrontados convence Vossa Alteza Imperial de que o sr. presidente do Conselho fala a verdade.

No momento atual, a força está com os que matam, ou mandam matar escravizados e libertos. Quando eles acabam de praticar o crime, acham logo quem os vitorie, porque são proclamados heróis do escravismo, o que pretendem vencer pelo terror.

Devo, porém, ponderar a Vossa Alteza que o estado atento da evolução abolicionista no país desmente o sr. barão de Cotegipe, o que não é para admirar.

O escravismo não está fazendo senão uma reprise das suas antigas tragédias.

Nessa mesma Santa Maria Madalena já se deu o processo Lemgruber. A diferença única foi estar no Governo o sr. d. Pedro II e não Vossa Alteza Imperial, pelo que a autoridade, em vez de se ver obrigada a recuar diante dos assassinos e seus protetores, arrostou-os energicamente.

O abolicionismo, esse abolicionismo da rua, foi combatido desde o primeiro dia com as mesmas armas de hoje, com a diferença de que o imperador não aceitava a cumplicidade dos miseráveis.

Não obstante, o abolicionismo, vencendo o sr. Saraiva, o sr. Sinimbu, o sr. Martinho Campos, o sr. Lafaiete, chegou a libertar províncias, a revolver a consciência nacional, decantando as fezes da pirataria.

Cada violência contra ele praticada aumentava-lhe a força, duplicava-lhe o prestígio. Acontecia com ele o mesmo que se dá com a poda das árvores, em vez de enfraquecê-lo, robustecia-o.

Vossa Alteza esteve quase sempre fora do país, durante a segunda fase da propaganda abolicionista e por isso não lhe conhece a história. É esta a razão que vos leva a dar crédito aos vossos ministros, prepostos desumanos da pirataria triunfante.

Não para suplicar, mas para esclarecer, cumpre aos abolicionistas dizer a Vossa Alteza Imperial que eles não querem a anarquia.

Para saber qual o autor de um crime desconhecido, é preciso, antes de tudo, saber a quem ele pode aproveitar.

Não é aos abolicionistas que aproveita a anarquia, nesta última hora da escravidão.

Quando por toda a parte, no Senado, na Câmara dos Deputados, nas Assembléias Provinciais, nas Câmaras Municipais, se trabalha para extinguir a escravidão, que lucro poderiam ter os abolicionistas em apelar para a anarquia, com risco de perder os próprios adeptos que fizeram?

Quem é que pode pensar que a cidade de Campos abolicionista respondesse ao sacrifício do sr. Antônio Prado pela desordem?

Demais, se nós fôssemos anarquistas, se nós quiséssemos, antes de tudo, abalar as instituições, não nos comprometeríamos a sustentar ministérios como os dos srs. João Alfredo e Dantas, ambos monarquistas e muito mais dedicados à Monarquia que os fazendeiros hipotecados, que se servem do Governo para acomodarem-se com os seus credores.

Os anarquistas, os revolucionários estão nascendo agora da sementeira de violências e de crimes, feitos pelo Gabinete, em nome de Vossa Alteza Imperial.

Cada campista, ao lembrar-se de que a sua cidade tem sido o campo do extermínio de seus concidadãos, se converterá necessariamente numa força concentrada à espera do momento da desafronta.

O povo brasileiro, ao ver a vida dos seus compatriotas menosprezada pelo seu Governo, começará a julgar que a vida pouco vale e que não se deve cogitar dela, quando se trata de questões que entendem com a honra da pátria.

Quem, finalmente, está ensinando ao povo, aos abolicionistas, principalmente, a cartilha revolucionária é o Gabinete de Vossa Alteza Imperial, que pretende governar em nome de uma facciosa minoria, que emprega a corrupção e a morte como elemento de seu poder.

Senhora. — Os concertos clássicos, os teatros e os ministros sanguinários podem ser mais gratos a Vossa Alteza do que a vida de um povo; mas o que vos posso afirmar é que na balança da História pesam muito mais o sangue e as lágrimas das vítimas, que os bemóis da música cortesã e a adulação dos favoritos e válidos.

21 nov. 1887

Sua Alteza Imperial Regente deve estar assombrada de quanto se tem dado nas suas relações oficiais com o Ministério.

Para a sua delicadeza e susceptibilidade de senhora, a posição em que a falta de pundonor do Gabinete a tem colocado, é, com certeza, das mais aflitivas.

Sabemos que Sua Alteza tem procurado todos os meios de demonstrar ao sr. barão de Cotegipe que lhe retirou a confiança, de que S.Ex.ª tanto abusava em prejuízo da dinastia e da pátria.

E, por exemplo, eloquentíssimo o procedimento regencial com relação à aposentadoria do magistrado pernambucano.

A campanha abolicionista

Ficou estabelecida a praxe de, antes do despacho, o soberano entender-se com o presidente do Conselho para combinarem as deliberações que têm de ser tomadas pelo Poder Executivo.

Sua Alteza, porém, no despacho em que a aposentadoria do desembargador Tertuliano tinha de ser resolvida, nada disse ao sr. presidente do Conselho; aguardou para apresentar o telegrama desmentindo o ministro da Justiça a hora em que as pastas são solenemente esvaziadas.

Não pode haver prova mais significativa de que Sua Alteza já não acredita no que lhe dizem os seus ministros e de que igualmente evita as discussões com eles, por temor de ver mascarados pelas suas palavras injustiças e arbítrios.

Está no domínio público que o sr. Mac-Dowell, susceptibilizado pela prova de desconfiança regencial, pelo desmentido seco de superior para o subordinado, apresentou ao sr. presidente do Conselho a sua demissão.

O sr. barão de Cotegipe, porém, não a aceitou e constrangeu em nome do Gabinete e da amizade a permanência do ministro da Justiça.

– Não somos Ministério de confiança, mas de resistência. Esperemos pela Câmara, que é de fato o soberano que hoje existe. Não se esqueçam de que somos Ministério da Regência, em nome do Imperador. Já outra ocasião, molestado por uma das primeiras provas de divergência, um ministro quis retirar-se e o sr. presidente do Conselho disse-lhe:

– É preciso olhar para o futuro, não nos demitamos, esperemos que nos demitam. Melhor do que nós, Sua Alteza há de saber que há da parte do sr. barão de Cotegipe o maior empenho em conservar-se no poder à custa de tudo. Asseguramos como cavalheiros que, pelas versões que correm, todos os pequenos desgostos que têm magoado Sua Alteza partem do sr. barão de Cotegipe.

É assim que a propósito da batalha das flores, S.Ex.ª disse que tinha destacado para Petrópolis os seus dois colegas da Fazenda e da Agricultura – para evitar certas inconveniências.

Vem aqui de molde estudar um fenômeno que se está dando em Petrópolis. Sua Alteza, a Regente, desembuçando o seu coração de senhora, colocou-se à frente da meritória obra da redenção dos cativos naquela cidade.

Era de esperar que ao sacrifício da princesa correspondesse a generosidade geral.

Pois bem, no Correio Imperial de 21 de fevereiro, leem-se estes expressivos períodos, editados pelo príncipe do Grão-Pará:

"Para coroar esta bela obra (a emancipação de Petrópolis) falta somente que os senhores de escravos, inspirando-se em sentimentos generosos, facilitem por seu lado a emancipação diminuindo, ao menos, o valor dos libertandos desta cidade.

"Que muito que façam um pequeno sacrifício, quando todos nós pagamos mais ou menos, diretamente, o tributo imposto pela resolução do magno problema?

"Penso que não apelaremos em vão para a alma generosa dos senhores de escravos, e que o próprio município não tardará muito em seguir a trilha luminosa."

O que se depreende desses períodos é que mesmo Sua Alteza, a Regente, encontra dificuldade na difusão dos seus sentimentos humanitários, e isto em uma cidade que, pelo seu adiantamento e pelas suas condições, pode perpetuamente associar-se à libertação.

A causa desse fenômeno é a notoriedade da resistência do Gabinete à aspiração abolicionista do país.

Não comentaríamos o fato, se ele não tivesse consequências funestas para Sua Alteza Imperial.

Quem lê os jornaizinhos dos príncipes, tão puros e tão patrióticos, com uns períodos louros como os cabelos de Suas Altezas, jornaizinhos mansos como pombas, que não sabem senão arrulhar, mesmo quando feridas, e compara à política essa expansão d'almas brancas, perfumosas, almas de arminho guardadas em estufa de violeta, sente dentro de si um sentimento espontâneo de revolta contra a Regente.

Sua Alteza é mãe, não pode consentir que o espírito de seus filhos se embeba de doutrinas falsas e sature-se de exemplos maus.

Ou o abolicionismo é a anarquia, é a falta de patriotismo e a subversão da fortuna pública, e neste caso Sua Alteza faz mal, consentindo que seus inocentes filhinhos sejam educados sob a influência de semelhante doutrina; ou o abolicionismo é o primeiro sentimento patriótico de um coração brasileiro bem formado, e neste caso é tristíssimo que Sua Alteza, mãe, consentindo educação abolicionista de seus filhos, dê-lhes o espetáculo de sua fraqueza, simulando-se vencida pelo país, quando não faz senão condescender com a falácia dos ministros, que chamam aos seus interesses privados – opinião nacional.

Duas coisas não podem continuar com o consentimento de Sua Alteza: o Ministério e os jornaizinhos dos príncipes.

Ou o abolicionismo é um sentimento unânime do país, e neste caso o Ministério da escravidão não pode continuar sem ofensa do país; ou o abolicionismo não é um ideal nacional, e nesse caso Sua Alteza procede irregularmente permitindo a seus filhinhos, um dos quais é herdeiro da coroa, manifestar-se contra a vontade popular.

A lógica impõe-se à política, do mesmo modo que a nobreza de sentimentos ao coração de Sua Alteza.

Que dirá a história da Regente, quando a vir, senhora delicada e mãe carinhosa, ensinando a fraternidade no paço a seus filhos e consentindo

A campanha abolicionista

no Governo os co-réus dos assassinos que matam mulheres em Campos, espostejam cidadãos no Rio do Peixe, e levam a sanha a esporear cadáveres e a dar pontapés em crianças?

Como esconder a responsabilidade nestes atos, quando é vítima deles uma autoridade?

Sua Alteza passará à História como a imagem viva da hipocrisia, quando aliás é sabido que o seu coração está limpo dessa culpa.

Quem lhe cria esta situação dúbia? O Ministério, que obriga a alma da senhora a irromper do sítio posto à liberdade da soberana.

Nos palácios é raro encontrar quem fale a verdade aos príncipes: daí o Ministério ter podido condenar Sua Alteza à impopularidade, que dia a dia cresce, sem que o palácio dela se aperceba talvez.

Sua Alteza não sente em derredor de si a hostilidade pública, pela razão simples de que o colchão de incenso, em que os familiares do paço balouçam o seu espírito, amortece-lhe o choque. Mas a verdade é que ao ver este Ministério, que não tem sequer prestígio para guardar o lar regencial, aparentando a mais completa onipotência política, o povo não acredita que Sua Alteza tenha sequer consciência da responsabilidade de sua posição.

O palácio não mede o efeito que produz a notícia de que um primo irmão de Sua Alteza, a Regente, foi condenado como gatuno; mas o Ministério tem o dever de evitar que tais fatos cheguem a impor-se à publicidade.

Ninguém dirá que não havia meio de evitar esse escândalo universal.

Outro ministério qualquer teria tomado providências no sentido de, pelo menos, deixar o espírito público em dúvida. Os reis, mais do que os outros homens, precisam de reputação pura; as dinastias, como a mulher de César, não podem ser suspeitadas. Com relação ao príncipe d. Pedro Augusto ainda é maior a responsabilidade do Ministério. Em todo o país sabe-se hoje que há desconfiança da parte dos herdeiros presuntivos contra o príncipe d. Pedro.

Pode ser isso exato, pode não o ser. Cumpria ao Ministério vir ao encontro do boato e dissipar a impressão causada, tanto mais que é notória a existência do Partido Republicano, solidamente organizado em duas províncias que têm a hegemonia do Sul – o Rio Grande e São Paulo.

Dando como latente a ideia da formação de um Partido Constituinte, de que é pródromo o sério movimento das câmaras municipais, é claro que a notícia da falta de solidariedade de vistas da família imperial acoroçoará a indiferença pela sorte das instituições monárquicas.

Entretanto, o Ministério todo voltado para o Val de Palmas, abandona Sua Alteza à corrente dos acontecimentos e acoberta-se com a liberdade do Poder Moderador, para não assumir a responsabilidade de sua ominosa conspiração.

Sua Alteza não tinha ainda visto nada do que lhe deixamos aqui revelado e entretanto é preciso que veja e medite.

O Ministério está deliberado a cometer todos os desatinos imagináveis para conservar-se no poder.

Provoca a indignação popular por todos os meios para forçar Sua Alteza a sustentá-lo por brio diante de uma capitulação.

A respeito do abolicionismo é preciso que nós outros declaremos: não estamos resolvidos a tolerar mais a impunidade de crimes como os de Campos, Santa Maria Madalena, Rio do Peixe e os que se projetam em Pindamonhangaba.

Alguém nos há de pagar esse sangue derramado acintosamente, ou o nosso sangue se irá misturar com o das vítimas. É preciso, por bem de si mesma, que Sua Alteza apresente ao Ministério o seu ultimatum.

Por meio de estímulo à dignidade dos ministros, o Gabinete não se retirará.

Um ministério que, desmentido secamente por uma senhora que lhe exibe sem exórdio um telegrama, onde se diz que não é exato o que um decreto diz; um ministério que se atreve a ser negreiro sem rebuço diante de uma soberana, que educa seus filhos ostensivamente em opiniões contrárias, e mais: pratica pessoalmente a caridade abolicionista; um ministério que tem consciência do abandono de seus correligionários e entretanto vende a dignidade pessoal,

o pundonor das funções, por mais dois meses de poder; não pode ser tratado fidalgamente.

É preciso que Sua Alteza seja realmente soberana e diga francamente ao sr. barão de Cotegipe que precisa de chamar um ministério que possa ocupar-se francamente da questão mais momentosa do país.

O meio é simples; o sr. barão de Cotegipe disse: a lei ou o sr. Dantas; por outra: escravidão franca, ou abolicionismo sem máscara. Lembre Sua Alteza a S.Ex.ª as suas próprias palavras, e salve-se com a honra da pátria.

27 fev. 1888

Senhora

Vossa Alteza deve estar contentíssima com a brusca mudança que se operou no espírito público.

A tempestade que se abobadava sobre o vosso futuro, sinistra e ameaçadora, desfez-se como por encanto. O mar das paixões, que desobedeceu heroicamente ao quos ego do arbítrio, abonançou-se ao vosso sorriso de estima pela opinião.

A campanha abolicionista

Vistes, Senhora, qual a eficácia do Governo de acordo com a vontade nacional.

Se os reis soubessem como o povo é bom, sacrificá-lo-iam muito menos; prefeririam o apoio leal, desinteressado das massas ao sufrágio interesseiro de certas classes, sufrágio que exige sempre como preço o holocausto dos direitos populares e que não raras vezes comprometem as dinastias.

Os empreiteiros de tirania hão de dizer que fizestes mal entregando ao clamor público os homens que a vergonha nacional acusava de haverem imolado aos seus interesses a dignidade do Governo e do povo.

Sabemos que não é dos estilos, principalmente entre nós, atender ao povo, mas nem por isso deixa de ser verdade que num sistema representativo, em que todos os poderes são simplesmente delegações da nação, o soberano só é verdadeiramente constitucional, quando reconhece a existência ativa e real da soberania popular.

Atender ao povo, longe de desmerecer, prestigia o Governo.

Querer antepor à opinião os caprichos pessoais ou de uma facção; decidir arbitrariamente que não há razão, senão nos que estão no poder; que só os ministros falam a verdade e respeitam a lei; que fora do mundo oficial está a anarquia, a conspiração contra as instituições; é mil vezes mais perigoso do que respeitar a vontade manifesta da nação, mesmo quando, já cansada de pedir, ela começa a exigir.

Observai através da História, Senhora, que o povo só se impacienta depois de sofrer resignadamente longos anos. Nunca se viu formar-se instantaneamente uma opinião, que ameace instituições.

Demais, há no povo uma força, que por isso mesmo que lhe garante a vitória, preserva-o da sofreguidão injusta: – é o bom senso.

Sempre que o povo combate uma instituição, é que ela é realmente má e deve desaparecer.

O Ministério Cotegipe foi violentamente combatido, porque ele representava uma instituição degradante: – a escravidão.

A ousadia de propor-se um ministério a resistir a mais acentuada aspiração de um povo, demonstrava que ele só podia fazer um Governo de facção.

Obcecado pela ideia fixa de vencer o abolicionismo, o Gabinete comprometeu sua política e a sua administração.

Quanto ele fez devia fatalmente praticar.

Que classe podia respeitar um ministério, organizado expressamente para desacreditar os sentimentos humanitários de um povo?

Vossa Alteza viu que o Ministério desrespeitou desde o Senado até ao último cidadão brasileiro.

Disse ao Senado: não faço caso dos teus votos.

Disse à Câmara: é para mim a mais fútil das burlas o teu direito de interpelação.

Disse ao seu partido: tu para mim representas a vontade do sr. Paulino e o interesse dos meus parentes e afilhados.

Disse ao Exército: cala-te ou persigo-te.

Disse à Marinha: prefiro a onipotência da minha polícia ao rubor do teu brio.

Disse à imprensa: eu só quero de ti a circulação da calúnia, a tiragem da difamação.

Disse ao povo: eu só quero de ti a obediência canina; silêncio ou espingardeio-te.

Aos que acusarem Vossa Alteza de haver obedecido à intimação da praça pública, respondei que estáveis numa contingência dificílima: ou receber a intimação do direito, ou a intimação do despotismo; e preferistes a primeira.

Se o soberano devesse fechar sistematicamente os ouvidos ao povo, este deveria considerá-lo sempre um inimigo, e estaria fraudado o princípio constitucional do Poder Moderador.

A praça pública não é o caminho regular, concordamos, porém, o voto do parlamento não é o caminho único, tanto assim que ficou ao Poder Moderador liberdade inteira para nomear e demitir ministério.

O direito de dissolução é o reconhecimento da opinião extraparlamentar.

Vossa Alteza inaugurou um sistema que parece dar maior responsabilidade à Coroa, mas que na realidade a diminui.

O povo, Senhora, não é o insensato, o leviano pintado pelos exploradores do poder. É o bom senso em grande, é a justiça em massa. Os parlamentos podem derrubar Gambetta, o povo o adora e o sustenta, e mesmo depois da sua morte, deixa-se dirigir pelo seu pensamento.

Lá está na Espanha o exemplo mais vivo do que é a alma popular.

Essa bela e meiga viúva, que ficou ameaçada pela herança de Afonso XII, porque ouviu de preferência o povo, consolidou o seu trono.

O povo quer sentir nos atos do Governo a solidariedade do seu soberano com os direitos populares.

Se houvésseis, Senhora, adiado a demissão do Ministério Cotegipe, o povo não agradeceria; ao contrário, guardaria contra Vossa Alteza ressentimento, por entender que pesa mais nos conselhos da Coroa uma aposentadoria, ou qualquer outro pretexto, que o sangue e o sacrifício dos cidadãos.

Depois de saber que Vossa Alteza havia demitido, heroica, digna, patrioticamente esse Ministério maldito, que emoldurou em dois anos de Governo todas as violências de três séculos de escravidão, continuei a ler a Legenda dos Séculos e reli com o espírito e o coração essas páginas triunfais do *Eviradnus*.

A campanha abolicionista

Estremeci, Senhora, diante daquele descuido de Mahand, adormecida entre os dois conspiradores; lamentei o terror que a fez permitir que entrassem no castelo misterioso da sagração do soberano esses intrusos sem alma, que a bajulavam para imolarem-na, mais comodamente, nos seus interesses e apoderarem-se da coroa que ela não tinha tido coragem de colocar sozinha na sua cabeça, mediante algumas horas de sacrifício.

Vossa Alteza conhece o final dessa tragédia.

Os dois conspiradores têm desdobrado os corações e posto pelo avesso as almas torpes e miseráveis.

Sente-se um rumor: um frêmito das armaduras das estátuas dos antigos guerreiros.

Os bandidos atemorizam-se, mas volvem a confiança no êxito do crime. Quem podia ressuscitar aqueles bronzes? Quem poderia chamar à vida aquela morte dupla dos heróis, representada pela decomposição do corpo e pela fusão brônzea das formas!

Mas o silêncio, a solidão povoam-se de súbito com o aparecimento de um homem. É um velho guerreiro, é Eviradnus, que, tendo percebido a conspiração, veio guardar com a sua lealdade a princesa e a pátria, igualmente ameaçadas.

Que indescritível, fora dos versos do poeta divino, essa luta de dois contra um, luta em que dois soberanos jogam a vida por um crime e um herói resgata a pátria pela vida.

Ao primeiro assalto, cai um dos celerados. Mas o outro, sente-se agora forte, está armado, vai varar o coração do herói, que não dispõe já da espada.

Passa pelo espírito de Eviradnus um relâmpago divino. Jaz a seus pés o cadáver do rei. Agarra-o pelas pernas, maneja-o, converte-o numa formidável massa e consegue fulminar o adversário e sepultar na torrente que passa os dois reis justiçados.

No dia seguinte, Mahand, que devia ser recebida pela maldição eterna da pátria, é aclamada a soberana altiva e heroica, a esperança nacional.

Ao terminar a leitura do Eviradnus, eu perguntei a mim mesmo, porque, nesse momento, sentia impressão mais viva do que outrora.

E a reflexão disse-me:

É que há semelhança entre os perigos da marquesa de Lurácia e da princesa herdeira da coroa do Brasil.

Ela devia entrar só nesse castelo secular onde o povo exige que ela se coroe rainha – a abolição.

Teve receio e chamou para seus companheiros os srs. Cotegipe e Paulino – os dois reis do escravismo.

Uma vez senhores de confiança de Vossa Alteza, eles conspiravam para arrebatar-lhe a coroa, e o teriam feito se o sr. João Alfredo, o Eviradnus parlamentar, não tivesse a tempo percebido o jogo sinistro e não se tivesse a tempo armado com o cadáver do sr. barão de Cotegipe para fulminar o rei sobrevivente do escravismo, o sr. Paulino de Sousa.

Vossa Alteza está salva; pode reinar utilmente sobre este povo, digno de um governo honesto e patriótico.

Nunca nenhuma rainha teve diante de si mais glorioso trono. O que espera Vossa Alteza é feito com os corações do que vos construiu a pátria com o seu suor e com o seu sangue.

12 mar. 1888

Depois das grandes enchentes, os rios costumam carregar no seu dorso abundante espumarada.

É o resíduo das inundações, a vaza dos enxurros das montanhas, condensados nos pântanos e brejais.

Essa espumarada não quer dizer que a enchente continua; que a agitação tempestuosa perdura.

Igual fenômeno se está dando agora no rio da opinião. Ainda boiam à tona da opinião as espumas produzidas pelo embate das paixões violentas, fustigadas pelos desmandos e arbítrios do Ministério passado; mas, dentro em pouco, esperamos, veremos correr límpida e tranquila, transparente e risonha, a corrente das aspirações nacionais.

O Ministério 10 de Março é felizmente composto de homens já experimentados no Governo; saberá dissipar pelos seus atos as dúvidas e apreensões que sobreviveram à gloriosa satisfação dada pela Regência à soberania da vontade nacional.

Não há espírito sério que se deixe convencer de que a boa política seria provocar uma crise política para chegar por ela à resolução do problema servil.

Os que têm estudado a história parlamentar de nosso país sabem que nunca nenhum partido tomou à sua conta intransigentemente a extinção da escravidão.

Nenhum partido fez da abolição o seu programa de ação, o dogma fundamental da sua igreja política.

A reforma do elemento servil foi sempre um capítulo de programa de oposição, mas nunca absorveu os espíritos de modo a se impor como primeira das suas obrigações governamentais.

O Partido Liberal duas vezes, em 1868 e 1869, inscreveu na sua bandeira uma esperança para os escravizados; mas, subindo ao poder em 1878, considerou questão resolvida pela lei de 1871 o problema servil e capitulou como anarquia a propaganda em favor dos escravizados.

A campanha abolicionista

Os dois chefes mais eminentes então, os srs. Sinimbu e Saraiva, deixaram bem claro que o Partido Liberal não tinha nenhum compromisso urgente e imperioso para com os escravizados, e acentuaram que não passariam nunca dos meios indiretos para chegar a essa reforma.

Não se entendeu no Partido Liberal que a reforma servil merecesse sacrifício, e a prova é que, tendo aquela situação devorado vários ministérios, nunca fez crise para impor o trabalho em prol daquela reforma.

Pelo contrário: não só demitiu o sr. Dantas, combinando-se para esse fim com os negreiros conservadores e os partidários pessoalmente infensos a S.Ex.ª, como sustentaram depois o sr. Saraiva, resignando-se a guardar o poder e assumindo nele a responsabilidade da realização de alheias ideias.

No passado, como no presente, o Partido Liberal nunca se serviu do escravo senão para arma de oposição.

É assim que Nunes Machado, discutindo a lei de repressão do tráfico, declarava-se coacto, e o sr. Joaquim Nabuco, apesar dos seus grandes talentos e prestígio, nunca recebeu da situação passada nenhuma prova de solidariedade partidária. O moço deputado foi sempre considerado adiantado demais, ainda mesmo quando apresentava, como o fez na sessão legislativa de 1880, o projeto de abolição no prazo de dez anos.

O Partido Liberal teve três dissoluções, e, não obstante, nunca conseguiu maioria abolicionista, nem mesmo quando foi conhecido o pacto do sr. Dantas.

Arrogar-se um partido o direito à realização de uma ideia, a favor da qual não trabalhou nunca no Governo e, quando se viu forçado a convertê-la em projeto, vazou-a sempre nos moldes os mais acanhados, é pretensão demasiadamente aventurosa.

Se os programas dos partidos se discriminam por atos e não por palavras, é mais razoável confiar ao Partido Conservador a solução do problema servil. Foi ele que cortou os dois istmos que prendiam nossa pátria ao continente da pirataria – o tráfico e a maternidade escrava; é justo que seja ele que rasgue a franca navegação da nau do Estado pelo oceano da igualdade civil.

Sua Alteza, a Regente, deu a maior prova de bom senso governamental ouvindo os clamores populares e confiando ao atual presidente do Conselho a missão de os fazer ouvir pela lei.

Quem conhece a história da extinção do tráfico entre nós sabe qual o perigo de consentir que se torne política a sagrada questão social da extinção da escravidão.

Todas as humilhações com que fomos justiçados durante o conflito Aberdeen são o resultado desse grave erro político.

As lutas de partido foram a causa de se haver prolongado por tantos anos a agonia da pirataria, que, morrendo afinal ao ar livre, infeccionou ainda por mais de trinta anos a nossa existência de povo civilizado.

Se não houvesse uma grande série de considerações históricas para justificar o ato do Poder Moderador chamando o sr. João Alfredo, bastaria uma simples consideração de ordem moral: seria um atentado contra a própria consciência augusta, convencida de que a escravidão é uma monstruosidade, e mais, de que a sua permanência estava perturbando o país em todas as suas relações políticas, econômicas e morais, adiar por mera questão de fórmula a reparação devida à vítima e a segurança devida ao povo e às instituições.

O que nós outros sabemos historicamente é que a morte da escravidão no país se operou como a destruição do feudalismo em França, como a decretação do sistema representativo em Inglaterra, e subsequentemente em todo o mundo, pela aliança do soberano com o povo.

É uma revolução de cima para baixo.

O povo não teria força por si só para realizar a abolição da escravidão; encontrava, contrariando as suas aspirações, a facção essencialmente despótica dos proprietários de escravizados.

Republicanos, liberais, conservadores são igualmente réus do crime do roubo de almas, como o Canning chamou à escravidão.

Nenhuma legislatura sentiu-se espontaneamente forte para propor o problema.

Foi extraparlamentar a força de Eusébio de Queirós, a força de Rio Branco, a força de Dantas, a força de João Alfredo. O povo pela propaganda, o imperador pela escolha dos homens; eis os beneméritos da abolição da escravidão. Só depois que esses dois poderes se manifestam, até abusivamente, é que o parlamento se move.

O Partido Liberal não pode reclamar o poder em nome da Abolição, ainda por outra razão: a sua incapacidade absoluta para reformar democraticamente. Aí está, para não ir muito longe, a sua lei de 1885, contra a escravidão, e a sua lei eleitoral de 1881, contra o cidadão.

Infelizmente, apesar de todos os seus sacrifícios, o Partido Liberal, por isso mesmo que é uma excrescência política, só sabe fazer democracia de oposição. Ele há de ser eternamente o revolucionário contra a lei de 3 de dezembro, que mais tarde dá toda a expansão tirânica a essa mesma lei.

Para apreciar bem qual a timidez democrática do Partido Liberal, quando legisla, basta confrontar os projetos liberais da sessão legislativa com os conservadores, o ano passado; a atitude dos chefes liberais com a dos conservadores.

Os conservadores intimam o sr. barão de Cotegipe a dar uma solução ao problema servil, na sessão deste ano; os liberais negam urgência ao projeto do sr. Dantas. Mais ainda: na questão dos avisos reescravizadores, em vez de votar unido, houve liberais eminentes, que, por mera questão de fórmula, negaram o seu voto, condenando assim milhares de homens ao cativeiro por um novo tráfico: a pirataria da praxe.

A campanha abolicionista

Mas, dir-se-á que também os conservadores, que nós hoje aplaudimos, cometeram, alguns deles, o mesmo erro.

Não é lógica a alegação. O Partido Conservador estava no poder e alguns de seus chefes sentiam-se com força para realizar, mais depressa que os liberais, a reforma. Era, pois, natural que não abrissem mão da situação em favor dos seus adversários, tanto mais que era palmar a certeza de que, não se julgando em perigo de perder na História o primeiro lugar, os liberais ainda se conservaram desunidos.

Ninguém diria que o sr. Saraiva queria confessar-se apto para resolver o problema servil instantaneamente, quando declarava que só votaria, sobre esse assunto, projeto vindo da Câmara dos Deputados, até então dedicada ao Governo Cotegipe.

É verdade que, à primeira vista, a manobra dos conservadores abolicionistas não foi compreendida, e nós mesmos os combatemos. Desde, porém, que entraram as férias parlamentares, todos os que sabiam do acordo Prado-João Alfredo convenceram-se de que houve a mais sábia estratégia nas retiradas desses estadistas.

Para nós outros que entendemos que o bastão de marechal ganha-se no campo da batalha e não escrevendo proclamações e recolhendo-se a quartéis na hora do combate, o ato de Sua Alteza, a Regente, é o mais correto.

Sua Alteza deu a única solução positiva, que se compadecia com a situação do problema servil.

Se tivéssemos direito a aconselhar o Partido Liberal, nós lhe diríamos que só lhe resta um caminho a seguir — o que lhe foi apontado pelo sr. Dantas: apoiar francamente o Ministério 10 de Março, dar-lhe todo o prestígio para resolver o problema servil.

É preciso não fazer questão da pessoa, mesmo porque todo o país duvida que os liberais encarregassem de resolver o problema ao único liberal indicado para essa grande obra, o sr. Dantas. Não é de hoje que a democracia se irrita por ver destacar-se demais da massa um dos seus concidadãos e na sua susceptibilidade condena o justo ao ostracismo.

Os liberais sinceramente abolicionistas viram que se deu no seu partido o mesmo que no Partido Conservador: o sr. Saraiva foi e é para o sr. Dantas o mesmo que o sr. Paulino de Sousa foi e é para o sr. João Alfredo.

Quando os partidos se dividem, como se dividiram pela ideia da abolição, fica provado que a ideia não é propriedade de nenhum deles.

Com relação à eleição direta, houve divergências em ambos os partidos; porém não cavaram propriamente dissidências; ninguém contestou ao Partido Liberal o direito à reforma, que ele realizou, louvado seja Deus, de modo a limpar a mão à parede.

A ideia da libertação da escravatura é grande demais para se enquadrar nos estreitos moldes dos partidos atuais do Brasil, meros ajuntamentos

José do Patrocínio

oligárquicos, organizados para explorar o Estado em substituição da exploração do negro.

É preciso ver mais longe e em horizonte mais largo. A extinção da escravidão é uma ideia nacional, pertence ao povo brasileiro, e todo estadista tem competência para realizá-la.

Todos os partidos têm-lhe fornecido grandes propagandistas e mártires. Em setenta e um no parlamento tinham o mesmo ardor Inhomirim e Sousa Franco; agora nesta última fase, é impossível esconder, mesmo com a sombra de Rui Barbosa e Nabuco, a pessoa de Severino Ribeiro e no Senado, toda a luz do sr. Dantas não foi mais agradável do que essa luz suave e templária da modéstia do sr. senador Jaguaribe.

É preciso que o povo saiba que o sr. João Alfredo fez o maior sacrifício calando-se, condenando-se ao segundo plano.

É que S.Ex.ª viu desde 1875 até 1885 triunfando parlamentarmente a dissidência de 1871, e rebelar-se seria sacrificar a vitória. E porque não queria servir a sua pessoa, mas a sua pátria, S.Ex.ª fez como Régulo que, fingindo obedecer aos inimigos, dava com o seu exemplo coragem aos seus compatriotas.

Temos fé em que o Ministério 10 de Março crescerá dia a dia na estima e no respeito do povo. Ele o merece, porque se inspira no mais santo amor da pátria e na mais evangélica piedade: a piedade pelos cativos.

19 mar. 1888

Ângelo

E assim que o tratamos a ele, o bom, o grande.

Alma sem rugas, não se lhe refolham ódios nem pretensões. Quanto mais cresce mais se democratiza; quanto mais sofre mais ama.

Só lhe conhecemos uma vaidade: a de não ter precisado nascer nestas paragens do Cruzeiro do Sul para ser um dos primeiros, dos mais beneméritos brasileiros.

Poeta do lápis, as suas musas são a justiça, a liberdade, a fraternidade.

Tem nas suas veias o sangue de todas as raças; faz do seu coração o depósito dos sofrimentos de todas as classes, enxameiam-se no seu cérebro todos os ideais de progresso e de perfectibilidade.

Não é de ninguém e é de todos. Dá-se espontaneamente e não se deixa domar nem por ameaças, nem pelas maiores angústias.

Não sabe advogar; evangeliza. Causa que ele abrace, leva-lhe a alma e coração.

Não conhece geografia para fazer o bem. O seu coração é pátria para todos os que sofrem.

A campanha abolicionista

Não conhece lei nenhuma que possa preterir a da solidariedade humana. Vive fora de todos os partidos para poder castigar, ou servir a todos. Pratica o bem pelo bem.

Não quer que lhe reconheçam o sacrifício: tem o pudor das suas amarguras. A sua mão esquerda nunca soube o que estava fazendo a mão direita. Por isso mesmo, à proporção que ele ia construindo os alicerces para o Brasil novo, ia cavando a mina do seu lar.

Pai, perfilhou os cativos, e dividiu com eles o pão, conquistado pelo seu trabalho genial, ao ponto de quase deixar com fome os filhos legítimos, tão pequeno era o quinhão que lhes tocava.

Nunca vi levar mais serenamente aos lábios a taça de fel e bebê-la com tanta coragem. O estoicismo não teve na propaganda abolicionista melhor representante.

Quando o escravismo pretendeu levantar a opinião, chamando-o estrangeiro audaz, hóspede ingrato, o Ângelo sorria-se e limitava-se a dizer: bom, enquanto não me deportam, eu aproveito o tempo para dizer o que sinto e o que penso. E é preciso dizer logo de uma vez, em grosso, o que teria de dizer por meias palavras e por circunlóquios.

Quando lhe guerrearam o jornal no interior, quando pretenderam reduzi-lo pela fome, alguns amigos tímidos quiseram que ele atenuasse os seus ataques à escravidão.

Ele nem respondeu.

Quanto mais perseguido, mais intemerato.

Não há meio de o fazer desviar uma linha da sua carreira. Para ele os princípios são outros tantos dogmas.

Na imprensa, não tem amigos nem inimigos. Conhece apenas ações. É um magistrado severo quando empunha o lápis.

Debruçado sobre a pedra, que lhe vai receber o espírito, transfigura-se.

Ele que é uma pomba, converte-se num tigre, quando é preciso acometer.

Só conhece para a imprensa, para o jornalista, uma responsabilidade que não deve ser arrostada: a de não dizer a verdade.

– Se tu fosses deportado, o que farias?

– A História do Brasil ilustrada, – respondeu tranquilamente. Não desanima; não hesita; não gradua o seu fervor. Uma vez na luta, só conhece dois deveres: vencer ou morrer.

Ângelo não é só um propagandista, é um apóstolo. Não defende só, ama realmente os negros. Comove-se diante dos seus sofrimentos, indigna-se como um irmão, como um pai, quando os vê maltratados.

O Brasil deve-lhe tanto que só poderia remunerá-lo em parte, se o seu parlamento decretasse a nacionalização de Ângelo, como o testemunho da gratidão nacional. O presente já o estima; o futuro há de adorá-lo. Tenho orgulho em abraçá-lo como ao irmão mais velho.

7 abr. 1888

Abolicionistas no seu posto

Está ganha a primeira batalha abolicionista em favor dos escravizados. O sr. Ferreira Viana saiu das urnas coroado pela mais gloriosa manifestação de uniformidade de vistas da opinião com o programa do Gabinete 10 de Março.

O eleitorado declarou-se francamente abolicionista. A votação, recaindo nos nomes do ministro da Justiça e de Quintino Bocaiúva, deu ao pleito o caráter de uma aclamação à santa causa dos cativos.

A maioria extraordinária obtida pelo sr. Ferreira Viana quer simplesmente dizer que o povo quer já ver feita lei a aspiração que mais o preocupa neste momento.

O Partido Republicano, apresentando a candidatura de Quintino Bocaiúva, quis somente dizer que ele, atualmente abolicionista também, não se julgava, entretanto, obrigado à trégua partidária, que o Partido Liberal e abolicionistas de todos os matizes entenderam necessária.

Travado, porém, o pleito, o Partido Republicano limitou-se a dar mais uma vez a Quintino Bocaiúva testemunho de sua estima e deixou a eleição correr serenamente no álveo abolicionista.

Dir-se-ia que todo o eleitorado havia lido o Abolicionismo do sr. Joaquim Nabuco e cada partido praticava a lição haurida nas páginas do livro do ilustre doutrinador.

São de S.Ex.ª as seguintes reflexões:

"É com efeito difícil hoje a um liberal ou conservador, convencido dos princípios cardeais do desenvolvimento social moderno e do direito inato – no estado de civilização – de cada homem à sua liberdade pessoal, e deve sê-lo muito mais para um republicano, fazer parte homogênea de organizações em cujo credo a mesma natureza humana pode servir para base da democracia e da escravidão, conferir a um indivíduo, ao mesmo tempo, o direito de tomar parte no Governo do país e o de manter outros indivíduos, porque os comprou ou os herdou – em abjecta subserviência forçada durante toda a vida."

Segundo o sr. Joaquim Nabuco e a boa razão, nenhum homem político, de orientação moderna, pode ater-se dentro de tais organizações.

O republicano, porém, ainda tem mais um dever, que o escritor lhe aponta, quando lhe define o que seja o abolicionismo, nestes termos:

A campanha abolicionista

"O Abolicionismo num país de escravos é para o Republicano de razão a República oportunista, a que pede o que pode conseguir e o que mais precisa e não se esteriliza a querer antecipar uma ordem de coisas da qual o país só pode tirar benefícios reais quando nele não houver mais senhores."

Em seguida S.Ex.ª acrescenta:

"Todos os três partidos baseiam as suas aspirações políticas sobre um estado social, cujo nivelamento não os afeta; o abolicionismo, pelo contrário, começa pelo princípio, e, antes de discutir qual o melhor modo para um povo livre de governar-se a si mesmo – é essa a questão que divide os outros – trata de tornar esse povo – livre, aterrando o imenso abismo, que separa as duas castas sociais em que ele se extrema.

"Nesse sentido o abolicionismo deverá ser a escola primária de todos os partidos, o alfabeto da nossa política, mas não o é; por um curioso anacronismo houve um Partido Republicano muito antes de existir uma opinião abolicionista, e daí a principal razão por que essa política é uma Babel, na qual ninguém se entende."

Esmiuçando bem o que devia ser o abolicionismo entre os partidos existentes, S.Ex.ª entrou em indagações para saber se seria ou não provável a organização de um partido abolicionista no Brasil, como aconteceu nos Estados Unidos, e chegou a esta conclusão:

"É natural que isto aconteça no Brasil; mas é possível também que – em vez de fundir-se num só partido por causa de grandes divergências internas entre liberais, conservadores e republicanos – o abolicionismo venha a trabalhar os três partidos de forma a cindi-los sempre que seja preciso – como foi em 1871 para a passagem da Lei Rio Branco – reunir os elementos progressistas de cada um numa cooperação desinteressada e transitória, numa aliança política limitada a certo fim; ou que venha mesmo a decompor e reconstituir diversamente os partidos existentes, sem todavia formar um partido único e homogêneo."

Durante o pleito eleitoral praticaram religiosamente essas previsões do sr. Joaquim Nabuco todos aqueles que votaram no sr. Ferreira Viana.

O eleitorado compreendeu que a divisa era abolicionista sem partido e daí muito naturalmente considerar-se um erro político desviar votos do candidato que podia como Governo realizar na lei a aspiração nacional.

Considerou-se, como nós também consideramos, indébita a intervenção da política abstrata nesta hora em que o Governo se apresentava às urnas para robustecer-se com a opinião para decretar o primeiro direito do homem – a sua liberdade pessoal.

Entendeu-se e muito bem que nenhum homem, por maior que ele seja, por mais títulos que ele tenha à gratidão nacional, tem o direito de adiar por um minuto a hora da liberdade pessoal de seu semelhante.

O candidato republicano, bem o sabemos, não tinha esse propósito; mas, concorrendo às urnas para disputar a prioridade da forma de Governo, se vencesse, teria obrigado o Governo a tratar concomitantemente de acautelar a liberdade dos cativos dos assaltos dos senhores e o trono, do ataque dos seus adversários intransigentes.

Ora, se é legítimo que o republicano anteponha a forma de Governo à libertação de seus concidadãos escravizados, é também natural que o monarquista o faça, e, por consequência, o esquecimento do abolicionismo da parte do primeiro era igualmente natural da parte do segundo.

Na organização do pleito eleitoral a cooperação da Confederação Abolicionista foi, admitidos os princípios do sr. Joaquim Nabuco, a mais lógica e patriótica.

São imprudentes, insensatas mesmo, todas as reflexões em contrário.

A Confederação Abolicionista entendeu que o momento não era nem do Partido Conservador, nem do Partido Liberal, nem do Partido Republicano; era dos escravos; e, cumprindo o seu dever, esforçou-se por afastar das urnas toda a ideia que pudesse perturbar o triunfo claro, e praticamente provado, do abolicionismo.

Apresentado em nome da República o sr. Quintino Bocaiúva, a Confederação não podia sufragar-lhe a candidatura sem atraiçoar compromissos anteriores com abolicionistas que são sinceramente monarquistas.

Um destes é o sr. Joaquim Nabuco, o nome mais prestigioso do abolicionismo, dentro e fora do país, onde S.Ex.ª o tem ido levar para ser coroado pelos aplausos do mundo civilizado, que vê em S.Ex.ª a encarnação do abolicionismo no Brasil.

A Confederação Abolicionista, essa mesma corporação gloriosa que várias vezes se encontrou abandonada, pelos homens políticos, em risco de vida na praça pública; essa corporação que, sem imunidades parlamentares e respondendo por si e por todos, os presentes, como os ausentes; os soldados da linha negra, como os diplomatas que iam buscar lá fora a aliança moral da civilização e da religião para a nossa santa causa – viu-se atacada com a mesma ferocidade pelo arbítrio sanguinário de liberais e conservadores, e nunca hesitou em dizer a verdade e arrostar os ódios de uns e de outros, lamentou sinceramente não poder cooperar para a vitória de Quintino Bocaiúva, que ela conta no número dos seus beneméritos.

Mas antes de tudo, era preciso salvar os princípios e por isso os abolicionistas sacrificaram o coração.

Não nega a Confederação Abolicionista que o imortal jornalista republicano foi, desde o dia em que se dedicou à propaganda em favor dos cativos, um batalhador que nunca descansou, que nunca escolheu campo de combate, nem posto no exército beligerante. Tanto lhe fazia pegar da arma para entrar na fileira, como dar plano entre os generais. Era tão grande no quartel-general, como na linha de atiradores. Não se lhe conhecia o valor pelas dragonas, mas pela intrepidez.

A campanha abolicionista

Entretanto, a Confederação viu-se forçada a não preferi-lo nas urnas ao ministro da Justiça.

Por esquecimento dos seus grandes serviços? Não; por coerência com os seus princípios.

O pensamento da Confederação foi homologado pelo eleitorado. Nas guerras em que entram aliados, é fato vulgar ver revezarem-se nas funções de generalíssimo generais das diversas nacionalidades aliadas. Dá-se o mesmo no abolicionismo, que é um exército formado pela tríplice aliança de republicanos, conservadores e liberais.

Assim como os exércitos se não desnacionalizam por servirem debaixo de ordens de generalíssimo estrangeiro, a Confederação Abolicionista não se descaracteriza por servir a este ou àquele partido na luta da abolição.

Considerá-la bagagem conservadora ou liberal, por servir ao sr. Dantas ou ao sr. João Alfredo, é de duas uma: não ter pela dignidade alheia o respeito que se quer impor pela própria; ou, por egoísmo condenável, querer Deus para si e o diabo para o próximo.

O pleito provou que a Confederação não quer divisões odientas na irmandade abolicionista. Ela não admite irmãos que fiquem com o patrimônio de outro por um prato de lentilha. Divide igualmente o seu carinho. Tanto para os liberais, tanto para os conservadores, tanto para os republicanos.

Mãe carinhosa, dessas que dividem o amor como a luz a sua claridade, ela não faz testamento deixando a terça a um dos filhos com prejuízo dos outros.

Por isso mesmo ela contribuiu para a eleição do sr. Ferreira Viana, em nome dos conservadores que com ela trabalharam, como outrora contribuiu para a eleição do sr. Bezerra de Meneses, em nome dos liberais que pertenciam ao seu grêmio, sufragando em ambos os candidatos as suas ideias.

Congratulemo-nos, pois, todos os abolicionistas pela transformação que o abolicionismo operou no caráter nacional. Os preconceitos de partidos e de posições extinguiram-se. Não se olha mais a homens, porém a ideias. A pátria vale mais que os partidos.

Reproduziu-se na corte o mesmo que se deu no 5º distrito de Pernambuco, há dois anos.

Um candidato liberal, forte no seu distrito, tendo ali prestado serviços imediatos, serviços de todos os dias e de todas as horas, abriu mão do seu lugar, adiou o seu direito a uma cadeira no parlamento, porque entendeu que o sr. Joaquim Nabuco prestaria na Câmara serviços muito mais relevantes.

Os abolicionistas da corte tiveram abnegação igual a desse ilustre pernambucano, que elegeu o sr. Joaquim Nabuco. Sacrificaram a candidatura de Quintino Bocaiúva à do sr. Ferreira Viana, porque parlamentarmente o ministro da Justiça prestará mais serviços do que o deputado republicano prestaria, apesar de todo o seu talento e de todo o seu prestígio.

23 abr. 1888

Estamos em plena aurora.

Dentro em três dias vai começar a História Moderna do Brasil e fechar--se a triste história dos tempos bárbaros da nossa terra.

Não é possível imaginar de um lance de pensamento o que será todo esse iluminado futuro, não obstante o presente fornecer-nos o esboço do que ele será nos largos traços dos acontecimentos, que nos surpreendem.

O que está por trás do dia 3 de maio não cabe na previsão dos políticos, e não é demasiado otimismo profetizar que a nossa evolução nacional será feita com a mesma rapidez da dos Estados Unidos.

As estrelas do Sul dentro em um quarto de século não invejarão o fulgor da constelação do Norte.

Já podemos acentuar orgulhosamente um contraste.

A maior revolução social de nossa terra está sendo feita entre bênçãos e flores. Nada mais extraordinário: bastaram o atrito da imprensa e o calor da palavra para limar e fundir os grilhões de três séculos de cativeiro.

A alma nacional mostrou-se preparada, em todas as camadas sociais, para praticar e receber a liberdade.

Em nenhuma história do mundo se encontram páginas como as que se têm escrito ultimamente em nossa terra. A esses fazendeiros pródigos, que atiram pela janela fora a carne tarifada de seus cativos, carne que era a sua fortuna legal, porque era gênero de valor no mercado da desumanidade antiga e da afronta à moral e à civilização; a esses fazendeiros, que precedem a lei para afirmar que nunca, em nossa pátria, o interesse se colocará diante da Justiça, a rebeldia diante da razão, correspondem os libertos que, tendo parecido acumular ódios de três séculos, demonstram que nunca souberam senão sofrer resignados, que não viram, no seu martírio, um crime de opressores, mas uma tremenda e inexplicável fatalidade; os libertos que devendo ter aprendido na escravidão a anarquia, provam ao contrário que lá mesmo conservaram intactos o patriotismo e o amor da ordem, e saem do cativeiro para cooperar na obra do bem-estar geral, tanto que se iniciam na vida cedendo em favor da produção uma parte dos direitos da sua liberdade: – o salário.

Os poucos que, sinceramente, se arreceiam de que os primeiros fenômenos resultantes da revolução social, que se está operando, sejam perturbações da ordem, abandono do trabalho, desassombrem os espíritos.

A campanha abolicionista

Há de reproduzir-se em todo o Brasil o que se deu no Ceará. Em vez de guerra fratricida, paz patriarcal; em vez da estagnação da produção, aumento de riqueza e progresso.

As epopeias de Itu e de Friburgo aí estão.

Esses negros que atravessam povoações com a cabeça baixa, depois de um combate em que haviam revelado a coragem dos companheiros de Leônidas; e apesar de famintos, maltrapilhos e sangrando feridas do tiroteio e da luta corpo a corpo, conduzindo crianças extenuadas, não atacam a população aterrorizada, não abusam da sua força nem para satisfazer às mais urgentes necessidades da vida; esses outros negros que respondem aos senhores no dia da libertação: descansai quanto à organização da vossa nova existência industrial – nós não queremos salário nos primeiros tempos: esses negros falam por uma raça, são os endossantes da letra de amor à ordem e à probidade, que eles pretendem descontar no regime da liberdade e da igualdade nacional.

O que há de mais admirável na nova fase de nossa vida de povo civilizado é a uniformidade de pensamento, desde o Governo até ao último liberto.

O Ministério restaura a segurança pública em todas as manifestações.

O presidente do Conselho garante a fortuna do país, esforçando-se para restituir à moeda, representação do trabalho, o seu valor exato na cotação universal. Bate-se, como um duelista tão inimigo de luta, como terrível no combate, e, em menos de um mês de administração, derrota a horda dos especuladores do câmbio.

Este glorioso trabalho de valor inestimável é feito sem estrépito, com a modéstia do dever cumprido.

O empréstimo foi o mais solene desmentido ao escravismo, que nos dava como o único título de crédito europeu o sermos o último país, cuja fortuna se baseava no tráfico das almas, no roubo do trabalho.

O ministro da Fazenda provou que o país podia comparecer perante o mercado do ouro levando como valores a hipotecar a sabedoria de seu procedimento, resolvendo sem perturbação da ordem o mais temeroso dos problemas, e a certeza de que este país foi dotado pela natureza de tesouros que nem mil séculos de prodigalidade poderão gastar.

O ministro da Justiça garante a liberdade do cidadão com a letra cega da lei e com a lucidez humanitária do seu espírito. Quebra-lhe o punhal da vingança, para dar-lhe a balança das reparações e da correção.

Põe o código à cabeceira de cada cidadão, por mais humilde que ele seja; todos podem dormir tranquilos dentro de seus limites legais.

A autoridade perdeu a carranca de Medusa com que petrificava o Direito.

Ela não pode mais espalhar caprichosamente pânico e lágrimas, violências e calúnias.

E porque veio da imprensa, e porque veio da desilusão popular, esse ministro extraordinário, compreendendo que para pregar a boa nova da regeneração governamental é preciso, como Jesus, frequentar as multidões, dar vinho às suas bodas, distribuir com as próprias mãos pão e peixe aos famintos, parar junto das sepulturas para ressuscitar os mortos; esse ministro está em todas as festas para que é convidado, distribuindo o vinho generoso, o cordial de sua palavra, que é banho de nardo no corpo do mendigo, o agno do Cenáculo ao espírito das crianças.

O ministro da Guerra faz recolher a quartéis o Exército, que se viu obrigado a vir à praça pública reclamar como cidadão o que o seu patriotismo lhe impediu que exigisse como soldado: respeito pelo seu brio e pelo seu direito.

Certo de que está salvando a pátria e de que ela bem merece o sacrifício de conveniências efêmeras, o ministro enche a fé de ofício dos heróis com as repetidas provas de confiança do Governo; faz-se no poder o órgão da opinião, que cercou com o seu prestígio os perseguidos da véspera.

O que será este país amanhã, quando o que hoje surpreende for a norma do procedimento dos Governos e do povo? Quando, extinta a recordação do cativeiro, cada cidadão entender que ele é tanto maior, quanto mais respeitar, no direito de outrem, o seu direito e o direito de todos?

Temos o olhar alongado sobre esse amanhã que vem rápido, vertiginosamente, e que, entretanto, afigura-se, à nossa ansiedade, lento como o desdobrar de um século.

Bate-nos novamente o coração, perguntando-nos ao pensamento se é com efeito verdade que, dentro em poucos dias, uma senhora vai comparecer perante a assembleia de um povo, não para impor, mas para pedir e conquistar, como a tímida Ester, piedade para os milhares de desgraçados, os filhos de uma raça que foi degradada por haver contribuído tanto como qualquer outra para a grandeza de sua pátria.

Sabemos que a promessa de homens de bem é a antecipação da realidade e, entretanto, temos ainda essa incredulidade fugitiva que nos provoca o bem muito maior do que esperávamos.

E por isso mesmo, perdoamos aos que não acreditam de todo, aos que julgam que amanhã havemos de chorar de despeito.

Não há negá-lo: a corrupção havia minado tanto o país, que é quase impossível acreditar que se conservasse intacta uma porção do caráter completamente refratário ao contágio.

Demais, é melhor não esperar muito, para morrer de alegria recebendo tudo.

30 abr. 1888

A campanha abolicionista

Temos, desde muito, opinião externada a respeito do sr. barão de Cotegipe. Consideramo-lo um velho demagogo, que se dissimula em conservador, para poder conspirar à sombra do Senado e com a garantia do subsídio que lhe facilita os meios de almoçar, jantar e cear.

O seu Ministério confirmou o nosso juízo.

Estão na memória pública as aventuras a que S.Ex.ª arrastou a Coroa, durante os malsinados dois anos e meio de sua administração. Depois de haver atirado o Império de encontro às baionetas do Exército, lançou-o na torrente do êxodo de São Paulo, que por bem pouco deixou de afogá-lo numa inundação de sangue. Pela falta de lealdade no cumprimento das leis, pelo desrespeito acintoso do parlamento, pelo ataque aos mais incontestáveis direitos políticos dos cidadãos, S.Ex.ª levantou contra as instituições a indignação geral do povo. Finalmente, S.Ex.ª trouxe um dia o trono para a praça pública e expô-lo aos golpes das machadinhas da marinhagem.

Quando o historiador tiver de julgar esse Gabinete de 20 de Agosto, há de ficar admirado do estado a que chegamos, de decomposição parlamentar e de abatimento do espírito público, pois só no último grau podiam tolerar a permanência dessa administração desastrada, que fomentava por todos os modos a revolução, em desproveito do povo e da Coroa.

É S.Ex.ª o mais perseverante dos demolidores do trono, porque serve-se, sempre que pode, da sua alta posição para desprestigiar o soberano.

Deixando o Ministério Caxias, S.Ex.ª levou ao Senado cartas que ele havia recebido em confiança daquele glorioso brasileiro e converteu-as em arma de ridículo contra o imperador.

Demitido agora de presidente do Conselho, procurou converter em libelo contra a regente o ato de energia e de patriotismo com que ela desinfetou a administração.

Não o fez, porém, de fronte erguida, como adversário leal; procurou pela manha, pela astúcia, disfarçar em perigo iminente do sistema representativo o merecido castigo que lhe foi infligido.

A sua declaração de guerra ao atual Ministério foi mais uma demonstração da fé púnica, essência de seu espírito.

Depois de haver combinado, como o revelou o sr. João Alfredo, em quais seriam as explicações e informações a dar ao Gabinete, o sr. barão de Cotegipe quis fazer crer ao parlamento e ao país que a regente se acovardara diante da demissão do Gabinete 20 de Agosto e obrigara o Ministério 10 de Março a iniciar o seu Governo por uma inverdade, destinada a embair o parlamento.

Recordam-se todos das palavras do velho lobo parlamentar, vestido de pastor, à última hora, para guardar o rebanho constitucional.

Para alarmar o espírito público, o ex-presidente do Conselho aludiu a uma famosa carta, pela qual a regente se despedia da Constituição, desconhecendo a missão dos seus ministros, e tomava como inspiradoras fontes turvas de informações.

O fim do S.Ex.ª era fazer crer que o Ministério passado caíra simplesmente por uma conspiração de camarilha de palácio, quando toda a gente via na aba da farda de S.Ex.ª a pegada do pontapé dos marujos.

A armadilha de maio não produziu o efeito esperado.

O povo, longe de convencer-se de que a regente havia exorbitado, demitindo o Ministério, aplaudiu a soberana que, exercendo uma das funções majestáticas, assumiu a responsabilidade de colocar a vontade da nação no nível constitucional de que o interesse oligoplutocrático a havia desviado.

Não tendo conseguido, como pretendia, despir a regência em público, S.Ex.ª recorre agora à indenização, como meio de agitar ainda mais o mar de lama do escravismo.

O sr. barão de Cotegipe é um velho cético.

Para ele, só existe no mundo o interesse: *primo vivere, deinde philosophare* (sic). Por isso, S.Ex.ª nunca procurou falar à alma dos seus sequazes; fala-lhes sempre ao estômago e à bolsa. Em vez de apresentar ideias, ele sacode moedas na mão.

Foi fazendo tilintar a tarifa Saraiva que ele conseguiu ser governo e manter-se no poder. O seu Ministério foi a porcentagem dada pelo concorrente à feira de gado humano a preço fixo.

Não há ninguém que tenha procurado tornar mais clara esta proposição: a Monarquia brasileira, nos moldes do Segundo Reinado, só foi movida pelos interesses da escravidão.

Para deslustrar o terceiro reinado, que se anuncia tendo por molde o respeito da opinião, S.Ex.ª quer dar-lhe por base a indenização, que o privará dessa auréola redentora, sua maior força.

Pouco se importa o sr. barão de Cotegipe com suas contradições. Ontem, S.Ex.ª dizia no Governo à regente: não ceder ao abolicionismo porque ele é revolução; hoje, quando o escravismo se revoluciona, francamente, audaciosamente, apesar da sua impotência, filha da sua impopularidade, o sr. barão de Cotegipe empunhou a bandeira revolucionária da indenização e quer plantá-la no Senado.

S.Ex.ª diz que está convencido de que a propriedade escrava é tão sagrada como a que mais o seja; S.Ex.ª, o mesmo chefe de polícia de Gonçalves Martins, um dos maiores sabedores dos mistérios do tráfico, e por consequência da legalidade da atual propriedade escrava no Brasil. Já o nosso ilustrado colega da Gazeta de Notícias assoprou o castelo de cartas da indenização e por isso não nos ocupamos em rebater os fundamentos falsos dessa exigência revolucionária.

O nosso fim é outro: deixar demonstrado que o sr. barão de Cotegipe tem apenas em vista, como demagogo, perturbar o início do terceiro reinado, em nome da escravidão.

A campanha abolicionista

Os do conselho negro espalham que têm votos para derrubar o Ministério, ou melhor, para pôr em prova a confiança da Coroa.

É fácil de compreender o que está no fundo desse plano. O que o escravismo pretende é apoderar-se de novo do Governo, provocando uma consulta às urnas neste momento em que os ex-proprietários de escravos põem a consciência em leilão, oferecendo votos e apoio a quem mais der.

Para o sr. barão de Cotegipe tudo serve. Se ele consegue arranjar maioria para a indenização, há de acontecer uma de duas: ou o Ministério retira-se, e neste caso a indenização atirará com os abolicionistas para o campo revolucionário; ou a Coroa dissolve a Câmara, e as novas eleições dão à nova assembleia a agitação revolucionária, que o escravagismo por todos os meios provoca para vingar-se da heroicidade da princesa, que fulminou a pirataria.

O sr. barão de Cotegipe não pensa na pátria; pouco tem ele com ela. Já o provou quando empregou todas as suas forças para criar uma ditadura militar, repelida em boa hora pelo bom senso e patriotismo do nosso Exército.

Chefe dessa oposição encapotada, que não mostra a cara com medo da gargalhada popular que há de enfarinhar-lhe as jogralices perversas, como já o fez ao sr. Coelho Rodrigues, quer o sr. barão de Cotegipe armar-se com o cadáver da escravidão, em falta de outra arma para a batalha.

É muito difícil, fora do campo da instituição negra, atacar o Gabinete que se propõe a realizar todas as reformas urgentes.

O Senado ouviu surpreendido o discurso pronunciado pelo sr. presidente do Conselho.

O contraste com o Governo da chocarrice, da chalaça de cocheiro, da truanice do palhaço, foi tamanho, que a própria oposição liberal emudeceu.

O sr. João Alfredo desdobrou-se em toda a extensão do seu grande espírito e do seu vasto saber, e com essa serenidade olímpica, essa altivez aborígine, que são os distintivos da pureza do seu patriotismo e da inflexibilidade de seu caráter, sem afagar condescendências, comprometeu-se a inaugurar essa política larga, científica, única bastante fecunda para alvear a evolução democrática de nossa pátria.

O país ficou sabendo que tem na direção de seus destinos um homem do talho de Gambetta, capaz de acelerar uma revolução, apesar de todos os riscos, e de aproveitar-lhe as consequências com inteira sabedoria.

O presidente do Conselho não acenou com uma vã miragem à popularidade para subir ao poder. Não, ele só aceitou o Governo porque em longos anos de trabalho e de meditação formou a consciência de sua idoneidade para dirigir a política nacional.

No seu discurso, a democracia fica de pé, à vontade, destacada e iluminada em todos os seus contornos, como o Moisés de Miguel Ângelo dentro do Vaticano.

Os períodos ressumam a probidade política do orador, a honradez indígena do seu patriotismo.

O sr. João Alfredo não quer ser ministro dos seus amigos, mas ministro de um povo, que tem todas as qualidades e todos os dotes para ser grande e só por falta de um braço forte, que desbarate a oligarquia, desceu ao ignominioso papel de mercador de escravos e mendigo de empregos públicos.

O escravismo perdeu a esperança desde que viu no Governo, secundado por homens de valor extraordinário, o glorioso brasileiro.

Não teve coragem de dar-lhe batalha de frente, por isso mesmo tergiversa.

Os srs. Paulino de Sousa e Cotegipe, sem talentos, sem serviços que não sejam os da escravidão, vêem ameaçados o prestígio e o pão da parentela e dos compadres.

A escravidão era a sua única força e a sua única renda política. Era por ela que S.Ex.ᵃˢ recolhiam nas sinecuras e pepineiras os rábulas de aldeia, os fazendeiros quebrados.

O sr. João Alfredo tira-lhes a mamadeira da boca improvisadamente e adeus leite, adeus franga e adeus ovos!

Confessemos que é uma dos diabos.

O que hão de fazer os homens senão ver se arraigam na consciência dos ex-proprietários a ideia de que se há de dar com a lei de 13 de maio o mesmo que se deu com a de 7 de novembro de 1831.

Olhem, vocês podem ter uma república ou um governo bem agitado, que, assoberbado pelas dificuldades, não lance os olhos para o tráfico de ingênuos, para o regime do calote, máscara do antigo trabalho sem salário, para os assassinatos e espancamentos de trabalhadores.

Eis o fim dos indenizadores.

Os primeiros que se julgam com direito à indenização são chefes de grei, porque os pobres diabos não valem dez réis de mel coado sem o Tesouro.

O negócio das fazendas de saúva e samambaia gorou; o presente de casas, feito pelo Estado, aos amigos do sr. conselheiro foi também um dia.

Que diabo! É preciso apanhar uma lambugem e a melhor é a república de tenentes-coronéis e barões, república que já nasce confiscada pelos indenizadores; república que é uma nova fazenda, cujo primeiro título é a dívida antes da fundação.

Ah! tartufos! como a história os há de amaldiçoar.

11 jun. 1888

Os manifestos encheram a semana. Os jornais publicaram o manifesto Saldanha, o manifesto S. Paulo, o manifesto Werneck, o manifesto Paulino.

A campanha abolicionista

Nada mais curioso do que o estudo dessas diversas manifestações patológicas da ambição pessoal e do despeito o mais vulgar.

Todos esses manifestos tomam como ponto de partida a abolição da escravidão, o que quer dizer que a Monarquia podia dormir tranquila a esta hora, se, em vez de haver obedecido ao reclamo nacional e humano, integrando a nacionalidade brasileira, se houvesse limitado a declarar como outrora os novos evangelistas da nossa liberdade política que ela aspirava ver extinta a instituição degradante.

Não é felizmente difícil a qualquer espírito descobrir a causa da súbita efervescência republicana, que nós comparamos à que se dá numa solução ácida quando se lhe lança um pouco de sal básico. A tempestade de copo d'água dá-se até que a saturação seja completa.

O esclavismo, o Proteu que toma todas as formas, desde a republicana até a de assassino vulgar; que maneja tão facilmente Spencer como o punhal do Rio do Peixe, não contava com o dia 13 de maio. Ele acreditava que, simulando generosidade para com os escravizados, por um lado evitaria o êxodo dos deserdados da lei, por outro lado cegaria o Governo ao ponto de fazê-lo crer que o melhor meio de resolver o problema era entregá-lo a essa generosidade, em que tanto falavam os srs. Martinho Campos, Paulino e Andrade Figueira.

O Governo, porém, entendeu e muito bem que o seu primeiro dever era sistematizar as aspirações nacionais, convertendo-as em leis, para que a dispersão natural dos interesses de indivíduos ou de castas não perturbasse a harmonia necessária às transformações sociais.

Não aqui, nos estreitos limites de uma resenha semanal, mas largamente, tomando de alto o assunto, discutiremos esses manifestos, cada qual mais digno de uma desinfecção demorada de lógica e bom senso.

Há no Guarani, de José de Alencar, um quadro que extasia a quantos o leem: é a descida de Peri ao fundo de um algar, para apanhar uma joia que a preferida de sua alma lá deixou cair.

O selvagem sabe que lá embaixo, sob o trançado da vegetação bravia, na noite e na umidade daquele bojo sem sol, vivem legiões e legiões de seres venenosos, agentes fatais da morte. O menor descuido, e o dente de um urutu ou de uma sucuruinha lhe vazará nas veias a peçonha mortífera.

Nem por ser terrífico o cometimento, Peri deixa de empreendê-lo e, empunhando um facho e imitando o canto da açanã, lá se entranha pelo abismo.

Temos de fazer viagem igual, por amor de nossa pátria, vestindo os nossos lábios com o cântico íntimo da Justiça e da fraternidade, e tendo nas mãos o archote da verdade.

Por hoje, porém, basta-nos acender nas bordas do abismo neorrepublicano a carta do sr. Paulino de Sousa.

Dissemo-lo desde o dia em que observamos com mais atenção o espírito desse homem, que, por seu nome, se tornou o exegeta do Sul: o sr. Paulino de Sousa não tem nenhuma qualidade de estadista.

Dia a dia, historiando a direção que ele dava ao seu partido, acumulávamos provas probantes da nossa asseveração.

É sabido que, mesmo depois do êxodo de S. Paulo, quando já havia a petição patriótica do Exército, que em nome do seu brio e da sua missão civilizadora reclamava contra os destacamentos para o desempenho das funções de capitão do mato; quando já pesava sobre o ministério a intimação Prado-João Alfredo para que em maio deste ano viesse ao parlamento, para ser definitivamente resolvido, o problema servil; o sr. Paulino de Sousa ainda garantia aos seus clientes fluminenses a permanência da escravidão por mais três anos.

O plano de S.Ex.ª foi revelado pelo sr. barão de Cotegipe, quando não pôde negar que Sua Alteza, a Regente, mais de uma vez, chamara a sua atenção para a questão negra.

O sr. Paulino de Sousa contava com a dissolução, o mais lógico dos adiamentos imagináveis, ou pelo sr. barão de Cotegipe mesmo ou pelo sr. Lafaiete, a quem estava destinada a sucessão. Daí vinha a certeza com que dava de leve fiança à escravidão por três anos.

O golpe patriótico de 10 de março, pela qual a regência emancipou-se do cativeiro, a que havia sido reduzida pela coligação escravista, desnorteou completamente o sr. Paulino de Sousa, que não é homem para dar batalhas fora do Governo.

A sua carta é um nariz de cera, é a confissão pública do seu atordoamento. Faz-nos lembrar o Nero de Giacometti, poltrão, desvairado, protegido apenas por alguns libertos, a sentir o tropel da cavalaria de Galba, sem saber se há de render-se ou suicidar-se.

Por um lado, o sr. Paulino de Sousa diz à Regência: conte comigo; só eu posso reorganizar a Monarquia desmantelada pelo Gabinete João Alfredo; por outro lado, S.Ex.ª diz aos seus eleitores: ameaçai por mim a Regência, tornai-me necessário, ou para a Monarquia, ou para a República.

É um conjunto de contradições tão extraordinário que é difícil saber por onde começar a desfiá-las.

O sr. Paulino de Sousa contentava-se com tudo, depois de haver recusado tudo.

Queria que o Governo respeitasse, como um dogma, a propriedade escrava, e ao mesmo tempo contentava-se com a decretação de medidas ilusórias.

Por um lado, S.Ex.ª confessa-se monarquista; vê na Monarquia constitucional a forma para assegurar a integridade do Império; reconhece no imperador um grande servidor do bem público; por outro lado, S.Ex.ª quer experimentar a anarquia, proveniente da confusão dos partidos, saborear os frutos da indisciplina nos domínios do desconhecido.

A campanha abolicionista

Não sabe S.Ex.ª o que há de aconselhar: se a resignação das vítimas do atropelo revolucionário de 13 de maio, se o desforço contra aqueles que o espoliaram. O que aconselha, em resumo, o sr. Paulino de Sousa? Nada e tudo. Acha que a indenização é um ato de probidade pública e aconselha aos fazendeiros que a reclamem com pertinácia.

Resisti – é a senha do sr. Paulino de Sousa. "Se os lavradores, em vez de unirem-se, diz S.Ex.ª, com decisão e coragem, fizerem ainda nas localidades esse jogo estreito e ridículo, em que o látego fornecido pela autoridade anda de umas para outras mãos, sendo cada um por seu turno flagelado; se se deixarem levar pelas graças e postos, com que nos momentos de angústias lhes acena o Governo, continuarão a ser ludibriados nos seus direitos e não lhes direi senão que terão merecido a sorte que lhes determinarem. Não há hoje quem duvide que cada povo é governado como merece."

S.Ex.ª proclama, pois, o divórcio necessário do seu eleitorado para com as instituições, que difama, dando-lhes apenas o caráter de essencialmente corruptoras, visto como só em momentos de angústia distribuem graças e posta.

E entretanto esse mesmo homem ainda fica no isolamento, ao ver, de um lado, a província que o fez o que é, roubada na sua propriedade, e de outro lado, exposta à corrupção do Governo.

É pusilanimidade ou incapacidade? É um homem de Estado este Mac-Mahon de terreiro, que espia através da República a volta ao esclavagismo?

Entretanto, confessemos que essa carta, dentro da qual se cria a ratazana da indenização, tem um merecimento.

Através da sua despreocupação hipócrita, deixa ver bem qual o fim dos reformadores.

O sr. Paulino de Sousa, como todos os seus apaniguados, guardara até a última hora a esperança de ver continuado o esclavagismo.

S.Ex.ª pensava que o sr. João Alfredo tinha a alma daquele ministro de Estrangeiros, que se chamava também Paulino de Sousa, e que, afrontando a verdade friamente, declarava na Câmara que não entravam mais negros novos no país, quando defendia ao mesmo tempo a pirataria, como desafronta da honra nacional contra os vexames do cruzeiro inglês.

O sr. Paulino de Sousa pensava que o sr. João Alfredo se prestaria, como S.Ex.ª, a manter as tradições do visconde de Uruguai, o mais desabusado defensor da pirataria.

De feito, a tradição com relação à escravidão.

Aboliu-se o tráfico em 1831, os ministros continuaram a ser os protetores dos traficantes e muitos deles seus associados, de modo que vários pobretões se converteram em milionários.

O tráfico se fez ainda durante 25 anos, acabando somente no desembarque de Serinhaém.

Proibiu-se a escravidão dos nascituros e os ingênuos ainda aí estão escravizados, sob a forma imoral e infame da tutela, e nesta exploração miserável entram homens de Estado.

Fez-se mais: apesar de marcado prazo fatal para a matrícula da lei de 1871, ainda em 1878 houve ministro que mandasse abrir matrícula na Comarca de Palmeiras, se não nos falha a memória.

O sr. Paulino de Sousa e seus sequazes viram, porém, que o Ministério não está deliberado a condescender com o esclavagismo, e que não lhe permitirá continuar sob outra forma qualquer a escravidão. Daí a ira.

O que a carta do sr. Paulino de Sousa nos diz é que S.Ex.ª está pronto com os seus amigos a servir ao Governo que lhes prometer sociedade com os cofres públicos.

Este pedido de indenização, de auxílios à lavoura, de bancos de emissão, essa lenga-lenga do venha a nós dos cofres públicos, demonstra o que sempre dizemos: que a escravidão havia convertido o Governo brasileiro no socialismo o mais baixo e torpe, porque se resumia no roubo do país inteiro em benefício de uma classe: a lavoura.

Indenização dos herdeiros dos ladrões que piratearam a alma humana e a honra da pátria durante 25 anos!

Auxílios à lavoura, a essa lavoura do absenteísmo, a essa lavoura da jogatina, do luxo, da imprevidência, da oligarquia, a essa lavoura que produziu como estadista o sr. Paulino; como instituições livres a escravidão, o parlamento do sim e não, o júri dos assassinos do Rio do Peixe; como indústria o funcionalismo; como finanças o deficit; como economia nacional a hipoteca e o exclusivismo do comércio estrangeiro!

Bancos de emissão, mas com que banqueiros? Com esses agiotas que mal sabem ler e escrever; como essa classe de judeus, que reduziu o crédito a uma camarilha, que vive a acobertar falências criminosas e a perseguir o trabalho honesto; que divide a honra em nacionalidades? Bancos de emissão nas mãos de quem? Desses que ainda ontem pediam ao Estado garantia de juros para o crédito real, tendo por base o escravo; para esses que emprestaram dinheiro à lavoura, a título de beneficiá-la, levando-lhe os olhos da cara?

Se pudéssemos dar conselhos ao Governo, dir-lhe-íamos simplesmente: O Ministério que fez a lei de 13 de maio e a princesa que a sancionou devem à pátria a energia a mais decidida e a decisão a mais completa.

É necessário não ouvir a grita que parte do lado dos vencidos.

Os clubes neorrepublicanos são os mesmos clubes de lavoura da escravidão. O tom, a ameaça são os mesmos.

Só há dois meios para acomodá-los: ou fazer como o imperador em 1885, entregar-lhes de uma vez o Governo; ou então fazer uma larga política

A campanha abolicionista

popular e com o punho de Luís XI esmagar esse feudalismo, que quer mascarar com a federação a coligação de suseranias ameaçadas pela abolição.

O Governo não deve perder a calma.

O povo, o verdadeiro povo, que não é composto nem de caloteiros de bancos, nem de comissários despeitados, nem de bacharéis vadios, que querem suprir a falta de clientes pelo subsídio; o povo que vê nas mãos da maioria desses republicanos das dúzias o calo do chiquerador de eito; o povo está pronto a apoiar, a sustentar o atual estado de coisas.

Que o Governo o faça votar; dê-lhes meios de resistir à oligarquia que domina as urnas; essa oligarquia com que o sr. Paulino de Sousa conta para a experiência de indisciplina; essa oligarquia que ontem era conservadora de fazer inveja e hoje ameaça eleger republicanos.

Que promova desde já a desapropriação das terras à margem das estradas de ferro e dos rios navegáveis, e sistematize para aí a imigração; que faça rever os traçados de nossas estradas de ferro e lhes dê uma orientação econômica; que abra as portas à laicização completa e absoluta do país; finalmente entre numa política larga e prática e deixe vozear para aí a pirataria despeitada, que, não podendo mais explorar o negro, quer explorar o Tesouro.

18 jun. 1888

A oposição chegou à incandescência esta semana.

Abolicionistas e negreiros da Câmara dos Deputados ligaram-se para desfechar golpe mortal ao Ministério. Aproveitaram o momento em que o sr. presidente do Conselho comunicava ao parlamento que estava dando a última demão a um contrato de auxílio à lavoura por intermédio do Banco do Brasil, ao qual emprestaria, sem juros, seis mil contos de réis.

Os liberais, os mesmos liberais que procediam de tal modo, que o sr. Silveira Martins temia que eles merecessem o epíteto de câmara dos servis, entenderam que o procedimento do sr. Alfredo era uma punhalada no sistema representativo.

Foi o sr. Lourenço de Albuquerque, o mesmo a quem o sr. Martinho Campos chamava rabadilha ministerial, durante o Ministério Sinimbu, o incumbido de fazer a catilinária contra a perversão do sistema.

S.Ex.ª entende, como bom chefe do grupo Zé que o auxílio à lavoura é urgente, que o Ministério devia ter desde logo invocado o patriotismo da Câmara para que discutisse o projeto a respeito e, para demonstrar com que açodamento a oposição se prestaria a discutir o assunto importantíssimo, S.Ex.ª falou com os olhos no relógio para conseguir pela hora o adiamento da discussão.

Não era, porém, preciso que a oposição liberal recorresse a esse meio pouco engenhoso para demonstrar a sua sinceridade. A simples aliança com os mais ferrenhos negreiros da Câmara demonstrava por si só que a tática partidária afivelava a máscara do bem público. Esperava-se que o sr. Gomes de Castro arrastasse mais gente do que trouxe e, portanto, deixaram-se de lado os princípios para cuidar dos lugares.

Quanto aos soldados negros do sr. Paulino, os zulus parlamentares, é já sabido que o único fito de S.Ex.ª é guerrear o Ministério por todos os meios.

Estavam prontos a votar a indenização proposta pelo sr. Coelho Rodrigues e estão prontos a votar tudo, inclusive a venda da pátria para indenizarem-se e aos respectivos amigos. Votam, entretanto, contra o auxílio à lavoura.

O voto da oposição teve, porém, um grande merecimento: deixou a descoberto a capacidade, a inteireza e o patriotismo da oposição.

No debate do crédito real e agrícola, ela declarou ao Governo que não votava, porque sabia que o dinheiro do Estado ia ser desbaratado, visto como o lavrador não tem recursos para fazer face aos encargos contraídos pela hipoteca.

Presentemente, ela justifica o seu voto contra o acordo com o Banco do Brasil, dizendo que o auxílio chegou tarde e, portanto, já não aproveita. A lavoura já efetuou a colheita e está desafrontada.

Como se vê, a contradição é palpável. Se a lavoura pôde arrostar uma crise aguda e instantânea, como a de 13 de maio, sem lançar mão de outro recurso além do saldo de fortuna e crédito de que já dispunha; se os capitais bancários não se arrecearam de um naufrágio em plena tempestade, está claro que a lavoura pode honrar, na pior das hipóteses, os compromissos que contrai. Quer isto dizer que o Governo tem toda a razão quando diz que a sua garantia aos bancos de crédito real e agrícola é simplesmente nominal.

Ora, como facilitar o crédito ao devedor solvável não é senão fomentar a prosperidade social, segue-se que o Governo, garantindo o juro da letra hipotecária, longe de ameaçar o país com a bancarrota, por amor de uma classe, não vai senão aproveitar, em benefício da comunhão, a atividade e a experiência dessa classe.

Reconhecer, por um lado, que a lavoura tem recursos para bastar-se durante uma crise violenta e não lhe querer fornecer o crédito necessário ao seu desenvolvimento é um contrassenso econômico.

Povos da maior experiência na matéria iniciaram, como o projeto de crédito real e agrícola do Governo, o manejo deste poderoso instrumento de valorização da terra.

A Alemanha fez mediante ela a libertação do pequeno lavrador, desfeudalizou com o emprego do sistema a propriedade, que já lá chegou a

A campanha abolicionista

adquirir o duplo movimento de desagregação para condensar a população, de agregação, para lhes conservar o valor adquirido.

E é preciso notar que o Estado que prestou a sua garantia para libertar o pequeno proprietário é ainda o agente direto para impedir a desvalorização pelo fracionamento exagerado.

Propusesse-se o sr. João Alfredo a tentar em nosso país igual obra e ver-se-ia que os liberais mais extremados eram os mais encarniçados adversários.

O liberalismo quer proteger o pequeno lavrador; o escravismo, o grande; mas um e outro estão dispostos a protegê-lo entregando-o aos seus próprios recursos.

Até ontem, nós, os abolicionistas, dizíamos que a escravidão havia empobrecido de tal forma o país que ele não comportava nenhum progresso por falta de economias realizadas pelos particulares. Tornou-se popular a nossa frase: as ruas dos Beneditinos e Municipal são a cruz da lavoura.

Se é verdadeira esta proposição, como exigir que a lavoura marche desoprimida, inicie os aperfeiçoamentos agrícolas, substitua a rotina pela ciência, o trabalho braçal pouco inteligente pela máquina, condenando-a eternamente a carregar essa cruz que a exiciou por tanto tempo?

Onde há de ir a lavoura buscar crédito, senão nos intermediários ou comissários? Nos bancos? Quais são, excetuado o do Brasil, os bancos que se prestam a servir à lavoura mediante o juro que ela comporta? Em bancos especialmente fundados para este fim, responder-me-ão. Mas, neste caso, voltamos ao princípio. Se a lavoura pode pagar o serviço do capital, de que carece por si só, sem endosso do Estado, está claro que este é inteiramente nominal e, desde que a garantia pública limita os lucros do estabelecimento, ele terá o cuidado de a dispensar.

Deve a lavoura ficar adstrita ao estado atual? Para quê? Para viver ou para morrer.

Se ela pode viver com os juros atuais, como não poderá pagar os que decorrem do projeto do Governo? Se é para morrer, o que é que nos dão os oposicionistas em troca da fonte de produção de que nos privam?

Não se improvisa a economia de um povo, como se improvisam discursos.

Se fosse possível com um simples surge et ambula constituir a pequena propriedade; se fosse possível manter nos mercados o preço dos nossos gêneros de exportação, em tal altura que desse sempre a remuneração correspondente do trabalho do produtor; se, semeando no solo as ideias dos teóricos, elas se convertessem em instrumentos de trabalho, casa, salário, nada era mais simples do que operar sem nenhum ônus para o Estado a transformação agrícola.

Infelizmente, porém, não grelavam na terra as palavras dos barbeiros contra o rei Midas e até hoje não se conseguiu fazer pegar de galho as teorias dos mais poéticos reformadores.

O dinheiro é uma fatalidade; é impossível prescindir dele para qualquer obra humana. Para nascer, como para morrer; para amar, como para odiar; para ser poeta, como para ser milionário, ele é sempre, sempre necessário.

O estado em que nos achamos é tal que não é só a lavoura que precisa de crédito do Estado para constituir o próprio. Se houvesse um governo capaz de fechar os olhos a tudo, de prescindir de teorias e citações do estado contemporâneo do mundo, esse governo garantiria até juros aos capitais que se destinassem a favorecer os brasileiros, que fundassem casas de comércio, fábricas de grandes e pequenas indústrias.

O socialismo do Estado, largo, franco, sem hesitações, é o único meio de movimentar esta grande máquina, enferrujada pela escravidão.

O segredo da força do Governo alemão é este: ele compreendeu que o Estado deve ser o primeiro mestre econômico do povo, e não hesita em intervir sempre que essa intervenção é benéfica. E ali trata-se de um país homogêneo, de um país onde se acumulam os saldos de trabalho; de um país onde o espírito de coletividade está profundamente desenvolvido, onde o espírito de Schubre (sic) fecunda a cooperação e a solidariedade.

O que faria um governo, daquele molde, num país como o nosso, que além da emigração fatal de saldos pelo fato de sermos vítimas da imigração nômada, ainda pela compra de todos os objetos necessários à vida, desde a camisa até a locomotiva, exportamos todo o capital de que carecemos para fundar a indústria nacional?

Fala-se nos trezentos mil contos que o Estado vai dar, mas não se fala no prazo que vai decorrer. A perda é uma hipótese, o tempo é uma realidade. Contavam os oposicionistas quais os lucros que podem provir desses trezentos mil contos, em mãos de particulares, ou melhor, em circulação, durante o longo período de 30 anos?

Mas não é de projetos úteis ou ruinosos ao Estado que a oposição trata? Estamos vendo que os mesmos que votaram a lei de 13 de maio opõem-se hoje ao Governo por havê-la decretado.

E não vemos todos os dias os liberais, que reclamaram para seu partido o direito de fazer a libertação, aplaudir o movimento republicano que daí proveio e ameaçar o trono com este movimento?

O que se está passando não é sério. A oposição atual não merece respeito dos homens que estudam e que amam sinceramente a pátria.

É uma guerrilha de negreiros e de ambiciosos.

O fim do escravagismo é enfraquecer o Governo para obter de qualquer modo a indenização; isto é, tirar dos cofres públicos em proveito de alguns o dinheiro que só deve ser dado em benefício de todos.

Servem-se dos liberais, da vaidade desse partido desmanchado, para chegar aos seus fins.

A campanha abolicionista

O sr. João Alfredo é um obstáculo a essa conspiração imoral: é preciso destruí-lo. O pirata em alto-mar não respeita a bandeira do navio honrado; ataca-o indistintamente.

A pirataria da nossa terra não tem lei diversa.

30 jul. 1888

À Federação

Quem tem lido os meus artigos com relação ao atual movimento político sabe que eu nunca procurei magoar os velhos republicanos sinceros, os que pugnaram sempre pela verdadeira República.

Tenho feito guerra aos especuladores da República, aos egoístas que procuram especular, com a mais santa das ideias políticas.

Não há uma única palavra minha que não seja dirigida aos neorre-publicanos da indenização e aos seus patronos, que viram neles o melhor instrumento para os seus despeitos encanecidos.

Basta ler a coluna de O *Paiz*, sob a epígrafe Partido Republicano, para ver que esta república baseada na indenização, que é combatida pela Federação, deve ser combatida por todos os que entendem que a política não é uma especulação miserável.

Não obstante, a Federação que, pelas suas tradições, devia dar neste momento exemplo de moderação, de cortesia e de bom senso; que devia distinguir entre uns e outros dos que se dizem republicanos e dos que dizem praticar as doutrinas democráticas; a Federação entra na guerra da difamação contra a minha pessoa nos seguintes termos:

"Se o senhor Patrocínio ajoelhou-se, não foi porque a libertação fosse um benefício que precisasse ser pedido de joelhos; a libertação não foi uma dádiva, foi uma conquista, uma imposição; se o senhor Patrocínio ajoelhou-se, é porque há naturezas que nunca estão tão bem como quando estão de joelhos.

O grande representante da raça negra não pode ser um renegado, vão procurá-lo entre os que souberam sentir com altivez.

O grande negro não é Luís Gama para ser o senhor José do Patrocínio!"

Quando foi que pedi, de joelhos, a libertação?

Seria pedir de joelhos o manter-me durante dez anos em guerra contra tudo e contra todos os que não eram abolicionistas?

Para que caluniar miseravelmente aquele a quem aplaudiram na véspera?

Onde está o ato meu, durante a propaganda abolicionista, que demonstre um simples pestanejar diante do perigo?

Enquanto o Partido Republicano, que merece aplausos à Federação, comia tranquilamente o suor do negro, e tratava a chicote os seus irmãos;

enquanto o sr. Rafael de Barros e os seus soldados formavam reputação para as suas coudelarias e tornavam-se notáveis pelo seu apuro no meio da boa sociedade; o que era que eu fazia senão combater dia e noite na tribuna e na imprensa?

Que fizeram os republicanos neste tempo? Qual o sacrifício coletivo por eles feito?

Nem o partido, nem nenhum deles fundou um jornal. Os que escreviam recebiam dinheiro das empresas ricas que os chamavam. Nenhum se prestou a colaborar no órgão da abolição.

É uma infâmia da canalha negreira a opinião que a Federação, infelizmente, endossou com o seu prestígio.

Esses bandidos, em cuja cara eu sempre escarrei, nos tempos da propaganda abolicionista, acharam que era agora o momento de vingarem-se contra a minha altivez.

Não tenho agora tempo, mas hei de contar a história de cada um desses patifes, que entenderam que as costas dos próximos foram feitas para servir de escada às suas ambições.

Disse-o sempre: o meu único fito em meu país é cooperar, antes de tudo, para a extinção da escravidão. Nunca iludi ninguém. Apoiei o sr. Dantas, sendo entretanto republicano, e colocava Severino Ribeiro muito acima do sr. Saldanha Marinho.

Declarada de direito a extinção da escravidão, entendi que devia ficar ao lado do Governo para vê-la realizada de fato, o que ainda se não deu por culpa do republicanismo de relho e indenização, republicanismo do Rio do Peixe e de Itu.

Disse que hei de honrar a princesa e que lhe agradeço, como ao Governo, ter decretado a abolição.

Emprestei alguma glória à Sua Alteza e ao Gabinete?

Pois não está aí o movimento republicano atual demonstrando a glória desses beneméritos?

Se eles nada fizeram, se legalizaram apenas o que todos já haviam deliberado, por que os odeiam tanto?

A Federação é injusta para comigo. Eu apelo para o futuro, mas declaro que prefiro morrer, como Tibério Graco, a ser ministro gordo e abafado do Governo do sr. Saldanha Marinho.

31 jul. 1888

A campanha abolicionista

Uma cilada descoberta, uma emboscada sem êxito, eis a semana.

A oposição quis de surpresa apoderar-se da Mesa da Câmara dos Deputados, mas a imperícia da manobra não deu senão para uma exibição do sr. Coelho Rodrigues, que se indignou com uma porção dos seus apelidos.

Quis a oposição reviver na Câmara dos Deputados o tempo da eleição de gola, o tempo das cédulas recheadas. A tramoia deu em água de barrela e a Mesa continuou a exprimir o voto e a vontade da maioria.

Na verdade, é para desanimar e alucinar não poder vencer um adversário que se julgou matar no primeiro encontro.

O escravismo, depois de parafusar longo tempo, concluiu que o melhor era deixar decretar a abolição de direito e, em seguida, apoderando-se do poder, manter a escravidão de fato.

Pensou lá com os seus botões que não havia nada mais cômodo do que ter uma lei para enganar o mundo, como a de 7 de novembro de 1831, e os lucros da escravidão no interior. Era tão simples: tudo se pode fazer, a questão é de jeito. A experiência lhes dizia que o difícil era conter a onda humanitária, mas não canalizar os interesses dos que eram solidários na exploração do mesmo crime.

Derrotado o Gabinete, o novo Ministério veria que não devia ser tão radical. O sr. Paulino de Sousa andara bem na encenação da república da indenização e, por este lance teatral, sequestrar-se-ia mais uma vez a opinião do Poder Moderador.

Ficava assim o campo livre e com uma dose de recrutamento, bem aplicada, lançar-se-ia o pânico entre os novos cidadãos, de modo a obter deles trabalho sem salário. Era, pois, o melhor dos mundos, um paraíso ainda mais delicioso que este em que viveu a pirataria desde Marambaia até Serinhaém, durante 25 anos.

Infelizmente, os escravistas puseram e os fatos dispuseram.

Todas as profecias de terror foram desmentidas.

Não haveria colheita, disseram eles; a estatística demonstra que a diferença das entradas de café entre os anos de 1887 e 1888 é de mais de 245 mil sacas a favor deste ano.

Perdia-se todo o café, não havia meio de colhê-lo e, entretanto, a diferença para mais, este ano, é espantosa.

Sim, dizem eles, mas seria o dobro se não fosse perturbado o trabalho. Admitamos, porém não nos esqueçamos de que o argumento foi outro. Não se falou na perda do excesso, falou-se no aniquilamento da colheita, o que faz com que tenhamos direito em não acreditar na alegação posterior.

Diziam os escravistas que a renda diminuiria, que todos os capitais se retrairiam. A Alfândega rendeu no mês de julho, mais do que em julho de

1887, a quantia de 1.240:810$400! O algarismo da renda foi o maior conhecido até hoje, 4.811:886$287. O movimento da Bolsa do Rio de Janeiro tem sido vertiginoso. É verdade que se tem misturado muita intriga à verdade, mas o fato é que os capitais se agitam e se expandem.

O câmbio já esteve quase ao par e, apesar de todos os manejos, de todas as negaças imaginadas pela judiaria esterlina, conserva o mais alto nível a que nestes últimos tempos era possível imaginar. Os 24 d. do sr. Belisário, o ministro da conta corrente, ficaram já a perder de vista.

O testemunho do comércio imparcial é que a cifra de vendas das mercadorias essenciais à vida do trabalhador é o quádruplo da que se conhecia até antes de 13 de maio. A roupa feita, os chapéus, os sapatos e chinelos, os morins e algodões vendem-se vertiginosamente, o que quer dizer que os novos cidadãos têm feito os enxovais da liberdade.

O número de casamentos é prodigioso. Os corações, que se imobilizavam no cativeiro, começam a bater e apinhar-se, como um pássaro que, longo tempo engaiolado, voa, voa, até ir repousar bem longe, num ninho desde muito ambicionado.

O desmentido ao escravismo não podia ser mais completo. Onde ele fantasiava o deserto, surge um oásis; onde ele assentava a desolação, esplendem a alegria e o movimento vivaz. Que fazer? Cruzar os braços? Não, porque o impenitente morre vociferando.

Explicam-se pelo desespero os manejos empregados para falsificar as eleições de mesa parlamentar e a opinião pública.

É assim que se quis fazer crer que, da parte do Governo, havia a maior fraqueza, que se dera uma submissão indireta no contrato com o Banco do Brasil.

Entretanto, a singeleza mesma da operação basta para demonstrar que ainda uma vez o sr. presidente do Conselho manteve os seus créditos de prudência e de energia, de inflexibilidade e segurança de vistas.

O Banco do Brasil pagava a multa de oito por cento (8%) por não querer completar a sua carteira hipotecária.

Não há quem não compreenda logo que se o Banco do Brasil se negava a emprestar à lavoura era por motivo de interesse do estabelecimento, isto é, por julgar que o negócio não era bom.

É, pois, uma vitória, quando se anuncia a ruína total da lavoura, conseguir do estabelecimento que melhor a conhece volver de novo ao negócio, por ele considerado tão mau, que preferia a fazê-lo pagar a multa de 8% de amortização da sua emissão de papel-moeda.

Assim, pois, se o sr. presidente do Conselho obtivesse do Banco do Brasil somente a volta ao negócio, neste momento, já era um triunfo extraordinário, visto como, em tempos considerados lisonjeiros, aquele estabelecimento se negou, apesar da coação da multa.

A campanha abolicionista

Mas S.Ex.ª obteve muito mais. O Governo empresta, é certo, ao Banco do Brasil seis mil contos, mas o banco, por sua vez, entra para a carteira hipotecária com a quantia de seis mil contos.

Quer isto dizer, primeiro, que o sr. presidente do Conselho conseguiu que o Banco do Brasil realizasse o capital a que se obrigou emprestar à lavoura e mais uma responsabilidade de seis mil contos para com o Estado; segundo, que o sr. presidente do Conselho conseguiu a declaração pública, o depoimento prestigioso do primeiro estabelecimento de crédito do país, de que o estado da lavoura não é o que o pessimismo partidário e alucinado assoalha, com perigo do crédito do Estado.

Ressalta, à simples vista, que obter pelo empréstimo de seis mil contos o desmentido solene de uma crise, conjurar o mais formidável abalo de que podíamos ser vítimas, por tão insignificante soma, é dar prova do mais profundo tino.

Está na memória de todos que o Estado fez muito maior sacrifício quando teve que dominar a crise bancária na praça do Rio de Janeiro e, entretanto, não se havia dado uma transformação radical na sociedade.

Mas o empréstimo foi sem juros; é exato, porém é muito menos oneroso que se fosse emitido papel-moeda, que deprecia o meio circulante e perturba todas as relações econômicas do país e vós outros, em circunstâncias menos graves, lançastes mão desse recurso desesperado.

O favor é grande para o Banco do Brasil e a prova é a alta das suas ações.

É preciso distinguir o lucro direto e o lucro proveniente do aumento de confiança pela sabedoria da operação.

O Banco do Brasil, entrando com seis mil contos de sua carteira comercial para a hipotecária, priva-se de lucros certos e prontos, e muito maiores. Quer os tivesse colocado em apólices, com o juro de 5% certo, capitalizado de seis em seis meses; quer em letras comerciais, já pela segurança do empréstimo, já pela facilidade de liquidação, o banco tinha lucros que ele considerava superiores a 8% do valor do capital retirado das transações hipotecárias. A razão é óbvia, ninguém evita sob pena de multa um negócio lucrativo.

Se é verdade que o Tesouro empresta sem juros, é também verdade que o banco se priva de lucros imediatos e se aventura a transações em que ele já não confiava, e em que reentra por ter uma base certa, um cálculo seguro, para cobrir-se no futuro.

O fim do Governo não é ter casa bancária; não é negociar em dinheiro; é aplicá-lo de modo útil ao Estado.

Desde que o Tesouro não perde, desde que o estado não se priva de nenhum serviço necessário, não há que estranhar que ele aplique uma soma qualquer, que vai conjurar uma crise, com inteira segurança de reembolso.

Acresce que a quantia emprestada não pode sofrer nenhum desvio do fim especial a que é destinada, pois que será feita à proporção que o banco a for distribuindo pela lavoura.

A cotação das ações subiu e era lógico. Desde que a carteira hipotecária, sobre a qual pairavam as nuvens agoureiras do pânico teatral do escravismo, teve o horizonte desanuviado, os capitalistas, renascida a confiança, deviam voltar à procura das ações do banco.

A bolha de sabão do empréstimo espocou por si mesma no ar e não há, portanto, que admirar se ela não serviu para o balão de ensaio.

Qualquer que seja o ponto de vista, sob o qual encaremos a oposição, vemos que ela não tem nenhuma razão patriótica para combater o Ministério.

É necessário fazer barulho e a oposição agita-se; nada mais.

A verdade é que o Ministério da Redenção continua a bem merecer da pátria e consolidando pela sabedoria administrativa o nome e a fortuna nacionais no exterior e no interior.

6 ago. 1888

Respondo...

Estava o sr. Silva Jardim a pedir que o deixassem rir, e os seus ouvintes faziam-lhe cócegas à vaidade, quando lhe irromperam dos lábios estas palavras:

"Deixai que eu me ria desses republicanos abolicionistas que, depois da abolição, ajoelharam-se aos pés da Monarquia."

– Uma voz. – José do Patrocínio.

– O orador – "Eu não sei onde há monturos, e quando os haja, eu, como bom republicano, não devo revolvê-los".

Estou de acordo com o sr. Silva Jardim.

O monturo de misérias e ambições sobre o qual S. S.ª assentou a tenda de combate, infecciona ainda mesmo não sendo revolvido. É que ele se fez com o lixo de todas as consciências, com a podridão de todas as almas que se decompuseram ao contato da lepra da escravidão.

Representando uma propaganda que tem como arma a difamação a mais baixa dos seus adversários; fazendo do seu talento a cloaca máxima onde o ódio dos vagabundos, forçados ao trabalho pela Lei 13 de Maio, dejetam toda a bile; o sr. Silva Jardim, para sentir sempre exalações nauseabundas, não precisa de sair fora das teorias, que anda pregando.

É assim que, caluniando a História, entre outras falsidades levantadas para adular a lavoura, S. S.ª disse que era obra de lavradores a Revolução de 1817, a santa revolução a que eu filiei, como republicano que sou, a

A campanha abolicionista

causa da abolição, desde o primeiro dia que falei e escrevi, desde os tempos em que, muito ingênuo ainda, acreditando que os chefes republicanos eram sérios, ia interromper o sr. Quintino Bocaiúva numa apresentação de candidaturas, pedindo-lhe, em nome da tradição de 1817, que ele se externasse quanto à abolição.

Quando se tem a coragem do sr. Silva Jardim para mentir assim, com a palidez de um missionário, com a doce feição de um barbadinho que evangeliza, quando se dá aos assassinos da República de 1817 a glória da sua vida; quando impudentemente se profana a sepultura do padre Miguelinho para empanzinar crianças e deliciar despeitados, tem-se com certeza coragem para tudo. Quem não hesita diante do saqueio da memória dos mortos, como há de recuar diante do assalto à honra dos vivos?

Os movimentos republicanos do Brasil são obra dos lavradores!

Eu só conheço um: a Inconfidência, devida à capitação lançada pela metrópole sobre os escravos empregados na mineração.

Mas este, como o de agora, não pode ser invocado como justificativa.

Pedia-se a República para melhor explorar a escravidão.

A apologia dos lavradores dá a medida da sinceridade do sr. Silva Jardim, na atual propaganda republicana, e não admira, pois, que S. S.ª se faça o pregoeiro público de todas as calúnias, com que o esclavagismo procurou macular a propaganda abolicionista.

Eu sou realmente um monturo, porque fui obrigado a arquivar as misérias da escravidão. O monturo não existe senão porque há uma sociedade que vai depositar nele tudo quanto ela tem de mais asqueroso.

A ilha da Sapucaia, que saiu pura e imaculada das entranhas da natureza, não tem culpa de que a escolhessem para depósito de lixo.

Eu fui a ilha em que a fatalidade da História depositou o lixo das consciências dessa geração miserável, que vivia de explorar os seus irmãos.

O sr. Silva Jardim não quer ir revolvê-la, porque tem medo de encontrar aí algum trapo que de alguma forma lhe pertença.

Acha o tribuno da Nova República ridículo o qualificativo Redentora dado à princesa.

O que hei de eu achar no qualificativo beneméritos dado aos comissários e fazendeiros, que o aplaudem?

Qual é mais digno, beijar a mão da senhora que levantou uma raça ao ponto de o sr. Silva Jardim já a considerar capaz de poder presidir a República, por um dos seus representantes, quando até o último dia muitos dos seus correligionários só a julgavam digna do chicote e do tronco e de servir como semovente à garantia de hipotecas; ou apoiar-se na fortuna e no ódio dos escravistas para subir às altas posições do Estado?

Há no meu procedimento uma contradição e eu a não contesto.

Quem é o responsável, porém, eu ou o Partido Republicano?

Eu era republicano revolucionário durante a propaganda abolicionista e nesse tempo o Partido Republicano negou-se a deixar aferir a sua bandeira pelos sentimentos abolicionistas.

Aí estão os manifestos de S. Paulo como prova, aí está o discurso do sr. Quintino Bocaiúva e o seu silêncio durante a redação do Globo, da tarde, para demonstrá-lo. O sr. Saldanha Marinho homologou as declarações dos seus correligionários. Os srs. Campos Sales e Prudente de Morais, ambos senhores de escravos, não queriam mais que o sr. Dantas.

O Partido Republicano não tinha pejo de declarar que não assumia a direção da propaganda, porque se indisporia com a lavoura.

Mais ainda: quando já a vitória abolicionista se anunciava pela resistência desesperada ao sr. Dantas, pela lei de 1885, pelo Ministério Cotegipe e a monstruosa administração policial do sr. Coelho Bastos, o Partido Republicano não se organizou, como agora, para acompanhar o sr. Quintino Bocaiúva, que tinha confraternizado finalmente com a propaganda abolicionista.

Em vão nas partes policiais, o sr. Coelho Bastos, para indispor os abolicionistas com a princesa regente, declarava que nós nos retirávamos das conferências e dos *meetings* dando vivas à República, os republicanos esperaram o 14 de maio, o fato consumado da abolição, para reclamar como obra republicana aquilo para que só haviam contribuído pela resistência.

O que fez a princesa regente? Ainda, sob o Ministério Cotegipe, ela, a santa, a meiga Mãe dos Cativos, dava à propaganda abolicionista tudo quanto podia: as abundâncias de piedade do seu coração. Seus filhos, os pequenos príncipes, nos seus jornaizinhos glorificavam a propaganda abolicionista, enquanto ela, a princesa, debaixo de chuva e aos estampidos do trovão esmolava pelos cativos, e quando voltava a palácio repartia um pedaço do seu manto de rainha com os escravos foragidos, que iam implorar--lhe proteção.

Os republicanos não assumiam a responsabilidade da propaganda abolicionista; a princesa não se arreceava de tornar patentes, públicos os seus desejos de ver extinta a escravidão.

Qual é mais nobre? O republicano que não arriscou um voto, ou a princesa que jogou num assomo de fraternidade a coroa da sua dinastia?

Deixo à História a resposta.

Disse o sr. Silva Jardim que há homens que só vivem para o estômago; eu repito a frase.

Estou convencido de que no dia em que cortarem os víveres à propaganda republicana atual, ela perderá muito de entusiasmo.

A República da meia dúzia de sujeitos, que arrastam S. S.ª a pedir cabeças de seus semelhantes para a forca e para a bala do sicário, como se fos-

A campanha abolicionista

sem cabeças de porco para feijoada, é assim. Passeia à custa de subscrições, chama à vadiação exílio, e aos bailes no Banlieu, tortura.

Ainda não há seis meses esses mártires de hoje deixavam morrer à míngua a Gazeta Nacional, filha dos sacrifícios de um republicano, que tem tanto de exaltado quanto de leal às suas ideias.

Previna-se o sr. Silva Jardim, enquanto é tempo. Eles tirarão de si quanto puderem e em seguida hão de difamá-lo com o mesmo sangue-frio com que hoje caluniam a (sic).

14 set. 1888

O Senado continua em sua ferrenha campanha protelatória; mas a fatalidade dos acontecimentos incumbiu-se de infligir o castigo necessário aos réus de leso-decoro parlamentar.

Nos debates têm vindo à tona da opinião, ideias e aspirações que os senadores obstrucionistas não queriam sequer fossem suspeitadas no íntimo deles.

O sr. Lafaiete, por exemplo, apavonara-se para a presidência do Conselho e foi obrigado a despir a plumagem do veto à lei de 13 de maio e mostrar-se o que realmente é: a gralha vesga da indenização.

Acostumado a ver os adversários acovardados ao flagício da sua sátira, o Quasímodo senatorial pensou que o melhor meio de chegar ao Governo era com o palavreado dos cães, e armazenar no Senado as diatribes e ambições do escravismo.

E não refletiu nas consequências, não mediu o alcance das suas palavras, nem a responsabilidade do carreto que fazia, tendo ao peito a chapa numerada pelo sr. Paulino de Sousa.

Com espanto de todos, que não reparavam na proporcionalidade da queda dos cabelos do Sansão de olho torto, com a decadência da sua força intelectual; o sr. Lafaiete foi ao Senado pedir a indenização e em nome dela intimar a retirada do Gabinete.

Não está esquecida ainda a solenidade preparada para esse debate, que devia mudar o eixo da vida parlamentar, fazendo com que o Senado assuma desde logo a sua missão de iniciador de situações políticas.

O sr. Lafaiete disse-o, uma, dez vezes: que a permanência do Ministério ameaça as instituições, que depois do abalo de 13 de maio, só podiam viver da reparação dos prejuízos causados.

Por outra, S.Ex.ª pregou francamente, positivamente, a indenização, fazendo daquela a razão de ser das instituições, pela razão muito simples de que a abolição sem indenização equivalia à morte com o confisco dos bens.

Não obstante, dias depois, o Rigoletto zarolho veio fazer uma emenda a si mesmo e declarar que não tinha dito o que todo o mundo ouviu, sem ainda desta vez medir as ilações que resultam de tal declaração.

O obstrucionismo do Senado tinha razão, quando empregado para depauperar o Gabinete e obrigá-lo a retirar-se, para dar ao parlamento ensejo de forçar o imperador a uma política diferente, isto é, para coagir o imperador a aceitar a indenização.

Desde o momento em que o sr. Lafaiete declara que a indenização não é problema para se impor, sem ter em conta o estado do Tesouro, fica fora de dúvida a inoportunidade, ou, mais precisamente, a impertinência e a obstrução.

O sr. Lafaiete concorda com o Ministério num ponto: não há dinheiro para indenizar os ex-proprietários de escravos. Por que motivo, pois, responsabilizar o Gabinete por não querer iniciar uma política de esperanças vãs?

Não manda a boa compreensão da responsabilidade do Governo esperar pelos novos trabalhos ministeriais, para que, na futura sessão, bem apreciadas as condições do Estado, ver o que é possível adiantar em benefício da lavoura e sem gravame das demais classes populares?

Como, depois de provado pelo próprio sr. Lafaiete que a oposição apenas levantou a poeira com a indenização; como, depois de demonstrado pelo sr. Dantas que a política de Gabinete é a única de conformidade com o nosso momento social, os senadores oposicionistas ainda teimam em protelar a votação dos orçamentos?

Não é muito mais patriótico terminar a sessão e dar tempo a melhor julgamento, preparando-se a oposição, por meio de acordo, para dar batalha na próxima sessão? Os homens de boa-fé concordarão conosco, mas não assim, os que fazendo vida de política, os que têm a legar aos seus descendentes a tradição de instrumento de partidos tão cegos quanto imprestáveis.

Para esses, o que nós dizemos não é senão o fruto do salário que recebemos, confundindo assim a nossa com a consciência deles.

Além da poeira da indenização, o debate no Senado levantou da sua sepultura o "Lázaro hediondo, a miserável questão chinesa".

Felizmente, a palavra do honrado senador Taunay já intimou à peste amarela a quarentena perpétua que lhe impôs o patriotismo brasileiro. A opinião pública confraternizou com S.Ex.ª e deixou mais uma vez patente que não haverá quem tenha força para atentar tão barbaramente contra a nossa nacionalidade.

O chinês não entrará em nosso país, quaisquer que sejam as astúcias empregadas pelos que pretendem explorá-lo.

Aconselhado como sucedâneo da escravidão; apresentado como um fator arbitrário da baixa do salário, o chinês encontra diante de si a mais

A campanha abolicionista

formidável barreira: a consciência nacional, de que ele é o mais poderoso perturbador do progresso brasileiro.

Dizemo-lo com a tranquilidade da mais íntima convicção; não nos receamos da entrada do chinês em nosso país.

Fundem-se, não um, mil bancos; reunam-se para favorecer a mongolização do Brasil, todos os favoneadores de interesses inconfessáveis; gritem, estipendiem adesões, reformem os processos e o chinês não entrará.

Será mais fácil voar pelos ares o Senado vitalício, dar juízo ao sr. Lafaiete, fazer tudo quanto parece impossível neste país.

O chinês não entrará no Brasil, nem puxado pelo rabicho por toda a oligarquia e plutocracia que nos infelicitam.

Mas os oposicionistas no Senado não viram isto; esqueceram-se de que o Governo Sinimbu teve na questão chinesa um dos maiores afluentes que lhe formaram o vasto estuário de impopularidade.

Quando a simples tática política, desde o momento em que se reconheceu a formação indenista no Partido Liberal, aconselhava que se restringisse o debate às matérias do orçamento, como um meio de impedir revelações impopulares; a oposição entendeu que devia dar à língua, e o resultado foi este: sair do partido que se diz liberal a adesão ao chinês, ou por outra, a confissão pública de que se premedita um atentado contra todos aqueles que nasceram e residem no Brasil.

Foi por isso que dissemos que a fatalidade dos acontecimentos se incumbiu do castigo dos obstrucionistas.

Que confiança podem merecer ao país estadistas que pretendem defraudar um povo inteiro para servir à sua clientela agrícola?

Com que direito podem querer impor-se à Coroa estadistas que antes de tudo confessam que a Monarquia só se pode manter empregando como alicerce do trono interesses inconfessáveis, tais como a indenização e a peste amarela?

O Partido Liberal tem neste momento mais urgência de calar-se do que o Ministério de ver votado o orçamento.

Cada dia de debate deixa mais e mais patente a incapacidade do grosso dos chefes liberais para governar, e cria maior dificuldade à confiança da Coroa no Partido Liberal, pois que está demonstrado que uma situação dele reproduziria a de 1878 a 85, pela instabilidade dos presidentes do Conselho.

Se pudéssemos dar um conselho aos obstrucionistas, seria este: calem-se, quando V.Ex.as abrem a boca desmoralizam o seu partido.

29 out. 1888

À Ponta da pena

O sr. Quintino Bocaiúva, certo de que pela sua decadência intelectual e pelas falhas de sua vida não pode travar luta jornalística comigo, escondeu-se por detrás da – *A Província de São Paulo*, velha cadela que viveu sempre das sobras do rancho dos piratas do barrete frígio.

Editando os insultos, que me foram atirados por essa mediocridade empapelada que se chama Rangel Pestana, magro bode branco, gasto ao cio dos pastos de fazenda, o sr. Quintino Bocaiúva assumiu a responsabilidade do artigo que pretende infamar-me.

Antes da resposta, uma explicação:

Acusam-me de traição à República, os Rangel e os Quintino; entendem que a minha atitude junto ao Ministério 10 de Março e da princesa imperial é devida à venda dos meus princípios republicanos. Para dar, como dou, o meu apoio ao Ministério e à minha Senhora Veneranda, que é alvo de todos os ódios da atual propaganda republicana entendem esses velhos ganhadores da imprensa que me fiz numerar, a exemplo deles, pela placa de um dono.

Os salteadores da honra alheia, não tendo por onde me ferir no passado, injuriam a minha pobreza presente.

Os homens públicos não têm vida privada; devem expô-la toda em suas íntimas minudências ao público.

Eu sou hoje paupérrimo. Tudo quanto tenho é fruto do meu trabalho quotidiano, a exploração dolorosa e árdua da minha inteligência.

Entretanto, entrei relativamente afortunado para a imprensa, porque a família de minha consorte pôs à minha disposição a sua bolsa, que eu deixei vazia.

Além disso, eu saquei sobre o meu crédito e contraí dívidas extraordinárias para poder sustentar a campanha da imprensa, que se estendeu desde 1881 a 1888, por minha conta, nos jornais que dirigi.

Terminada a 13 de maio, na lei, a luta abolicionista, pensei em retirar-me da imprensa, posto que para mim não tinha sido senão do mais cruciante sacrifício.

Eu esperava apenas registrar as aclamações triunfais à abolição, para dar por finda a minha missão jornalística.

Fui, porém, surpreendido pela grita de uma propaganda que ameaçava destruir pela indenização a obra imortal de 13 de maio.

O meu lema, desde o primeiro dia em que me apresentei ao público, foi sempre abolição imediata e sem indenização. Os escravistas reclamavam esta; eu conservei-me na imprensa para resistir-lhes.

Com grande mágoa minha vi que os antigos clubes de lavoura convertiam-se em republicanos, e que os seus manifestos reclamavam a indenização.

A campanha abolicionista

Compreendi, como todos os homens de bem, que a República não era senão a máscara grosseira de que se servia o escravismo, para ver se fazia dos propagandistas que o haviam derrotado instrumentos da sua vingança e dos seus interesses.

Do mesmo modo que antes havia flagiciado os republicanos, que não queriam medir a sua bandeira pela abolição, fiz da pena um látego para castigar os mercadores da democracia que inscreviam na sua bandeira a indenização à pirataria.

Os cobardes recuaram; e, embuçados na mais torpe hipocrisia, disseram nuns congressos caricatos que não eram indenistas, enquanto os candidatos nas circulares e os deputados provinciais nas assembleias permitiam ou votavam a indenização.

Que os meus golpes iam-lhes ao coração, prova o ódio que me votam. Apesar de tudo, não podem os Rangel e Quintino negar que eu sou um negro de talento.

Vendo que não podiam bater-me no terreno dos princípios, porque eu tinha por mim um passado de firmeza e intransigência, ao passo que eles tinham o mais triste passado de tergiversações e dobrez, os Rangel e Quintino recorreram à difamação.

Declararam-me traidor à República e como sabem que eu sou pobre e sou negro venderam-me ao Governo.

Já no dia imediato à abolição da escravidão, sem que nenhuma palavra minha houvesse dito qual a orientação política futura do amigo da véspera, eu era já o último negro que se vendera.

A luta tornou-se pessoal; eu neguei aos Rangel e Quintino a capacidade de diretriz de que precisa o Partido Republicano; eles que não podiam negar o seu erro político, abstendo-se da responsabilidade da propaganda abolicionista, fizeram-me a guerra cobarde e traiçoeira da calúnia anônima.

Devia eu abandonar a imprensa, quando era combatido desenfreadamente pelos indenistas?

Podia eu negar o concurso da minha pena ao Ministério, que era combatido, só por ter assumido a responsabilidade da lei de 13 de maio?

A nova República, além disso, deixava em paz o sr. d. Pedro II e arremetia furiosamente contra a princesa.

Há algum homem de honra que diga que eu devia cruzar os braços diante desses ataques?

Explicando a atitude que assumi, eu disse algures:

Imaginem, meus senhores, que eu sabia que em certa estrada havia uma quadrilha de ladrões, e como não pudesse passar sozinho por ela e oferecer combate aos bandidos, apelava para os sentimentos de fraternidade de cavalheiros, de opiniões políticas contrárias às minhas.

Esses cavalheiros resolviam-se auxiliar-me, e, juntos, dávamos batalha, vencendo os ladrões.

Terminado o combate, desarmados os bandidos, diziam estes:

Devia eu entregar aos bandidos, só porque se diziam meus correligionários, os leais companheiros que me haviam dado a honra e a glória de garantir os direitos da civilização?

Não há dúvida que os neorrepublicanos se dizem meus correligionários, mas não há também dúvida que eles na véspera faziam parte da quadrilha de ladrões de alma e suor da raça negra.

Cumpria à minha honra política entregar a princesa a esses miseráveis? O presente não responderá, mas eu olho serenamente para o futuro.

Pela minha atitude franca, leal, ao lado do Ministério e da redentora dos cativos, concluiu-se que eu sou um judas e que troquei pelos trinta dinheiros da verba secreta a minha consciência.

Nos Juízos desta cidade e no Tabelião dos Protestos há os vestígios do meu bem-estar presente. A verdade é que eu tenho encontrado mais piedade nos meirinhos do que nos evangelistas da fraternidade.

A Cidade do Rio tem vivido da magnanimidade de grande parte de seus empregados, e do heroísmo e desinteresse de um núcleo de homens de bem que aumentam a sua dedicação à medida dos meus sofrimentos.

Se ainda não se fechou essa pequena fortaleza de brio e de coerência é simplesmente porque alguns dos meus credores, os de soma mais avultada, confiam na minha honra, ou são generosos bastante para não aumentarem a aflição ao aflito.

O que o Ministério me tem dado é o mesmo que dá a toda a imprensa: as suas publicações, que eu não sei se têm avultado mais na caixa do O Paiz do que na da Cidade do Rio.

Os Rangel e Quintino, porém, propalam que eu recebo mundos e fundos e mandam espalhar por toda a parte que se prepara emprego de grande renda para mim.

É assim que me nomearam subdiretor do Correio, diretor do Diário Oficial, tabelião da corte, distribuidor-geral desta cidade, cônsul de Montevidéu, quando eu não requeri nenhum desses lugares e nem fiz concurso para nenhum deles.

Agora a resposta:

Suponhamos que eu me vendi.

Os meus difamadores não coram ao proferir esta miséria?

Pois não é uma vergonha para esses que reclamam, hoje, os louros da vitória abolicionista, saber-se que um dos soldados da sua fileira saiu tão pobre que teve necessidade de vender a sua consciência para poder viver?

A campanha abolicionista

Que qualidade de chefes é esta que sai nédia e próspera, enquanto os soldados que entraram relativamente ricos saem a pedir esmola? Não fica assim demonstrada a especulação dos supostos heróis?

A quem me vendi eu? Aos negreiros?

Se a estes, como foi que não enriqueci, quando é sabido que eles deram aos Rangel e Quintino os meios com que eles engordaram o seu silêncio até a hora em que desanuviou-se no horizonte a estrela do abolicionismo?

Aos abolicionistas? Estes não precisavam de comprar o que se lhes oferecia de alma alegre e coração alvoroçado.

A quem me vendi eu, e se me vendi, onde está este dinheiro, que não serve ao menos para que eu me possa libertar dos vexames judiciais?

O sr. Quintino Bocaiúva fez mal em editar as torpezas d'A Província de S. Paulo. Veio dar-me ensejo de justificar-me plenamente aos olhos dos meus concidadãos e de demonstrar que o vendilhão, useiro e vezeiro, é ele que se estreou na imprensa a defender uma companhia de seguros de vida de escravos, da qual recebia salário, e que não passava de uma vergonhosa armadilha à ingenuidade dos senhores.

Eu vou fazer a biografia do sr. Quintino Bocaiúva; com subsídios republicanos e com outros que a memória pública registrou.

Veremos quem é o Judas, se é o pobre diabo que tem vivido sempre por si, ou o Catão engomado, que surge sempre de dentro de uma burra de milionário.

4 jan. 1889

À Ponta de pena

No artigo Rangel-Quintino há um trecho que reservei para largos comentários: reclama-se para o editor das calúnias d'A Província de S. Paulo a gratidão dos libertos em nome do seu abolicionismo.

Rangel pergunta:

"Quem mais fez que o insigne jornalista e notável orador, na imprensa e na tribuna, batendo-se dia e noite contra todos, Governo, partidos e capangagem a soldo da polícia?

"Quando os abolicionistas fluminenses precisaram de um brasileiro com autoridade e querido do povo para falar nos meetings celebrados nas praças públicas e dispersados à força, a quem procuraram?"

Estes dous períodos dão a medida exata da justiça republicana destes tempos.

O sr. Quintino Bocaiúva não se imiscuiu na propaganda abolicionista senão depois que estava patente o seu próximo triunfo, e quando o sr. visconde de S. Salvador de Matosinhos assegurou-lhe um salário para defender no O Paiz a causa dos cativos.

Até assumir a chefia da redação desse jornal, o sr. Quintino Bocaiúva não passava de um inimigo dissimulado do abolicionismo; entendia que esta propaganda era um mergulho no abismo.

Quando comprei o jornal que hoje desonra a memória de Ferreira de Meneses, o sr. Quintino Bocaiúva lá havia escrito dous artigos, que eram a negação absoluta do programa que o seu fundador havia traçado. O chefe do jornalismo não trepidou profanar as ideias do batalhador recentemente morto.

Escolhido candidato pelo Partido Republicano, para representá-lo na Assembleia-Geral, em vão interpelei o sr. Quintino Bocaiúva acerca de suas ideias abolicionistas; tergiversou e dissimulou no ruído de sua claque a resposta, que devia a mim e aos honrados chefes do positivismo brasileiro.

Redigindo o Globo da tarde, fundado com os capitais do sr. comendador Mayrinck, o sr. Quintino Bocaiúva limitou-se a não romper com o abolicionismo, porém nunca o auxiliou. Não podia proceder de outro modo; o patrão pagava para defender um banco de crédito real, tendo por base a hipoteca de escravos, e com garantia do Governo.

Além disso, associado a uma empresa que devia comprar a estrada de ferro de Cantagalo, dando à província o dinheiro para comprá-la e mais o juro de 8% – e sendo negreira a assembleia e a administração da província, o sr. Quintino Bocaiúva não podia defender os cativos.

Primeiro os seus negócios, depois as suas ideias.

O Globo nasceu e morreu sem nunca ter demonstrado que lá dentro estava um chefe republicano, isto é, um homem que, tendo por dever defender a liberdade, a igualdade e a fraternidade, tinha a obrigação de hipotecar-se por inteiro à causa dos enjeitados da lei.

Estes fatos são de ontem; não podem ser contestados.

Para se ver bem qual era o abolicionismo do sr. Quintino Bocaiúva, é preciso recordar um fato, passado muito tempo depois de suas manifestações em prol da confederação.

O Ministério Cotegipe vinha fazer votar o projeto Saraiva, que era a reação contra as ideias do Ministério Dantas.

Não podia haver engano quanto às vistas do Gabinete 20 de Agosto: os seus principais ministros tinham sido os sustentáculos ostensivos do Ministério que se retirava.

O sr. Quintino Bocaiúva, porém, não hesitou em receber o Gabinete Cotegipe de modo tal que eu vi-me obrigado a refrear-lhe o entusiasmo pela transcrição do artigo: mais um esquife que passa.

Durante todo o combate desesperado do abolicionismo ao sr. Cotegipe, o sr. Quintino Bocaiúva apenas falou em conferências e meetings umas seis vezes e para fazê-lo era necessário que os abolicionistas o importunassem com rogativas.

A campanha abolicionista

Quanto aos seus artigos, eram o negócio da folha que ele redigia. Nos últimos tempos os jornais negreiros não faziam carreira, e demais disso, o sr. visconde de S. Salvador de Matosinhos era abolicionista e não se jogam as peras com o amo.

Quando o proprietário do jornal libertava, à sua custa, escravos para que o número de libertos fosse igual ao dos anos do Imperador, o que havia de fazer o sr. Quintino?

Acresce que o Ministério 20 de Agosto incumbira-se do reclame d'*O Paiz*, como abolicionista, e seria rematada parvoice não aproveitar o propício concurso da cegueira ministerial.

Não é ingratidão contar as cousas como se deram. Reconheço que *O Paiz* foi um dos poderosos fatores para o desenlace de 13 de maio, mas o trabalho abolicionista, propriamente dito, não era do sr. Quintino Bocaiúva, e sim de Joaquim Nabuco, que chegou com o prestígio extraordinário da sua eleição inesperada, e sobretudo de Joaquim Serra, nos seus Tópicos do Dia.

Não foi o sr. Quintino Bocaiúva quem deu orientação abolicionista ao O Paiz, mas Rui Barbosa que, por ser demasiado colorido, só se demorou poucos dias à frente da redação.

Confesso que o sr. Quintino Bocaiúva mostrou-se abolicionista nos dous últimos anos de propaganda, mas contesto que ele se tivesse preocupado seriamente com a sorte dos escravizados.

A prova deu-a ele na eleição do sr. Ferreira Viana. Quando a confederação procurava fazer da reeleição do ex-ministro da Justiça um plebiscito abolicionista, o sr. Quintino Bocaiúva prestou-se a ser candidato, para recolher 108 votos, sem se lembrar que deste modo quebrava a unidade, até então nunca violada, do abolicionismo.

A propaganda abolicionista não precisava do prestígio do sr. Quintino Bocaiúva; pelo contrário, repartiu com ele o seu, que era enorme.

Quando o sr. Quintino Bocaiúva se dignou de baixar o seu republicanismo até a propaganda da abolição, já esta havia forçado as portas do parlamento e tinha tornado obrigatório o respeito pelos seus principais representantes.

As conferências e meetings abolicionistas já haviam sido honrados com a presidência e a palavra dos senadores, deputados e cidadãos os mais notáveis.

Não precisava do sr. Quintino Bocaiúva, para se impor à consideração pública, a tribuna em que já haviam falado Nicolau Moreira, Joaquim Nabuco, José Mariano, Antônio Pinto, Severino Ribeiro, Ennes de Sousa, Silveira Martins, Rui Barbosa, Getúlio das Neves, Frontin, Silveira da Moita, Otaviano e Dantas.

Desde o princípio as conferências foram sempre presididas por homens de grande merecimento e prestígio, e para não causar extensa nomenclatura lembrarei que elas foram honradas quase sempre pela presidência de Nicolau Moreira, de Muniz Barreto, o cego, e do senador Silveira da Mota, quando ainda o sr. Quintino Bocaiúva não se atrevia a dizer na sua circular se era negreiro ou abolicionista.

Toda a gente sabia, além disso, que estavam conosco e que nos emprestavam a força moral da solidariedade André Rebouças, Beaurepaire Rohan, Jaguaribe, José Maria do Amaral, Álvaro de Oliveira, Benjamin Constant, Acioli de Brito, Monteiro de Azevedo, Macedo Soares, Muniz de Aragão, toda a flor do talento, do saber e do caráter nacional.

Para que precisávamos nós de prestígio do sr. Quintino? Antes que ele houvesse proferido uma palavra sobre o abolicionismo, a confederação abolicionista havia feito aceitar pelo parlamento o seu manifesto, e tinha produzido a solenidade comemorativa da libertação do Ceará, que abalou festivamente toda a população desta cidade.

O sr. Quintino Bocaiúva não nos trouxe nenhuma força, foi mais um e nada mais.

Resta-me, por hoje, fazer ressaltar a contradição com que os períodos de Rangel justificam a atitude da raça negra.

Quer o homem que os serviços do sr. Quintino Bocaiúva prendam para sempre a gratidão dos ex-escravizados e dos que são o sangue do sangue das vítimas, ainda agora cobiçadas pela pirataria Sans-coulotte.

Muito bem. Mas, se ao sr. Quintino Bocaiúva, que recebia ordenado do sr. visconde de S. Salvador de Matosinhos, para ser abolicionista, que não arriscou senão a queimadura de uma bicha chinesa, devem os escravizados tamanha gratidão; o que devem eles à Princesa, que arriscou o trono para libertá-los?

Se o sr. Quintino deve ser sagrado para os negros, e o tem sido, como devem eles considerar a Senhora que, ao ter a notícia do grande movimento revolucionário contra a sua inofensiva personalidade, exclamou:

Não faz mal; ao menos deixei a minha pátria livre!

Eu sou um ingrato, porque a Guarda Negra, que supõem dirigida exclusivamente por mim, é gratuitamente responsabilizada pela agressão ao sr. Quintino Bocaiúva; eu não seria um ingrato se ensinasse os negros a odiar a princesa!

Para os meus detratores eu devo ter duas qualidades de moral: uma para adulá-los, outra para aplicar aos que não pertencem ao credo ensanguentado da república da calúnia e da forca.

O que são mais: parvos ou perversos?

A abolição deve canonizar o sr. Quintino Bocaiúva e condenar ao exílio ou à pena última Isabel, a Redentora?

E não se lembram de que o bom senso público vai ler o que eles escrevem e se esquecem de que tudo quanto está impresso será depoimento perante a história!

A campanha abolicionista

Concluindo: devo declarar que não me entristece ver o primeiro lugar do abolicionismo dado ao sr. Quintino Bocaiúva.

Dos personagens da fábula do imortal La Fontaine *A carruagem atolada*, a mosca tinha o primeiro plano, e se não fazia força para safar o veículo o seu zumbir era ouvido e o seu peso sentido pelas orelhas das cavalgaduras.

5 jan. 1889

O ódio togado

O sr. Rui Barbosa entende que o imperador vai sacrificar ao sentimentalismo a segurança pública com o grande ato projetado para comemorar o dia 13 de maio; o perdão dos escravos condenados por força da lei de 10 de junho de 1835.

Quer o advogado que, no seu respeito à Justiça, emprestou o seu talento para o bom êxito do assalto à sagrada herança da fé de muitas gerações, e encaminhou pelas desonras judiciárias do nosso foro o saqueio às freiras, cometer aos tribunais a revisão dos julgados, que condenaram a penas excessivas os delinquentes escravos.

De sua argumentação, porém, se depreende que o sr. Rui Barbosa opina pela justiça das sentenças, porque os senhores se permitiram a liberdade de aplicar por suas mãos a pena nos casos que não atingiram o último grau de criminalidade.

O júri que condenou à morte criminosos escravos foi canonizado pelo ex-líder do Ministério Dantas, e o imperador admoestado de que procedeu mal comutando sistematicamente a pena de morte, quando lhe cumpria aprender com o rei Oscar da Suécia a não colocar o seu coração acima das leis, ainda as mais cruéis.

Inútil seria recordar aqui a história do júri durante a escravidão e provar que ele foi sempre de uma brandura extrema para com os linchadores de Itu, Rio Bonito e Resende, para os assassinos do Rio do Peixe, Madalena e Rio de Janeiro, ao passo que era de um rigor bárbaro contra os seus escravos que, ora eram condenados às galés, ora entregues aos senhores, a fim de que estes com a conivência judiciária pudessem iludir a demência do soberano.

Também seria inútil lembrar que nenhum dos autores citados pode se adaptar ao caso arguido pelo sr. Rui Barbosa, porque a condição dos criminosos difere essencialmente como a liberdade da escravidão. Em discussão serena começaríamos por ponderar que a própria letra constitucional vem em auxílio da reparação que o imperador tenciona efetuar.

José do Patrocínio

A Constituição mandou que os cidadãos fossem julgados em tribunais de seus pares. A escravidão, porém, anulou a disposição fundamental. O escravo só era par dos seus juízes no ato em que estes deviam cominar-lhe a sanção penal. Essa ponderação, que todos os códigos exigem para castigar, essa espécie de pesagem da consciência do réu na balança da moral praticada no mesmo meio, não se dava para o escravo. A disparidade entre o tribunal e o acusado estava patente na desigualdade de condições. Demais, todas as circunstâncias absolutórias do código foram invertidas em agravantes, pela exceção odiosa da lei de 1835.

Comparar essa excrescência jurídica – o júri para o escravo – com os tribunais regulares, que julgam o criminoso dentro do Direito normal e partem da integridade da sua pessoa moral para confrontá-lo com os delitos; querer que o julgamento daquele tenha o mesmo cunho social desses outros é uma aberração que não se explica.

O mais admirável é que o próprio escravismo nunca dissimulou o estímulo que dava aos crimes de escravos.

Combatendo a magnanimidade do imperador quando comutava a pena de morte imposta pelo júri aos escravos, disse um deputado que preconizava as excelências da prisão celular, como um executor emérito da barbárie humana: condenar os escravos às galés importa não lhes infligir pena, porque a vida das galés não difere da das fazendas! Mais tarde, quando o crime da Paraíba do Sul, comovendo o país inteiro, decretou a abolição da pena de açoites, deputados em grande número viram neste ato a perturbação do regime agrícola e a abolição tácita do cativeiro, porque não se podia admitir a escravidão sem a disciplina desumana do chicote.

Estes fatos são bastante eloquentes para deixar ver a origem dos crimes cometidos por escravos. A generalidade do regime prova a generalidade da causa, e, por isso mesmo, dota com as circunstâncias absolutórias do código todos os delinquentes.

Acha, porém, o sr. Rui Barbosa que é sentimentalismo baixar a justiça do imperador até os homens, que foram desde do berço condenados às galés; que foram pública e oficialmente declarados vítimas de um regime bárbaro, e um dia se revoltaram contra os seus algozes.

Entretanto, em todos os códigos se distinguem os criminosos forçados dos voluntários. Não se explicam de outro modo as atenuantes. É um perigo perdoar réus que foram escravos.

Que moral a do ilustre conselheiro! Que justiça a do laureado jurisconsulto!

Sobretudo que abolicionismo! Para S.Ex.ª o complemento da abolição devia ser o sequestro social do ex-escravo. O cativeiro fere de interdição perpétua a vítima.

A campanha abolicionista

Não teria outra linguagem um ladrão fidalgo que não quisesse restituir a fortuna roubada a uma vítima ignorante e de baixa condição, sob pretexto de que o espoliado não sabia empregar bem a sua prosperidade.

E para exibir o engulhamento do seu coração, que o despeito de candidato infeliz tornou peco e sorna, empanturra-se de erudição, que lhe fica atravessada aos bicos da pena, como a galhada de um touro em boca de jiboia farta.

Os seus artigos são lúgubres como um tribunal de inquisidores, julgando num subterrâneo ao fagulhar de fogueira enxofrada, enquanto o chumbo derretido chia à gula de vítimas. Tem umas minudências de metal candente em canto de unha, de um despolpar lento de mão, ou de um rasgar de veias moroso a fio de lanceta.

Quando um infeliz cai nas garras do seu ódio, sofre a tortura de quem fosse condenado ao suplício da besuntadela de melado e em seguida à exposição a nuvens de maribondos. Outras vezes é como se tivesse de sofrer o estaqueamento e o colete de couro.

Não há meio de o chamar aos sentimentos de humanidade em favor dos negros. Se estivesse em seu poder, o sr. Rui Barbosa repetiria a cena do anão de Edgard Poe, que se lhe assemelha em instintos, e se lhe ajusta como uma luva ao sentimento de vingança.

Vimo-lo outro dia pontificar na bênção dos revólveres e das garruchas republicanas, com solenidade que lembrava o coro de punhais de Meyerbeer.

Entretanto, agora está a querer pôr a sua pena como ferrolho à porta das galés, para impedir o êxodo das vítimas, que a magnanimidade do imperador quer decretar.

São recrutas para a guarda da rainha! Brada a sua doença mental que descobriu duas semanas santas no intervalo do ano da redenção.

Entretanto estamos certos de que ele se julgaria muito honrado com uma manifestação de galés de qualquer espécie, inda que negros, contanto que o encomiasse como o maior dos abolicionistas, o maior dos jornalistas, o maior dos oradores, o maior dos jurisconsultos. A publicação do manifesto do Pati do Alferes é uma prova.

Daqui do íntimo do nosso senso crítico estamos a ver a alma desse homem, espécie de lagarto invernado, a roer num buraco úmido, sombrio, abafadiço a própria cauda, para disputar a vida contra o meio inclemente que lá fora vai preparando o renascimento anual da natureza.

Devemos confessar ao público: o sr. Rui Barbosa começa a nos causar dó. Enquanto ele se dava à exposição, como os capítulos de Fernão Mendes Pinto onde nos encontramos com bonzos cabeçudos e ídolos de formas horripilantes, torrentes de onde saem legiões de serpentes e jacarés, a cousa nos deliciava. Agora, porém, o nosso antigo companheiro de lutas perdeu de todo o juízo e nos faz o efeito de um camaleão doido, que saísse a dar rabanadas à esquerda e à direita.

Que o imperador não se detenha. Pelas maldições do escravismo já Sua Majestade devia esperar. Em troca, porém, conte o soberano com as bênçãos das gerações futuras.

29 de abril de 1889

O mercenário

A todas as outras questões se adianta a da moralidade, diz o sr. Rui Barbosa.

Pois que é pela moralidade que se deve principiar, aceitemos o ponto de partida.

A moralidade só se pode constituir em tribunal, quando é clara e provada em todos os juízos, e bem assim em quem inicia o processo.

O sr. Rui Barbosa nomeou-se órgão da justiça pública e encarregou-se do libelo. É preciso, pois, examinar-lhe a moralidade.

Salienta-se na biografia dos homens públicos da província da Bahia o princípio da carreira de S.Ex.ª.

Educado por seu tio, que o acolheu órfão, que o levou à Academia e à Assembleia Provincial, o sr. Rui Barbosa deu mostras de seu caráter, abandonando a parcialidade liberal em que militava aquele ilustre brasileiro, que dotou a imprensa nacional com O Monitor, um dos órgãos mais brilhantemente redigidos de que há notícia.

O grupo do sr. Dantas era mais forte. A carreira sobre os ombros do grande chefe popular era mais rápida. O sr. Rui Barbosa não hesitou; entregou-se de surpresa ao rival do seu benfeitor, e desde então serviu passivamente a todas as perseguições políticas de que ele foi vítima.

Não havia em jogo nenhum princípio; não era por uma ideia que os dous se batiam. Pertenciam ambos ao mesmo partido e haviam simplesmente divergido quanto ao modo de realizar o programa.

A bandeira liberal tremulava sobre os dous campos, e num estava o pai adotivo e no outro a esperança política. De um lado estava o coração e de outro o interesse. O sr. Rui Barbosa preferiu o segundo.

Eleito deputado, S.Ex.ª veio para a Câmara e começou a sua vida parlamentar.

Acompanha desde logo o Ministério Sinimbu, acarneirado a essa maioria, que foi qualificada por Silveira Martins câmara dos servis.

Num dia o tribuno rio-grandense rompe em oposição ao Gabinete de que fizera parte. Queria, dizia ele, a elegibilidade dos acatólicos e o Ministério negava-a.

A campanha abolicionista

O sr. Rui Barbosa se exibira na tribuna popular fluminense, advogando a supressão da Igreja do Estado, a plena liberdade de cultos. Não obstante, S.Ex.ª continua na maioria e faz mais; é ele quem se incumbe de responder a Silveira Martins, motivando à consciência limpa de José Bonifácio, o tribuno, um belo discurso, que lembra a frase de Marmontel acerca dos aplausos que castigam.

O Ministério Sinimbu, que era conhecido pela firma John Lins & C., é arrastado no desastre do Banco Nacional pelo seu presidente do Conselho.

Os tribunais reclamam ao Ministério de 5 de Janeiro o co-réu de uma falência culposa; o ministro da Justiça, o sr. Lafaiete, precisa praticar um atentado constitucional, avocar uma causa pendente para salvar o chefe do Gabinete; a Câmara não tem meio de fazer calar a oposição; aconselha a fuga aos ministros e ela por sua vez fica deserta; a opinião pública revolta-se, o Governo precisa de cercar de batalhões a Câmara dos Deputados, para que os ministros não entrem com as faces fustigadas pela indignação popular.

O sr. Rui Barbosa se conserva nessa maioria, é solidário com ela pela palavra e pelo voto e fica ao lado desse Ministério da seca do Norte, das transações do café, da estrada de Leopoldina, do vintém, do Xingu, dos chins, dos pântanos da cidade, Ministério cuja vida fervilhava escândalos como em vasta apostema miríades de vermes. Dir-se-ia que S.Ex.ª estava atarracado àquela podridão.

Por esse tempo, Joaquim Nabuco, com a solenidade do arcanjo bíblico, já havia empunhado a trompa conclamatória do povo para o Josafá da nossa história, onde devia ser julgado o mundo da escravidão e ressurgir dos mortos a alma nacional.

A oposição tinha a flor da probidade parlamentar, a escolha moral da política. Lá estavam José Bonifácio, Nabuco, Costa Azevedo e Manuel Pedro.

A maioria era capitaneada por Sousa Carvalho; o Ministério era presidido por um réu de falência culposa. E o sr. Rui Barbosa ficou-se lá sobre aquela carniça da advocacia administrativa.

Caiu o Ministério Sinimbu, o ministério da constituinte-constituída.

O sr. Rui Barbosa emigrou daquela algidez cadavérica e acarrapatou-se ao Ministério Saraiva, sustentando aí o sr. Buarque de Macedo, o mesmo homem que havia posto às claras o negócio do gás, no qual surpreendeu-se um deputado da maioria, lendo na Câmara uma nota que a companhia tinha pago para ser publicada nos a pedidos dos jornais.

Sabe todo o mundo que o sr. Rui Barbosa foi o instrumento dócil desse Ministério, e S.Ex.ª mesmo confessou que foi ele autor da lei de 9 de janeiro, essa emboscada da escravidão e da oligarquia armada ao povo para despojá-lo do voto.

Do Ministério Saraiva passou no espólio ao Ministério Martinho Campos, e apesar da sua cabeça de anão, coube na canoa, que tinha à popa o presidente do Conselho mais ignorante e mais nulo que já dirigiu a nossa política.

Em seguida, o sr. Rui Barbosa fez parte dos remanescentes da terça do sr. Martinho ao sr. Paranaguá, como um anônimo, numerado pela ambição.

Caindo o sr. Paranaguá, o deputado perpétuo da maioria passou ao sr. Lafaiete, a quem sustentou, com dedicação igual a que até então havia dado aos seus antecessores.

Apoiar o sr. Dantas era o seu dever e ele o fez sem entretanto arriscar cousa nenhuma da sua pessoa e do seu futuro.

Isto posto, raciocinemos um momento. É um homem de caráter o que se acomoda à vontade na canoa de Martinho Campos e nas canastras do sr. Dantas?

O homem que não explicou, senão pelo hábito da maioria, a adesão ao programa do chefe baiano e que o fazia, confessando em particular que não tinha elementos para redigir o parecer de que foi nomeado relator?

O sr. Rui Barbosa queixou-se ultimamente dos seus insucessos políticos e lançou-os à conta do abolicionismo.

É mais uma calúnia contra a propaganda que o purificou em parte.

Nunca se contestaram o talento e a capacidade do sr. Rui Barbosa. S.Ex.ª era benquisto no partido e no paço. Não tinha, pois, nenhuma dificuldade para ser ministro. O sr. Dantas o empurrava para a frente, metia-o à cara do parlamento.

A situação liberal tinha tal carência de gente habilitada que chegou a ter como seus ministros as maiores nulidades. O povo se lembra, para não falar senão da Bahia, dos Moura, dos Prisco, dos Sodré, pobres homens, que seriam absolvidos num tribunal justo de qualquer crime que denunciasse inteligência da parte do réu.

Por preterir o sr. Rui Barbosa? Quem o havia de preterir? O sr. Dantas?

Fica por estas interrogações bem claro que o sr. Rui Barbosa não foi ministro, porque se contava previamente com a sua derrota. Explica-se também o segredo da dedicação de S.Ex.ª a todos os ministérios. Era a premeditação de uma imoralidade, a sua candidatura oficial, a eleição por intervenção do Governo.

Não foi o seu abolicionismo que o impediu de entrar, por exemplo, no ministério dos caixeiros, presidido pelo sr. Lafaiete. Nesse tempo, o sr. Rui Barbosa podia exibir ao eleitorado os 500 réis (sic) daquele projeto ridículo e o passaporte da canoa Martinho.

Não há consciência honesta que, à vista destes fatos, não afirme conosco que o sr. Rui Barbosa dava apoio mercenário aos gabinetes liberais;

A *campanha abolicionista*

que fazia do seu voto na Câmara o saque eleitoral contra o Governo do seu partido.

Aí está a largos traços a carreira pública do sr. Rui Barbosa.

S.Ex.ª alega o seu abolicionismo e nós lhe respondemos que este não era mais poderoso que as suas dispepsias.

Como advogado S.Ex.ª tem o negócio das freiras, que protegeu como deputado e se fez pagar como advogado.

Não se compadece com a lisura de tão melindroso caráter servir-se da sua influência política para proteger um esbulho.

Outra advocacia célebre de S.Ex.ª é a da liquidação da Caixa Depositária de Coruja & C.

Ali havia depósito do minguado pecúlio de escravos. Pois bem, S.Ex.ª não levou em conta essa circunstância e duvidamos que nos diga quanto houveram esses credores e qual foi a proteção que lhe dispensou o advogado abolicionista, que devia antes de tudo ter bem presente a lei de 28 de setembro de 1871.

Agora está o sr. Rui Barbosa continuando a sua carreira política, interrompida pelo abolicionismo, de que se diz mártir.

O que faz?

Insulta o liberto e adula o ex-senhor.

Injuria os companheiros da véspera e canoniza os inimigos comuns de outrora.

Pede galés para o criminoso da escravidão e o Governo do Estado para os antigos mantenedores da fonte do crime. E é em nome dessa moralidade que se estabelece a preliminar para as relações do Ministério com a Câmara.

Será necessário que analisemos os juízes que têm de julgar o sr. João Alfredo?

Serão eles solidários com o liberalista desabusado? Ou reconhecem, como nós, que o sr. Rui Barbosa não tem por fim senão resignar-se ao papel de gato morto, para ver se apanha um distrito na futura partilha do Estado?

Não sabemos e vamos esperar vinte e quatro horas para julgar a atitude do Partido Liberal.

Se ele esposar as ideias do sr. Rui Barbosa, prosseguiremos na análise dos juízes.

Se o Partido Liberal se permitir a insolência de querer manchar parlamentarmente a honra de um homem que tem o passado mais puro, que no presente deu prova da maior altivez moral, satisfazendo à interpelação sobre o empréstimo de Minas; que abriu de par em par a administração para que se visse que o Governo estava extreme de culpa na preferência dada ao sr. Loyo, que não recuou nem diante da devassa de todos os atos do Tesouro e da presidência de Minas; fica-nos o direito de editar tudo quanto anda na voz pública a respeito de todos os chefes liberais, que são chamados a constituir-se em tribunal para julgar o grande réu do maior dos crimes imaginados neste país: – O de não ter adiado um dia a liberdade dos cativos, e de não ter deixado, para os comparsas de Martinho Campos, a glória da redenção de nossa pátria.

3 de maio de 1889

Treze de maio

O vasto templo de progresso e de paz, construído a 13 de maio de 1888, vai crescendo tanto mais quanto mais se afasta da gloriosa data, em que ele foi inaugurado entre aplausos e bênçãos da humanidade civilizada.

Dá-se com as grandes reformas este fenômeno consolador: exercem sobre as gerações uma ação que aumenta na razão direta do tempo decorrido.

Apesar das apreensões ominosas de uma parte da população, a lei de 13 de maio foi desde logo aplaudida pela maioria da nação, com essa expansão bíblica da entrada em Canaã. Percebeu-se-lhe imediatamente a grandeza pela simplicidade da sua fórmula, despida de todas as preocupações econômicas e sociais.

Sentia-se que ela tinha exclusivamente o pensamento da restituição expiatória do homem à humanidade.

Não há, na legislação do mundo, nada mais extraordinário que essa emancipação de um milhão de homens, seguida da mais plena confiança do Estado, nos sentimentos deles. Franqueiam-se-lhes as portas da sociedade, canonizando-se-lhes apenas o passado e dotando¬os com as flores do triunfo.

Era em vésperas da colheita; essa gente saía pobre da riqueza que havia acumulado em três séculos de trabalho forçado; vinha com o coração sangrando a saudade secular do Direito. E não há uma desordem; não há um atentado cometido contra os senhores da véspera, compatriotas do dia grandioso.

Ao contrário: um quadro tocante de confraternização se desdobra pelo interior. O novo cidadão sobrestá no alvoroço íntimo para dissipar cavalheirosamente a nuvem da tristeza, que paira sobre a fronte dos proprietários, e, enquanto não mistura lágrimas de solidariedade, enquanto não se compromete a assegurar ao ex-senhor a fortuna ameaçada, não continua no hosanar a liberdade recém-proclamada.

Que belo quadro! Aquelas almas que deviam estar nuas e lancinantes, como um espinheiro, como este florescem de improviso e perfumam o lar, que nem sequer havia pensado na pureza da sua seiva!

A *campanha abolicionista*

Depois dos primeiros dias de festa, como um enxame depois de uma revoada entre a primavera, volvem ao trabalho, e, há um ano, a sociedade só se apercebe da existência do liberto pela continuidade da produção, pela fartura dos mercados.

Por toda a parte trabalho, paz profunda, esquecimento do passado!

Bendito contraste! Enquanto muitos dos que foram feridos pela reparação necessária de uma injustiça secular se revoltam e procuram vingar-se tornando-se o pesadelo da evolução nacional; os ex-escravos consideram-se pagos de toda uma vida de dor e de humilhação com a simples liberdade.

Sem pedir nada mais à pátria, muito contentes com a posse da sua alma e do seu coração, entram pela vida sacando sobre os seus músculos o capital eterno da civilização: o trabalho.

O depoimento em favor deles é dado pelas rendas públicas por meio das alfândegas, os órgãos de assimilação da indústria universal; pelo meio circulante, que precisa de fracionar-se, de maneira a poder ter as pequenas dimensões do salário!

Enquanto os que deviam ter previdentemente economizado em nome das responsabilidades sociais contraídas, pedem o crédito do Estado, e se julgam com o direito de dispor desse patrimônio comum, como outrora dispuseram do trabalho gratuito dos escravizados; os novos cidadãos creditam seu saldo na bolsa da nação, e comprovam o bem-estar relativo da vida indo buscar para a comunhão das sobras do seu suor, uma consorte, que lhes multiplique a responsabilidade na prole desejada.

Todos esses fatos, de profundo valor social, e que não passam despercebidos ao historiador e ao filósofo, testemunham que o dia 13 de maio não foi a explosão romântica de um coração de mulher, mas a sanção da lei natural da mutualidade, que não é impunemente violada.

Pelo reconhecimento do seu direito, o novo cidadão deu-lhe tudo quanto o homem civilizado guarda para as sociedades, que lhe garantem o coração e a atividade, o amor e o trabalho.

Nem ao menos pediu de terra porção maior do que aquela em que cabe a sua enxada, que em cada sulco abre uma sepultura à tirania e um canal de águas-vivas para a liberdade.

Enquanto, usurariamente como Harpagon ao seu cofre, alguns ex-senhores agarram-se tremulamente aos latifúndios; o novo cidadão abre, pelo bem geral, mão de tudo, que ele podia ambicionar, e está tão pronto a dar o seu suor, como o seu sangue, pela terra que ele até agora só ocupava pela enfiteuse da morte.

É para fazer bater tumultuariamente o coração o espetáculo deste ano de nossa história.

As instituições brasileiras tinham alguma cousa das nossas florestas tropicais, que, zombando da sucessão das estações, guardam sempre a mesma folhagem, espreguiçam-se perpetuamente na mesma tépida umbrosidade, com uns farfalhos lânguidos e amorosos, com uma eterna orquestra de ninhos. No mais espesso da brenha, uma casa construída com a despretensão de quem só conta com a visita do sol e dos crepúsculos, das aves e das lianas floridas, com a serenata dos córregos e das estrelas.

Há um ano, como que a nossa natureza social foi bruscamente enquadrada no movimento regular do mundo. Começaram as estações evolutivas.

As instituições sofrem a ação do inverno, que as despiu da velha fronde das superstições e dos preconceitos; que as deixou nuas, tristes, sacudidas pelo vento frio dos lamentos, anoitadas em penumbra de conspirações.

Muitos já desviaram delas o olhar, imigraram como as andorinhas, para se não deixarem traspassar do frio do pavor.

Entretanto, este fenômeno é o mais animador.

Como no inverno, a natureza concentra subterraneamente toda sua vitalidade, e não podendo viver na festa iluminada do ambiente, recolhe-se ao segredo tépido do húmus, onde elabora a renascença primaveril, que a princípio é feia como a morfeia, na erupção das gêmulas, para depois se converter em esmeraldas sonoras e em arminho perfumado; as nossas instituições se concentram na administração financeira, amoeda ouro nas suas entranhas, faz seiva das suas rendas, e apronta-se para dar como saldo das suas angústias presentes estradas de ferro, que cortem, de extremo a extremo, o território; imigrantes que nos fecundem a alma e o solo com o seu espírito e com o seu suor; terra que transforme o proletário de hoje no pequeno proprietário, a válvula da democracia, amanhã.

Tudo quanto estamos vendo é novo. A nação sente-se outra, desde que foi dignificada pela grande lei.

Ela pensa que se os negros, espécie de Shivas inconscientes, que com os seus mil braços, tiraram do nada um mundo novo; se os negros que eram ontem a besta de carga, a cousa que se vendia, puderam instantaneamente subir de escravos a propulsores do comércio, das indústrias, das rendas públicas, indiretamente, é certo, mas sensivelmente; muito mais deve poder o Governo que presidiu essa criação.

É tão honroso o desvario, que é dever perdoá-lo.

Os que se queixam, os que se impacientam, não se lembram de que os negros receberam, desde o dia da nossa independência, a delegação, humilhante para nós, da verdadeira soberania humana – o trabalho; que nós praticamos esse erro, em tudo semelhante ao da Europa, da Ásia e da África antigas, que enfeudaram o deserto ao camelo, e por isso mesmo levaram

A campanha abolicionista

séculos à espera de que o gênio do Gama dobrasse o misterioso cabo das Tormentas.

O camelo atravessava despreocupadamente o deserto, rindo ao simum e às areias em brasa sem impaciências de oásis porque ele o trazia na própria economia orgânica. O homem desfalecia às lufadas e aos sóis e olhava para a travessia ardente como para um oceano de labaredas.

O negro, rebaixado à animalidade bruta, fez uma economia especial, que o aperfeiçoou no trabalho, que o enrijou contra a adversidade, e ao mesmo tempo preparou-o para passar serenamente das regiões da barbaria para as da mais adiantada civilização.

Daí, enquanto o filho da escravidão, como os pupilos da miséria, de que fala Cherbulliez, pode tentar tudo já e já, o Estado precisa de um braço forte, de um caráter limpo e santo, um desses seres extraordinários, que a História sugere aos povos, para compreender a transição de um regime artificial e condenado para o regime natural das sociedades contemporâneas.

O penhor do nosso futuro, porém; o celeiro com que devemos prover a nossa esperança é esse mesmo fato, que nos atordoa. Se os brasileiros, que ocupam as camadas vivas do trabalho, estão em atividade; se eles se responsabilizam pela continuidade e rejuvenescimento do trabalho nacional; por que razão havemos de desanimar; se começando, por sua vez, o trabalho nas outras classes, ele se vai adicionar a tão fecunda parcela?

Deslumbrados por esse ano que termina por um bem-estar financeiro, como não temos, há mais de um quarto de século; certos de que este fato não é passageiro, porque é a progressão crescente, atestada pela nossa história, depois de abolido o tráfico, e libertada a maternidade, ousamos pedir aos nossos compatriotas ordem e fé.

Não nos assustam as exigências do melhor; essa insaciabilidade de progresso e de bem-estar, que desorienta a imprensa e alucina o parlamento, é natural. O céu não extinguiu as nebulosas por se sentir recamado de estrelas.

Essa ânsia de chegar instantaneamente está em todo o nosso século, que já não se contenta com o vapor, e acha vulgares os milagres da eletricidade.

O que pedimos é que nos aconselhemos com a natureza, que não destrói o sol milenário, só porque sabe que dispõe de vias lácteas; que não condena as suas árvores seculares, porque sabe que tem um viveiro eterno de vegetação; que não se priva das suas montanhas por ter segurança da extensão e espessura da crosta da Terra.

O dia 13 de maio nos deve ensinar a preferir as obras da paz e do amor. A fecundidade dessa reforma é a profecia da nossa grandeza. Daremos um novo exemplo ao mundo, resolvendo pelo mesmo processo todas as nossas questões de autonomia nacional.

Olhemos para a natureza e aprendamos a sua eterna lição. O sereno, quase imperceptível no ambiente, leva a umidade mais longe que a mais impetuosa torrente.

13 maio 1889

O isabelismo

A profunda consideração que voto à redação da A Rua obriga-me a acudir pressurosamente em resposta às arguições, que ela me dirige, a respeito de uma frase por mim proferida no dia 13 de maio:

"Enquanto houver sangue e honra abolicionistas, ninguém tocará no trono de Isabel, a Redentora."

Lançada em circulação sem considerações, que a precederam, semelhante frase, concordo, seria a mais terrível ameaça à democracia; a justificação prévia de todos os abusos do poder.

Infelizmente o meu discurso não foi estenografado e é impossível, hoje, reproduzir integralmente quanto disse.

O meu pensamento, porém, foi acentuar, nos termos os mais precisos, que a data de 13 de maio era a primeira de uma era nova, para a elaboração da qual todos tínhamos concorrido: o imperador, a princesa e o povo; que a essa nova era devia corresponder nova política, para a qual contávamos com a magnanimidade do imperador, que havia feito sacrifício maior que o de Abraão, trazendo ao altar da liberdade pátria em holocausto a sua única e adorada filha; a esta mulher heroica que estreou-se no Governo do país restituindo às mães a dignidade materna e educando os príncipes seus filhos no amor dos infelizes.

Partiam dessas primícias governamentais a nossa veneração e a nossa esperança por Isabel, a Redentora; confiávamos que o seu futuro seria a confirmação de seu passado; que ela seria a imperatriz-opinião; a rainha-fraternidade; exortávamo-la a perseverar nesse sistema de governar, porque enquanto houvesse honra e sangue abolicionistas o seu trono seria sagrado.

Inferir-se daí que eu tentei fechar todas as válvulas da democracia brasileira, que dei o futuro da pátria em hipoteca ao 13 de maio, sem levar em linha de conta o complemento necessário da nova era nacional, é forçar a lógica para tirar uma conclusão arbitrária.

O abolicionismo teve sempre um programa. Não discutiu coletivamente a forma de Governo; ameaçou o trono, ontem, como o condenará amanhã, se ele for um obstáculo à ultimação da reforma social, iniciada em 13 de maio.

A campanha abolicionista

Não terá a Coroa aliado mais leal, nem mais dedicado, enquanto se comportar, como até agora, que, ainda malferida pelo combate à escravidão, se atira à campanha da terra e da autonomia local.

Para que A Rua possa compreender a coerência da nossa atitude, é preciso fazer entrar como um dos seus fatores a oposição já levantada pelo liberalismo e pelo republicanismo ao tópico da fala do trono relativo à reorganização territorial.

Quem pela fatalidade dos acontecimentos assumiu perante a historia da democracia da sua terra uma grande responsabilidade não pode ficar à mercê de rótulos, que escondem a falsificação das ideias e a depravação dos caracteres.

O que eu não quero é escravizar o meu país a uma palavra, que é a glória na Suíça, mas que é a vergonha no Peru, só para não parecer contraditório, quando, na realidade, sou coerente perante a Ciência Política sustentando, em nome do meu amor à liberdade, a Monarquia que nos promete a integridade e o progresso pela democracia rural, e opondo-me a essa república, também combatida pela A Rua e de que nos resultará a landocracia a mais audaciosa, e a oligarquia a mais bestial.

Descanse A Rua; não fui vender-me a Isabel, a Redentora, no dia 13 de maio; fui apenas reiterar o protesto abolicionista de fidelidade e solidariedade com a política atual da Coroa, que, disse eu, está hoje colocada sobre um ideal tão grande, que far-se-ia em estilhaços se o quisesse comprimir.

18 de maio de 1889

Anexos

Gabinetes ministeriais do Império
(1878-1889)*
1. Presidente: João Lins Vieira Cansansão de Sinimbu
Partido Liberal, Bahia. 5 de janeiro de 1878 a 28 de março de 1880.
2. Presidente: José Antônio Saraiva
Partido Liberal, Bahia. 28 de março de 1880 a 21 de janeiro de 1882.
3. Presidente: Martinho Álvares da Silva Campos
Partido Liberal, Minas Gerais. 21 de janeiro a 3 de julho de 1882.
4. Presidente: João Lustosa da Cunha Paranaguá
Partido Liberal, Piauí. 3 de julho de 1882 a 24 de maio de 1883.
5. Presidente: Lafaiete Rodrigues Pereira
Partido Liberal, Minas Gerais. 24 de maio de 1883 a 6 de junho de 1884.
6. Presidente: Manuel Pinto de Sousa Dantas
Partido Liberal, Bahia. 6 de junho de 1884 a 6 de maio de 1885.
7. Presidente: José Antônio Saraiva
Partido Liberal, Bahia. 6 de maio a 20 de agosto de 1885.
8. Presidente: João Maurício Wanderlei (barão de Cotegipe)
Partido Conservador, Bahia. 20 de agosto de 1885 a 10 de março de 1888.
9. Presidente: João Alfredo Correia de Oliveira
Partido Conservador, Pernambuco. 10 de março de 1888 a 7 de junho de 1889.
10. Presidente: Afonso Celso de Assis Figueiredo (visconde de Ouro Preto)
Partido Liberal, Minas Gerais. 7 de junho a 15 de novembro de 1889.

Leis e convenções mais importantes
* Esta relação abrange apenas os gabinetes ministeriais do período em que os artigos desta coletânea foram escritos.
Sobre a escravidão e o abolicionismo no Brasil, no século 19
Tratado de Aliança e Amizade, 1810
Assinado entre o Governo de Portugal e a Inglaterra, uma de suas cláusulas previa a abolição gradual do trabalho escravo na Colônia e a limitação do tráfico às colônias portuguesas na África.
Alvará de 24 de novembro de 1813
Regulou a capacidade interna dos navios empregados no tráfico de escravos.
Convenção de 22 de janeiro de 1815
Determinou o cessamento do tráfico de escravos ao norte da linha do equador, retirando do alcance de Portugal fontes de abastecimento de ne-

gros como a Costa da Mina. Portugal consente em delinear com a Inglaterra um futuro tratado para a abolição total do tráfico.

Tratado entre os governos da Inglaterra e Portugal, 28 de julho de 1817
Em reunião complementar à convenção de Viena, foi reforçada a proibição parcial do tráfico de escravos. Este ficava limitado a navios portugueses bona fide e restrito aos territórios portugueses ao sul do equador. O governo português comprometia-se a fiscalizar a área de tráfico considerada ilegal e concedia também à Inglaterra o direito de visita e busca em navios suspeitos de tráfico ilícito.

Lei de 20 de outubro de 1823
Criou os Conselhos Provinciais e o cargo de presidente de Província, atribuindo a ambos (art. 24) promover o bom tratamento dos escravos e propor arbítrios para facilitar a sua lenta emancipação.

Carta de lei de 23 de novembro de 1826
Estabeleceu o prazo de três anos para o encerramento do tráfico de escravos, a contar da data da ratificação. A ratificiação ocorreu em 1827.

Lei de 7 de novembro de 1831
Proibiu o tráfico de escravos para o Brasil, considerando livres todos os negros trazidos para o Brasil a partir daquela data. As pessoas acusadas de tráfico e importação de escravos recebiam penalidades, de acordo com o Código Criminal, pelo crime de reduzir pessoas livres à escravidão.

Lei 4, de 10 de junho de 1835
Punia, inclusive com pena de morte, os escravos que matassem, ferissem ou cometessem qualquer ofensa física contra os seus senhores.

Bill Aberdeen, 8 de agosto de 1845
Lei inglesa que considerou o tráfico pirataria e autorizou a Marinha britânica a capturar os navios transgressores, mesmo em águas territoriais brasileiras.

Lei de 4 de setembro de 1850 (Lei Eusébio de Queirós)
Determinou a extinção do tráfico de escravos para o Brasil, prevendo punição apenas para os introdutores julgados pelos auditores da Marinha. Os fazendeiros envolvidos deveriam ser julgados pela justiça local.

Decreto 731, de 5 de junho de 1854
Ampliava a competência para julgamento dos auditores da Marinha e determinava a punição, processo e julgamento do cidadão brasileiro ou estrangeiro envolvido em tráfico de escravos.

Lei 2.040, de 28 de setembro de 1871 (Lei Rio Branco ou Lei do Ventre-Livre)
Declarou livres os filhos de escravos nascidos a partir daquela data. Denominados ingênuos, deveriam permanecer oito anos em poder do proprietário de sua mãe. Findo este prazo, o proprietário poderia libertá-lo, recebendo indenização de 600 mil réis, ou utilizar os seus serviços até completarem 21 anos de idade. A lei criou também o Fundo de Emancipação, cujos recursos seriam utilizados para libertar anualmente um certo número de escravos. E ordenou a matrícula de todos os

escravos, cujos dados (origem, sexo, idade etc.) serviriam para o cálculo da indenização aos proprietários.

Lei provincial, de 25 de março de 1884

O presidente do Ceará, Sátiro Dias, declara extinta a escravidão na província (primeira a fazê¬lo) atribuindo o fato essencialmente ao esforço das sociedades libertadoras locais.

Lei 3.270, de 28 de setembro de 1885 (Lei Saraiva-Cotegipe ou Lei dos Sexagenários)

Regulava a extinção gradual do elemento servil, libertando os escravos de mais de 60 anos. Estes ficavam sujeitos, no entanto, a prestar serviços aos seus senhores por três anos (ou até completar 65 anos), a título de indenização pela alforria.

Lei 3.310, de 15 de outubro de 1886

Aboliu a pena de açoites de escravos, ao revogar o art. 60 do Código Criminal e a Lei 4, de 10 de junho de 1835, na parte referente ao assunto. O escravo ficaria sujeito às mesmas penas estabelecidas pelo Código Criminal e à legislação em vigor.

Lei 3.353, de 13 de maio de 1888 (Lei Áurea)

Declarou extinta a escravidão em todo o país.